BOLEIRAMA

(ou: Nada mais triste que um domingo à tarde sem futebol)

MARCELLO BIANCALANA

Dados Internacionais de Catalogação na Publicação (CIP)

(Câmara Brasileira do Livro, SP, Brasil)

Biancalana, Marcello
    Boleirama : (ou : nada mais triste que um domingo à tarde sem futebol) / Marcello Biancalana. -- São Paulo : Ed. do Autor, 2019.

    ISBN: 978-85-917777-2-3

    1. Ficção brasileira I. Título.

19-31151   CDD-B869.3

Índices para catálogo sistemático:

1. Ficção : Literatura brasileira B869.3

Cibele Maria Dias - Bibliotecária - CRB-8/9427

MUITO OBRIGADO

A todos os seguintes, cujo apoio, entusiasmo, boa-vontade, compreensão e, principalmente, amizade, ajudaram decisivamente antes, durante e depois da feitura deste livro:

Luciana, Renata. P. Cordeiro, J. Cardias, Jorge & Georgina de Catino, Ronaldo Felisberto dos Reis Filho, Marcelo Santos Cruz, Cristina Maria Menezes Mendes, Fabiana Almeida Marcos, Sylvia Guimarães Biancalana, Cláudio Maurício Vieiralves de Castro, Anderson & Solange Costa, Leonardo & Patrícia Azevedo, Luiz Abdo & Ana Maria Sader, pai e mãe. Você, leitor, que se dispôs a ler este livro.

DEDICADO

Aos que recentemente chegaram: Beatriz, Pedro, Helena e Alice

E aos que partiram nos últimos anos: Luiz Abdo, Marinice, Wilson e Eduardo

1   EMBALOS DE SÁBADO À NOITE

SAÍ com o Feio pra gente ir catar umas piranhas. Tinha um pagode lá na casa do amigo do vizinho dum dos irmãos do cunhado dum colega da gente lá da metalúrgica, e a gente foi lá só pra dar uma pescoçada. Era lá na Vila Xodó. Era aniversário da filha pequena do cara. Mas tinha cueca demais lá. O pouco que tinha de mulher era tudo fubanga, caída. Rebolavam que era uma tristeza. Mulher não pode nem ouvir um samba que já vai logo soltando a franga. Elas querem é aparecer, dar pinta de mulata. E os maridos nem aí. Só na cerveja e no churrasquinho. Estava chato. Então a gente abriu pro centro e foi dar um giro pra ver o que estava na parada. A gente foi parar na boca de porco de sempre, o boteco do Zequinha. Tavam lá uns chegados da gente lá da organizada. O Zóio, o Pé, o Quinzinho, o Piolho, o Barriga e o Chicão. A gente tomou uns més, bateu uma calabresa no pão e pronto.

Mas ficar parado, de bobeira, é coisa pra otário. A gente não ia ficar lá, dando mole. O lance é sair por aí, arrepiando. Foi o que a gente fez. Fui eu, o Feio e os caras lá pros lados da Ladeira. Aí a gente deu logo de cara com uns dois pretos, uns maloqueiros da Alvi-Rubra, a organizada do Flechas. Eram inimigos da gente. Ah, meu irmão, se não era dos nossos, não tinha papo, a gente detonava mesmo. Eles faziam a mesma coisa com a gente. Ficaram encarando a gente, já conheciam o Zóio, o Pé e o Barriga de outras encrencas. Não tinha por que não partir pra cima deles.

A gente nem deu tempo pra eles sair correndo. Aí, os manés vieram com aquela coisa de capoeira pra cá, capoeira pra lá. A gente foi de soco inglês mesmo. O Chicão ficou só assistindo, braço cruzado. O Barriga atacou com um paralelepípedo. Tomou uns dois rabos-de-arraia. O Quinzinho levou um bem dado. O Zóio levou uma lambada bem no queixo. O Pé e o Piolho davam pernada meio que a olho, se pegar, pegou. Fiquei só ali de fora, na sobra. Eu não levei nada, só bati. Sempre que um dos maloqueiros atacava e dava uma brecha, eu aproveitava. O Feio, que também não era trouxa, fez a mesma coisa. Era só sentar o braço. Peguei um daqueles manés de jeito e quebrei dois dentes dele. Pra botar os caras pra correr foi mole, mole.

Fazia um calor incomum naquela noite de maio. Eu e Iara, que conhecera havia meia hora, já estávamos à porta de seu quarto, dispostos a ir para a cama sem compromisso, quando fui flagrado por Ângelo Raposo. Uma provável enrascada, pois estávamos desde o início do campeonato proibidos de nos envolver com mulheres nos hotéis em estivéssemos concentrados.

Na teoria, a pena era o afastamento temporário da equipe — e definitivo em caso de reincidência — embora estivesse claro para nós que, na prática, só os coadjuvantes deviam temê-la. Logo, como goleiro reserva, ainda que não reincidente, eu seria com certeza afastado.

Assim, embora fosse aquela a minha primeira oportunidade de fazer amor com uma ruiva autêntica, segundo a própria Iara, e jamais tivesse havido outra tão à mão quanto aquela falsa magra escultural, desisti de imediato da ideia, ante o olhar frio de Ângelo Raposo. Mesmo achando que Brasil afora havia muitos clubes melhores do que o Flechas, mesmo que já tivesse percebido lá não ter muito futuro.

— Me desculpa, mas não vai dar. Senão eu me encrenco — murmurei a Iara, surpresa.

Passei a mão em seu ombro como que em despedida e rumei para o elevador. Não olhei para trás. Logo adiante, Raposo me esperava.

— Tristão, 'cê sabe que é proibido levar mulher pro quarto no hotel, não sabe? — cobrou-me ele, sem rodeios.

Inconformado, intempestivo, ciente do diz-que-diz sobre as abordagens do cartola aos jovens da categoria de base, recorri à ironia:

— Sei, mas se eu fosse veado, eu poderia levar homem pro quarto, não é?

—Deixa de gracinha, moço. 'cê sabe do que eu tô falando — vociferou.

Pousou a mão no meu ombro, de modo que eu o acompanhasse:

— Por acaso, 'cê sabe quem é ela? — indagou-me, apontando o polegar por cima do ombro para Iara, já distante. — É uma das vagabundas que o Ascensão mandou pra cá, porra. Tem mais umas dez delas circulando pelo hotel pra melar o nosso esquema de concentração.

Ocorreu-me que aquele argumento fazia certo sentido. Já ouvira falar daquilo, embora o julgasse mero folclore do futebol. Pelo visto, ainda era empregado na véspera de jogos decisivos. Lembrei-me então de que, minutos antes, havia desconfiado das duas louras que vira sentadas sozinhas, pernas cruzadas, fumando no envelhecido bar do hotel. Vira uma mulata trajando couro dos pés ao pescoço numa conversa visivelmente promissora com Cândido, meu colega de time, no bar junto à piscina. Ademais, era de se estranhar a facilidade com que eu convencera Iara a ir para o quarto – era eu galanteador sofrível, desajeitado, com dificuldades na abordagem até das que atraíam pouca ou nenhuma atenção.

— Olha, dessa vez passa. Mas da próxima... — ameaçou com voz branda, mas como indicador em ligeiro riste. E aplicou-me um leve tapa no ombro, afetando uma camaradagem masculina. Porém, esse gesto de afeição quase paternal, se desfez de imediato, quando fez roçar de leve o dorso da mão no meu braço, ao mesmo tempo em que dirigiu-me um sorriso vagamente lúbrico, modulando a voz da mesma forma: —Vai dormir que amanhã tem jogo, moço.

O Quinzinho tinha um baseado, a gente fez uma roda e acendeu. A gente ficou tirando onda de quem apanhou mais na briga.

— O neguinho lá te deu uma rasteira animal, hem, Barriga?

— É, mas eu também bati. Dei uma nele no pé-do-ouvido, em cheio. 'cês é que não viram. O Zóio é que levou uma bonita, bem na cara.

— Foi no queixo. Aqui ó. Mas não fui eu que caiu, não, viu?

A gente ficou quieto de repente, mas eu não sei por quê. Aí o Quinzinho coçou aquela barba dele que parou de crescer faz tempo, deu uma tragada no baseado e disse:

— Amanhã é que vai ser dia de arrepiar os caras. Tô doidinho pra pegar esses cuzão pela frente. Até descolei um negócio bem animal pra castigar eles.

— O quê, bicho? — o Feio perguntou.

— Um cabo de machado. Madeira maciça.

— Detona legal — disse o Quinzinho. — Se pega na cabeça, abre no meio.

— Eu preparei uma bombinha pra eles — disse o Pé. — Deixa um ônibus daqueles veados aparecer procêis vê só.

Aí o Chicão entrou na conversa. Era o mais quieto e o que mais botava respeito:

— 'cês são macho pra caralho, hem galera? Fazendo bomba, usando porrete e tal — ele arregaçou a manga do blusão e mostrou o braço que mais parecia um pernil e deu uns tapas no muque. — No braço é que eu quero se 'cês são macho. 'cês só pegaram os dois preto ali porque só era dois. Se fosse um pra cada um, 'cês pisava miudinho.

— Ê, qualé, cara? Tá querendo dar lição de moral na gente? — o Quinzinho protestou.

— Eu vi 'cês fugindo do pau tanta vez que eu já perdi a conta. Teve vez que eu fiquei ali encarando dois, três, enquanto 'cês tirava o cu da seringa. Tenho moral ou não tenho pra dizer isso?

Todo mundo ficou quieto. Então o feladaputa do Zóio me entregou:

— 'pera aí, Chicão! Pelo que eu sei, o único que nunca saiu no braço pra valer foi o Urias! Ele só vai na boa! Nunca vi ele levar porrada! E só bate pelas costas!

— É mesmo — o Barriga disse. — Naquela vez que a gente cruzou com os caras da União naquele restaurante na estrada, ele ficou lá no banheiro, enquanto o pau tava comendo! A gente se garante, ele não!

Eu tinha que me defender:

— É que eu sou malandro, cara! E malandro que é malandro só vai na boa! Eu é que não curto me machucar, tá sabendo?

— Tu é cuzão mesmo, xará! — o Pé disse. Era mais um pra me massacrar. — Só quando tu tá com a galera é que 'cê dá uma de gostoso! Eu já te vi se cagar de medo! 'cê saiu correndo quando uns dois caras da Legião veio te catar lá no ponto na Vila Harmonia —. Ele riu. Parecia uma galinha cacarejando. — 'cês tinha que ver o cagaço dele, correndo, tropeçando, pegando o primeiro busão que pintou na frente dele!

Todo mundo lá ficou me frescando.

De rabo de olho eu vi o vermelho da sirene do carro da polícia.

— Olha os gambé chegando. Disfarça. Circulando, circulando.

O Zóio apagou a bagana com o pé e jogou no jardim atrás dele. Cada um jogou o soco inglês prum lado. Eu joguei o meu atrás dum saco de lixo.

Raposo tomou as escadas para o andar de baixo, prosseguindo em sua vigilância. Só me restou tomar o elevador para subir a meu quarto. Foi então que me deparei com a dupla de zaga titular. Benigno, meu companheiro de quarto, e Bueno estavam a caminho do oitavo andar com suas acompanhantes.

Não trocamos palavra, nem olhares. Procurei aparentar indiferença, tédio, mas era inegável o desânimo que sentia pesar no meu semblante. Ocupei-me com a ideia de que cruzar com Raposo ou havia sido azar puro e simples ou uma mera tentativa de o dirigente demonstrar que estava atento e tinha poder, ainda que seletivo.

Estava mais que óbvio que aquelas duas também eram mulheres de programa. A loura, carnuda, cabelos esvoaçantes, ancas bem fornidas, seios exagerados à moda das musas dos anos cinquenta. A morena, roupas de couro negro justas, cabelos tão pretos que pareciam tingidos. Pelas roupas e maquiagem excessiva, especialmente o batom carregado nos lábios para torná-los mais grossos e os saltos-agulha em que se equilibravam, mulheres de negócios é que elas não eram. Todavia, pelo que conhecia da dupla, as duas eram exatamente o que queriam. Há gosto para tudo, enfim.

Os dois manifestavam satisfação por terem arranjado companhia para aquela noite. Zombeteiro, Benigno arqueou-me as sobrancelhas. A desfaçatez da dupla de zaga era revoltante. Titulares do time, podiam dar-se ao luxo de ignorar a norma e as ameaças de suspensão. Já eu, era forçado a me conformar. Dei-lhes as costas quando o elevador chegou ao sexto andar. Ao descer, não olhei para trás. Benigno disse-me:

— É, amiguinho — era assim que se dirigia a quem achava não merecer respeito. Havia mais gente no elenco que o detestava por aquelas suas atitudes. — Quem pode, pode. É só pra gente grande.

A porta do elevador fechou-se em meio a risos. Mal girara o corpo para a esquerda, rumo à porta de meu quarto, contígua aos elevadores quando vi o perfil de Raposo ao longe, passos lentos, mãos às costas, no fim do corredor, ar de bedel, pelo outro corredor em que aquele desembocava. Convenci-me de vez que havia mais do que mera vigilância naquele cerco.

Os gambés saíram do carro. Mandaram a gente encostar com a cara na parede e deram uma geral na gente, pediram documento. A gente não era bobo nem nada, então ninguém levou uma com eles. Só na manha. Chamando eles de senhor. Que nem o bom malandro. Mandaram a gente circular.

Vai ver que os caras não tavam muito a fim de trabalhar naquela noite, vai ver que eram carne nova na polícia. A gente teve a sorte deles não reconhecer a gente, senão o Zóio, o Barriga e o Piolho iam se foder. Eles já tinham ficha. Eu não, porque só me pegaram quando eu era de menor. Não passei do Juizado. Meu pai foi me buscar e ouvir esporro.

Eles foram embora e a gente voltou pro bar do Zequinha. Tinha uma roda de samba lá. Tinha umas morenaças dançando que puta-que-pariu!. Aquelas, sim. Cada bunda, cada peito, mano. Tudo durinho. Passista de escola de samba, saca? Tudo dançando. E tinha muito nego urubuzando, querendo dançar com elas, chegar junto. Elas é que não queriam. Elas tavam do jeito que elas queriam. Bem no meio da função. Chamando atenção. Fazendo a negada babar na chinela.

Escovei os dentes e deitei-me sem demora. Eram onze da noite e talvez já fosse até mesmo hora de dormir. Eis que me lembrei da partida entre o Fraternidade e o Acadêmico, que àquela hora já devia ter-se encerrado. Liguei o rádio, à busca do resultado. Nada além da curiosidade justificava aquele gesto, uma vez que ambos, já derrotados por nós e pelo Ascensão, nosso rival no dia seguinte, apenas cumpriam tabela naquele quadrangular final. Mesmo que um dos dois tivesse vencido a partida, nada iria se alterar. Morrendo abraçados, como se dizia na crônica esportiva, acabaram empatados em 1 a 1. Tudo muito melancólico: pouca gente na arquibancada, repórteres, narradores e comentaristas com vozes e entonações burocráticas, a frustração de jogadores e técnicos de ambos os lados, a formulação de esperanças para o campeonato nacional que começaria no segundo semestre. As atenções, desde a última quinta-feira, já estavam todas dirigidas para a grande final que seria jogada naquele domingo por Flechas e Ascensão, coroando o quadrangular final. O mesmo confronto pelo quinto ano consecutivo –e os ascentinos nos haviam batido nas quatro últimas ocasiões, o que gerava em nosso ambiente uma tensão assustadoramente maior que a habitual.

Eu já desligara o rádio quando o telefone tocou, mas não especulei sobre quem poderia ser, mesmo àquela hora. Para minha alegria, ouvi na linha a voz naturalmente efusiva de Fubá, um dos atacantes titulares.

— Te prepara, bicho — disse ele, sem dar-me tempo para perguntar-lhe por quê: — Parece que amanhã vai ser o teu dia.

— Como assim?

— Parece que o Pavone não vai ter jeito.

Não soube o que dizer. Senti um frio no estômago. E uma súbita vontade de urinar. Ouvi pela linha, ao fundo, a voz de Silva, seu colega de quarto e de ataque titular dizer algo incompreensível. Antes que eu conseguisse formular algo a respeito, ele disse:

— Olha, eu vou ter que desligar agora. Amanhã eu te conto mais.

— 'cê 'tá de saída?

— Ah, bicho, eu é que não vou dormir cedo.

— Você vai sair mesmo?

— Ô, se vou! O Silva e eu. Vai nessa? Vamos lá no Mysteriu's?

Depois da tentativa frustrada de diversão, do risco corrido e da vigilância de Raposo, declinei:

— Fica pra outra, cara. Valeu.

Despedi-me dele e fui até a janela do quarto. Dava para a entrada de serviço do hotel. Era o único lugar por onde se podia sair razoavelmente incógnito. Quer dizer, bastava uma gorjeta ao pessoal da cozinha para não serem vistos passar. Sair pelo saguão era impensável. O recepcionista fora orientado para informar à alta cúpula sobre qualquer jogador que cometesse a tolice de sair pela porta da frente. Havia também repórteres de plantão à espera de notícias fresquinhas — ou, pelo menos, de algum mexerico ou boato.

Cinco minutos depois, Fubá e Silva saíram sorrateiros por entre os sacos de lixo deixados para a coleta. Não era para tanto. Esgueiraram-se por detrás de uma das Kombis do hotel. Obviamente, não vestiam o agasalho do clube. Tampouco vestiam roupa para sair à noite; estavam de tênis, jeans e camiseta. Eu já conhecia o procedimento, pois já participara duas vezes. Sempre deixavam o carro de um deles estacionado de antemão a uma quadra da concentração. Lá, com exceção das calças, que já traziam vestidas do hotel, trocavam de roupa pelo caminho: o cinto, a camisa, um sapato, uma meia a cada farol. O destino: onde quer que houvesse mulher e bebida. Enfim, diversão pura e simples. Naquela noite, era o Mysteriu's, recém-inaugurado.

A gente começou a beber, virar uma cerva atrás da outra. Lá pelas tantas, o Zóio veio tirar uma da minha cara de novo. Veio com aquele papo que eu era cuzão e tal. Aí eu não aguentei mais e joguei um copo de cerveja na cara dele.

A gente já ia saindo no braço e já veio a turma do deixa-disso. Ainda bem, o cara sabia brigar. Estava sentindo um cagaço dos infernos. Eu ia levando uma surra de dar gosto. Ele continuou me chamando de cuzão. Eu comecei a chamar ele de otário. O Chicão entrou no meio e mandou a gente calar a boca. Mas a gente não acatou.

— Eu vou te mostrar que eu não sou cuzão — apontei o dedo pro Zóio. — Te provo do jeito que 'cê quiser! Só pra calar essa tua boca mole!

— Ah é, Urias? Quer provar que tu é macho?

— É isso aí, cabra! Diz aí o que 'cê quer, que eu faço.

— Te dou duas caixas de cerveja e digo pra todo mundo que tu é foda se tu ficar o jogo inteiro no meio da torcida deles.

— Só isso? Olha que eu vou ganhar essas duas caixas.

— Tu vai ter que ir com a camisa do nosso time e...

Pronto. Gelei. Aí eu senti que ia me foder, mas o Chicão veio salvar a minha pele:

— Ei, ei, 'pera aí! Isso aí já é sacanagem, bicho! Não dá, porra! 'cê que se diz macho não ia ter o culhão de fazer isso, ia? Quando fizeram isso com você, não te mandaram ficar com a camisa pra fora.

— Tá bom, tá bom. Tu leva a camisa por baixo da jaqueta e fica ali no meio deles.

— Aí já melhorou —disse o Chicão.

— Os caras faz gol, tu comemora com eles. O nosso time fez gol, tu xinga com eles. Abriu o bico na hora errada...tu já sabe.

— Moleza, cara. Já ganhei.

— Tu vai sair com eles do estádio. Só depois do jogo é que tu vai encontrar a gente. E nem tenta dar uma de esperto, que a gente vai ficar de olho em você. Combinado?

— Tá branco.

A gente deu um aperto de mão pra selar a aposta. E todo mundo riu. Os outros caras começaram a apostar uma caixa de cerveja se eu ou o Zóio ia ganhar a aposta. A maioria botava uma fé em mim. Sei lá até que hora a cerveja rolou. Mas também teve conhaque, fernete, pinga pura...

Apaguei a luz e fiquei no escuro chupando os dentes, certificando-me de que usara corretamente o fio dental. Ocupei-me com a perspectiva de entrar jogando na final de campeonato do dia seguinte. Por meses estivera esperando que o titular Pavone se contundisse para que pudesse entrar em seu lugar. Era o que me restava. Nem mesmo a ligeira má fase por que ela passara no início do segundo turno fora suficiente para que fosse barrado. Agora que ele lutava para recuperar-se de uma entorse no tornozelo esquerdo a tempo de jogar no dia seguinte, eu não sabia ao certo se de fato queria entrar jogando naquela decisão que o clube enxergava como o jogo da década. Preferia que fosse um jogo de meio de campeonato, a exemplo daquele em que atuara dois meses antes. Fora minha grande chance no time de cima, numa derrota por 1 a 0 para o difícil Arcádia fora de casa. E mesmo tendo atuado tão sofrivelmente quanto cada um dos demais, parecia ser o único a não estar em muito boa conta com o técnico Amaro Leite, notório pelo apego às suas escolhas, mesmo quando confrontado pelo bom-senso.

Sentia mesclados a ansiedade e o medo, de modo que não consegui cair no sono. Nas minhas tentativas, deitei-me sobre um lado e depois sobre outro e assim por diante. Vez por outra adormeci leve e insatisfatoriamente, alternando sonhos e imagens imprecisas do que poderia ser aquela final ainda a ser jogada. Consultando o relógio, constatei angustiado que já passava de meia-noite. Tentei a televisão, que relutou em funcionar e, quando finalmente o fez, apresentou uma sequência desanimadora de nulidades – sequer um filme assistível. Olhei para a cama de Benigno ao lado, vazia. Ainda não retornara de suas incursões pelo oitavo andar. Estava tudo tão silencioso no quarto que pude escutar uns gemidos de mulher. Apurei os ouvidos e descobri que vinham do quarto ao lado, ocupado por Cândido e outro colega, Silvestre. Levantei-me, encostei o ouvido na parede e pus-me a escutar os gemidos até serem interrompidos por um grito, aparentemente de dor. Voltei à cama sem sentir qualquer excitação. E permanecia frustrado.

E também estava cansado. Havia sido o único a treinar em dois períodos naquele dia. Com a possível ausência de Pavone na final, Guido Caminero, o treinador de goleiros, decidira, por precaução, preparar-me — contrariando Amaro, que já confirmara a escalação do titular, mesmo contundido, para o jogo no domingo. Haviam sido quase quatro horas de treino exaustivas. Entretanto, não conseguia cair no sono, ansioso que estava. Assim, pus-me a pensar no que fazer para adormecer logo. Para mim, era garantia de sono ingerir qualquer espécie de bebida alcoólica, independente da dose. Obviamente, não havia álcool no frigobar, nem mesmo refrigerante. Só havia água. Um vazio igual àquele somente na minha geladeira, típica de solteiros.

Lembrei-me então de outro recurso contra a insônia. Como não havia pensado naquilo? Angustiara-me tanto a falta de sono que me esquecera daquele recurso tão eficaz. Estiquei o braço, liguei novamente o rádio embutido na cabeceira da cama, sintonizando-o numa estação conhecida por sua programação de música erudita. Nada mais repousante do que uma peça sinfônica, pensei. Com o passar das horas, seguiram-se, de acordo com o locutor, Mozart, Mussorgsky, Rimsky-Korsakov, Grieg, Mendelssohn, Liszt, Schubert, Albinoni... E nada de dormir. Apenas aquela teimosa vigília.

Com voz impecavelmente modulada, o locutor anunciava o fim das transmissões naquele momento, duas e meia da manhã, quando Benigno chegou. Óbvio que estava satisfeito. Assobiava, de modo ligeiramente embriagado um samba. Julgando que eu já estivesse dormindo, desligou o rádio. Entrou no banheiro, onde tomou um banho de quase meia hora.

Eu seguia remexendo-me na cama. De um lado para outro, inquieto. Quando Benigno deitou-se, observando minha agitação, chamou-me pelo apelido que ganhara dos colegas, comentando com o sarcasmo que lhe era característico:

— Ô, anjinho, tá fritando, é? Toca uma punheta, que resolve.

2   A MANHÃ SEGUINTE

JÁ pela manhã, notei que o dia seria de sol. Pus-me de pé sobre a privada, olhando pela janela. Três andares abaixo havia meia dúzia de beldades, aparentemente turistas, bem de vida. Deitadas umas de bruços, outras de costas, sobre toalhas ou em espreguiçadeiras ao redor da piscina que já vira melhores dias. Pelos caros óculos escuros e chapéus de algumas delas, notei que não eram as mulheres que o Ascensão, segundo Raposo, havia hospedado no hotel para atrapalhar nossa concentração. Eram nove da manhã, talvez cedo demais para que aqueles corpos perfeitos e jovens já estivessem em seus biquinis. Mas aquele sol atípico em maio, convidativo, valia a pena. Sorriam irresistivelmente, falando tão alto e tão alegres, qualquer que fosse a língua que falavam, que invejei aquele seu culto ao ócio. Ao mesmo tempo, intrigou-me sua aparente despreocupação com a gritante decadência do hotel, uma vez que havia melhores opções de hospedagem na cidade. Já para o Flechas, que deixara de ter crédito nos demais hotéis da mesma categoria, o L'Aisselle, cujo nome refletia os modismos da época em que fora inaugurado, propriedade de um amigo de Honório Cobra, um dos diretores do clube, era seu local de concentração permanente.

Entretanto, não senti qualquer excitação com a vista, semelhante às que já desfrutara solitariamente várias vezes durante aquela temporada, especialmente quando de jogos no interior. Era certamente o resultado da insônia que experimentara, e da indisposição que sentia naquele momento, o que fazia de mim um boleiro como outro qualquer, dados o dia e as circunstâncias. Eu mal abrira os olhos e sentira uma pontada de medo, ligeira, mas aguda, lembrando-me de onde estava e do que teria pela frente naquele dia. Ao mesmo tempo, sentia náuseas permanecendo deitado mesmo já bem desperto.

Talvez as belas nem sequer soubessem que naquela tarde de domingo aconteceria o clássico estadual do ano. Talvez pouco ou nada se importassem com o futebol. Talvez preferissem polo, hipismo — se é que se interessavam em esporte. Talvez nem soubessem o que era futebol. Tinham um ar despreocupado, os ombros esguios livres de qualquer peso. Eram o próprio domingo de manhã.

Fechei a janela. Sentei-me no vaso para me aliviar. A natureza sempre chamava naquelas manhãs. Benigno bateu na porta, apressando-me. Disse que tinha de tomar banho logo. Ouvi-o assobiar um samba enquanto me esperava sair. Abri a porta e o vi despreocupado como sempre. Tinha o dom de dormir feito pedra. Sem camisa, uma guia de umbanda no pescoço, a toalha enrolada na cintura. Só que não sorria.

— Brincando sozinho, é? Olha que a mão fica cabeluda.

Acordei todo mijado. Nem sabia direito onde eu andei. Nem como cheguei em casa. Só sei que tomei todas. Minha mãe me acordou e foi logo me dando esporro, como sempre. Minha cabeça parecia que ia explodir, saca?. Tinha um gosto ruim na boca, um gosto de maçaneta. Fui me lavar. Eu estava tonto, tonto. Só no banho é que eu me lembrei por onde eu andei. Mas eu continuava sem saber como eu cheguei em casa.

Eu estava bodeado, mano. Aí, eu saí do banho e fui tomar café. Não tinha mais pão. Eram nove da manhã. Estava sozinho em casa. Minha mãe foi pra igreja, o meu pai estava trabalhando numa manilha na casa do Agostinho, o compadre dele, padrinho do Serginho, o meu irmão caçula. O Serginho estava jogando bola no campinho perto da linha do trem. Minha irmã foi na feira. Meu irmão mais velho estava ensaiando, ele tocava guitarra numa banda punk com uns malucos lá na Vila Xodó.

Fui tomar café na padaria. Tinha uns caraminguás no bolso. Contei o dinheiro. Tinha pro ingresso. O que sobrava dava pra tomar um pingado, comer um pão com manteiga e ainda tomar uma cerveja antes de entrar no estádio. Só não ia dar pra almoçar. Mas tudo bem, não ia ser a primeira vez mesmo. O pão estava uma borracha, mas eu não gostava dele quente, na chapa. O pingado também não estava lá essas coisas, mas na fome a gente encara o que vem. Agora eu já não estava tão bodeado.

Apanhei minha toalha e minha *nécessaire* e fui tomar um banho de meia hora para depois fazer bem a barba. O curioso é que à medida que me ensaboava, dava-me conta que a contrariedade que eu sentia não era tanto a causada pela aparição de Raposo na noite anterior, mas a de ter que aceitar ficar sob o mesmo teto que Benigno, aquele sujeito com quem me era impossível simpatizar. Um pentelho, nas palavras de nosso colega Silvestre. Chegara cogitar solicitar uma troca de parceiro de quarto, o que, diplomaticamente, seria temerário, de modo que me resignara a prosseguir assim até o fim da temporada. Gostasse eu ou não, isso fazia parte dessa tal de concentração, essa praxe que já existia havia tempos e que eu suspeitava fortemente haver sido inventada no Brasil. Até onde eu sabia, parecia haver três motivos para que existisse.

O primeiro motivo, prosaico, era evitar que os jogadores caíssem na farra na noite anterior ao jogo. Entretanto, como já se viu, era uma estratégia que jamais funcionava — pelo menos entre os titulares. Fubá e Silva, por exemplo, acabaram voltando da noitada às três da madrugada, sem que se quisesse percebê-los. Sabe como é, eram astros da equipe, imprescindíveis. Não se podia melindrá-los, pensavam a comissão técnica e a alta cúpula, que tinham como paradigma de concentração o da Seleção Brasileira campeã de 1958. Só que sem a liberdade sexual então permitida.

O motivo acima se confundia com outro, este entre o científico e o paternalista: o de que o regime existia para que a comissão técnica se certificasse de que os atletas se mantivessem descansados e bem alimentados às vésperas das partidas, assegurando assim o rendimento desejado.

O terceiro motivo, consenso no futebol brasileiro, era que se tratava de um recurso bastante útil para que se mantivessem os atletas, perdoem o lugar-comum, unidos em torno do mesmo objetivo. Assim, apuravam-se a união e a solidariedade dentro do grupo. Não vou dizer que não passa de tolice, retórica de dirigente ou de técnico. Já vira jogos e campeonatos vencidos por esquadras para as quais a concentração fora essencial para que se tornassem campeãs, donas de considerável musculatura emocional e de um genuíno espírito de grupo, impondo respeito não apenas pelo seu futebol, que às vezes parecia até mesmo subordinado à integração entre seus integrantes, mas pela solidez de seus nervos e pela autoconfiança com que dominavam o adversário. Por outro lado, havia o exemplo Ada seleção holandesa de 1974, a saudosa laranja mecânica, o carrossel holandês em plena Copa do Mundo. Aqueles jogadores podiam não só passar as vésperas dos jogos com suas mulheres ou companheiras, como também, para o espanto de tradicionalistas, moralistas e disciplinadores hipócritas, podiam tomar sua cerveja.

Entretanto, para nós — leia-se, reservas e carregadores de piano —, era tudo muito rígido: só se podia ir à farra entre o dia de folga seguinte a uma partida e o anterior ao primeiro dia de concentração para o próximo jogo. Na prática, isso significava um ínterim de um dia ou, quando muito, dois. Para quem recorria ao sexo pago, o que era meu caso nos últimos meses, era tempo mais que suficiente. Porém, era preciso moderar, pois a questão não era a falta de energia, mas a de verba. Queixavam-se também os que o queriam de graça, pois achavam que a folga era muito curta para que saíssem à caça e consumassem tudo de imediato ou em curtíssimo prazo. Isso, curiosamente, levava os mais necessitados até mesmo a forçar a suspensão automática por cartão amarelo ou vermelho, garantindo mais alguns dias para o assunto. Fora dos dias de folga, minha única companhia durante a noite era um insuportável colega de quarto imposto pela diretoria; cerveja, então, esquece, meu jovem.

Já de banho tomado e barbeado, ainda apreensivo, desci para tomar o café. Minhas axilas ardiam, graças à marca de desodorante que trocara dias antes — mais barato do que o de Benigno, é verdade, mas de fragrância menos vulgar. A maior parte da equipe já se encontrava sentada. A brigada afro-brasileira, Neguim, Benê, Fubá, Amâncio, Plácido, Benigno e Silvestre ocupavam taciturnos uma mesa junto às frutas. Os selecionáveis (que ou já haviam sido convocados para a seleção – sem que não tivessem passado do banco de reservas – ou estavam cotados para ser convocados para a Copa do Mundo que começaria dali a um mês) Pavone, Bueno, Felício e Silva, estavam a meio salão de distância. Os não-badalados, nos quais me incluía, ficavam próximos da parede junto à escadaria que levava ao saguão principal. Os únicos membros da comissão técnica presentes eram o técnico Amaro Leite e o doutor Magareffi. A grande surpresa era a presença das duas moças que vira no bar na noite anterior sentadas à mesa de alguns membros da alta cúpula, nitidamente satisfeitos por terem revertido com sucesso, pelo menos para si próprios a suposta tentativa de sabotagem encomendada pelo Ascensão.

Juntei-me ao único círculo do qual me era possível fazer parte. Cumprimentei-os sem esperar nada além de um resmungo de um ou de outro. Com má vontade e um muxoxo, Vital, agora o terceiro goleiro da equipe, ainda ressentido com a recente perda de posição, puxou a cadeira para o lado para que eu pudesse sentar-me à mesa.

A exemplo dos demais jogadores, nós, reservas, já havíamos aprendido a evitar intimidades com os colegas do grupo. Mantivéramos pouca conversa durante todo o campeonato, exceto quando realmente necessário. O único a recusar esse pacto de convivência era Eugênio, mulatinho recém-chegado dos aspirantes, o caçula da equipe. Como fosse óbvio seu desejo de pertencer ao grupo, buscava contato com todos, sem exceção, inventando brincadeiras, contando piadas ou fazendo comentários a que ninguém se dava ao trabalho de prestar atenção.

Logo, em nosso caso, não servia para nada esta elementar equação concentração + convívio = união. Pura conversa fiada. Na verdade, nós nos impúnhamos em campo mais pela vontade individual de vencer. Entretanto, embora tal política até então pouco tivesse funcionado, a alta cúpula insistia que devíamos conviver e gostar uns dos outros.

Aquele ambiente fechado com quase 30 homens — dois andares só para a equipe e comissão técnica — decididamente nos sufocava, gerando o efeito contrário ao desejado. Não havia quem não se incomodasse com aquilo. Uns mais, outros menos. Creio que se teria formado um pouco de camaradagem entre nós e se teria desgastado menos o espírito do grupo se o espaço essencial de cada um tivesse sido preservado. Não se podia esperar que nos sentíssemos em casa junto a quase estranhos ou enclausurados num quarto de hotel.

Como já perceberam, o grupo se dividia basicamente entre colegas (o que parecia ser o grau máximo de afeição entre nós), conhecidos, e, não raro, desafetos. A exemplo de todos os demais, eu tinha um ou dois colegas mais chegados: o simpático Eugênio e, quem sabe, Fubá, mas nada que significasse um convite para frequentar sua casa. Tinha também muitos conhecidos e até mesmo um desafeto, além de Vital: Neguim, com quem não trocava palavra desde o ano anterior. Quando todos conversávamos, havia uma trivialidade constante na conversa, o que alguns com certa pompa chamavam de profissionalismo, desde que o assunto fosse de interesse; caso contrário, não havia praticamente ninguém com quem conversar.

Naquela manhã, todavia, tínhamos uma bela desculpa para apresentar a quem achasse estranho nosso comportamento: o nervosismo. De fato, sentia-se que a expectativa de um título há anos ansiado, e de assustadora, mas previsível, importância para os dirigentes que atuavam na política partidária, só contribuía para que o distanciamento entre nós beirasse a hostilidade.

O exemplo claro da inutilidade da concentração era a presença de Felipinho, que chegou brigando com suas muletas, o último a juntar-se ao grupo. Decidiu sentar-se com os da Seleção. Dez dias antes, na última partida do segundo turno, na difícil vitória por 1 a 0 fora de casa sobre o 28 de Maio, havia fraturado o perônio, cedendo seu lugar a Plácido. Ao sentar-se, viu-se em apuros, manejando as muletas ruidosamente, ainda demonstrando falta de costume, sem que ninguém na mesa se desse ao trabalho de auxiliá-lo. Limitaram-se a observar pelo canto do olho o modo canhestro com que se sentava, de modo que o meio-campista, quando enfim se acomodou, olhou ao redor, ressentido. Todos desviaram a vista e voltaram sua atenção ao desjejum. O que um jogador seriamente contundido e desmotivado poderia trazer de positivo para o grupo, ninguém sabia.

Encostada na padaria tinha a banca do seu Haroldo. Eu comprava sempre o jornal das segundas quando o meu time ganhava, saca? Eu comprava o *Voz do Povo*. No domingo, só quando eu tinha dinheiro. Se eu estava duro, eu ia lá dar uma peruada. Ele torcia pro Ascensão também, só que era meio xarope. Ele ficava lá falando, falando, e eu só fazia que escutava e dizia "é mesmo", "é verdade", "é complicado". Eu ficava era lendo a parte do esporte. Naquele dia ele estava emburrado. Ele era meio de lua também. Tinha dia que só faltava ele largar a banca pra te abraçar no meio da rua, tinha dia que parecia que ele nunca te viu antes. Deu pra ver que não ia dar pra filar o jornal na boa. Aí, eu fiquei lendo a capa dos jornais que ele pendurava no lado de fora da banca. Todos eles falando da decisão. Estava na cara que a gente ia ganhar. Eles até que disfarçavam. Diziam que o Flechas ia jogar pelo empate. Mas eles sabiam que a gente tinha um ataque de detonar. A gente estava jogando melhor no campeonato, jogando futebol de campeão, bonito. E eles lá, só jogando feio, ganhando meio que no grito, na malandragem, com o juiz ajudando. Quase vinte e oito anos sem ganhar nada. Ah, mas que eles iam ficar mais um ano na fila, isso iam. Eu tinha certeza que a gente ia ganhar o penta em cima deles, humilhando. O que era ainda mais gostoso era a onda que a gente tirava da cara dos flechenses. A gente já estava até batucando uma musiquinha pra eles: Vin-te-oi-to, vin-te-oi-to! Tinha uma foto do Carmo e do Clemente na primeira página. Eles também já sabiam que o caneco era deles. Não tinha como tirar ele da gente. Era só mandar fazer as faixas.

Após o café, o tédio. A alta cúpula só nos permitia circular pelas áreas preestabelecidas a fim de evitar confraternizações com os hóspedes. Sentia-me como um leproso. Que mal havia em dar autógrafos, conversar com as pessoas, conceder entrevistas – embora minha própria condição naquele momento não me habilitasse a tanto? Talvez estivesse no contato com gente comum o que precisávamos para nos acalmar um pouco naquela manhã. Assim, só me restou sentar-me para ler um dos jornais do dia, evitando a seção de esportes. Todavia, foi-me impossível concentrar-me na leitura. Voltou-me à cabeça o ocorrido da noite anterior.

Afinal, eu estava sem mulher havia duas semanas. Nos meus vinte anos, era muito tempo. A libido necessitava desafogo, mesmo se tivesse que continuar pagando, como vinha fazendo desde minha briga com Elenice, com quem o sexo fora bom e cômodo. Não tivéssemos brigado semanas antes, bastaria telefonar-lhe à noite, depois do jogo e não haveria problema. Ela e suas pernas bem-feitas eram diversão garantida. Voluptuosa e insaciável, tinha um corpo improvável para uma mulher de sua idade, mesmo jamais tendo passado pela impiedosa metamorfose da maternidade. Porém, vivíamos em mundos diferentes. Ela, sofisticada, culta, de um nível social diferente, doutora em antropologia. Eu, jogador de futebol, apenas o segundo grau completo, classe média baixa, porém apreciador de livros – o que, entretanto, já me distinguia dos meus colegas de ofício. Embora nossas conversas fossem geralmente estimulantes, irritava-me sua afetação, motivada por esse contraste entre nós: não apenas demonstrava nenhum interesse por meu ofício, como se excedia nas suas demonstrações de sofisticação na presença de seus pares.

Não bastasse, tínhamos visões diferentes do havia entre nós. Para mim, era apenas afinidade. Era bom ficar com ela: um passeio aqui, um jantar ali, às vezes sair para dançar, e sempre cama, tudo sem compromisso. Um caso clássico de prazer sem amor. Desde que nenhum dos dois se magoasse, não via mal nisso. Já Elenice cobrava-me mais compromisso, vendo-me como namorado seu, mesmo que jamais tivesse lhe dito que a amava. Possessiva e desmedidamente ciumenta, chegava a tratar-me como um menino que necessita tutela. Ainda que ela subestimasse minha visão daquele relacionamento, não conseguia esconder o fato de que, apesar da idade e de seus dois divórcios, queria muito se casar de novo, convicta de que eu era o homem certo. Assim, sentia que já começara a querer montar-me nas costas.

Quando me rebelei, já era tarde. Como resposta, tive que espalmar, a exemplo dos petardos que Fubá me disparava nos treinos, um maciço cinzeiro de vidro dirigido ao rosto. Não tivesse a obrigação de ter bons reflexos, hoje meu nariz seria um de boxeador. Cedendo ao impulso, irrefletido, pela primeira vez na vida, bati numa mulher. Um, dois, três tabefes. E como não tenho mãos de ourives, vocês podem ter uma boa ideia de como ficou o rosto de Elenice, que, mesmo não me perdoando, acabou não levando o episódio à delegacia Isso feito, como me arrependo com facilidade, ainda que quase sempre seja incapaz de pedir perdão, resolvi não mais vê-la, riscando seu telefone de minha agenda sem pestanejar.

Li os jornais todos. Voltei pra casa e liguei o rádio. Tinha sempre o programa de domingo de manhã quando era jogo de final. Era na Rádio Varonil. Todo mundo estava dizendo que a gente era favorito. Assim é que era gostoso ouvir rádio. Eu só não gostei quando um dos comentaristas disse que o jogo ia ser difícil porque o Flechas não era nenhuma galinha morta. Era, sim. Ia ser moleza. Aqueles cornos só sabiam era dar botinada. Eram uns retranqueiros de merda.

Até a reunião com os dirigentes marcada para as onze horas, o tédio só fez crescer, somando-se preocupantemente à ansiedade geral. Geralmente, tentávamos minimizá-lo de várias formas. Havia os tradicionais jogos de carteado, tão curiosamente monossilábicos que uma partida de truco, por exemplo, seria impensável, se não risível. As rodas em que se tocava ou ouvia música, geralmente samba ou sertaneja, outro passatempo típico das gerações anteriores, haviam dado lugar aos *walkmen*. Pouco ou quase nada se lia além da seção de esportes dos jornais, dos gibis, das revistas de automóveis ou de mulheres nuas. Os demais tipos de revistas só eram folheadas, despreocupada ou distraidamente, na espera das refeições ou na falta de coisa melhor para fazer.

Entre os mais jovens sabia-se haver uma atividade restrita aos quartos: a leitura, se é que o termo se aplica, das revistas de sexo explícito. A comissão técnica não se importava, pois não era, e jamais será, novidade entre aqueles jovens de vida sexual pobre. Já a leitura de *best sellers* ajudava a garantir certo status, embora no meu caso significasse que alguns sarcasticamente se dirigissem a mim chamando-me de Cabeça. Certa vez, quando tentara aventurar-me num livro de poesias cujo título era dos mais inusitados, surgiram Felício e Benigno, tomando-me o livro das mãos, emitindo muxoxos e careteios tanto de interrogação como de intolerância:

— Ô, cabeça! Vai ler coisa que preste, rapá.

Na única vez em que Benigno aprovara alguma coisa de ler, arrancou o livro de minhas mãos e, não resistindo ao conteúdo, leu-o em voz alta no saguão, canhestro. Tratava-se de uma antologia de Bocage. Previsivelmente, não fora a fase mais madura do autor que o interessara. Benigno, apesar das dificuldades de compreensão, gostou tanto que talvez seja um dos únicos livros que até hoje constituem sua modesta biblioteca, juntamente com os dicionários que comprou para compreender o que não fosse obsceno na fase burlesca e satírica do poeta.

Outro leitor constante que havia entre nós era o evangélico Fidélis. Indignava-se com Bocage, avesso que era às escrituras do mundo. Lia a Bíblia com tanta convicção e devoção que logo passaram a chamá-lo, também com zombaria, de Irmão. Mesmo assim, tinha companhia de outros leitores da Bíblia, ainda que menos fervorosos: os jovens Cacá, Miguel e Nenê.

Alguns, mais reservados ou julgando insuportável aquele convívio pré-jogo, permaneciam dormindo no quarto, procurando manter a privacidade ao máximo. O telefone deixara de ser a forma mais popular de enfrentar tédio da concentração desde os abusos ocorridos, segundo os dirigentes, nas contas de telefone cobradas do clube pelo L'Aisselle. Agora cada jogador só podia fazer uma chamada de 3 minutos por dia. Assim, restava então a favorita de muitos numa das salas do hotel, cujas poltronas de couro eram de longe a melhor coisa que oferecia: a televisão e sua magia de proporcionar o mesmíssimo divertimento seja a um, seja a um milhão, e por horas e horas, dependendo da disposição do espectador. Desse modo, somente nos encontrávamos todos para as preleções e as refeições. E assim já estava bom demais, creio.

Fiquei ouvindo rádio. Meio que coçando o saco. Eu me lembrei que tinha uma revistinha de sacanagem debaixo do meu colchão. Estava precisando comprar outra. Mas daquela só dava pra achar no centro. Na banca mixuruca do seu Haroldo não tinha. A pentelha da velha dele não deixava vender. Toquei uma punhetinha caprichada. Só pra relaxar. Era bom. Depois disso, uma cervejinha até que ia bem. Mas não tinha nada pra beber lá em casa. Meu pai não estava biritando mais. Minha mãe jogou tudo fora. Ele foi um manguaceiro da porra. Agora só tinha groselha na geladeira. Nada de cerveja. Fiquei tomando a groselha com água. Era coisa de criança, mas fazer o quê? Mas até que era gostoso. Me lembrou dos meus tempos de moleque. Também achei um saquinho cheio de tremoço num canto da geladeira. Meu irmão era que gostava daquelas tranqueiras. Mas eu comi assim mesmo. Eu fui botar a revistinha de volta em baixo do colchão. Aí, eu vi que debaixo da minha cama tinha uma pipa que eu fiz pro Serginho fazia tempo. Peguei ela, a groselha e o tremoço e levei tudo pra cima da laje. Da groselha tomei meia garrafa. E comi todo o tremoço. Pra completar, mandei ver num miojo que já estava empoeirando no armário. Depois fiquei lá empinando pipa até a hora de ir pro estádio.

Quando chegou a hora de me mandar, minha mãe estava chegando da missa. Com a Bíblia debaixo do braço, o terço e tudo. Botei a minha camisa e a calça e a jaqueta do agasalho. A calça estava meia suja na bunda, mas dava pra usar. Ela viu e me deu outro esporro por causa da calça. Falou que eu estava parecendo favelado. Eu nem falei nada. Peguei meu documento, a grana pro ingresso, o soco inglês e fui pro ponto de ônibus ali perto. Não esqueci do meu tênis que eu comprei no crediário. Era daqueles caros. Que nem todo mundo da galera. Na propaganda da tevê tinha um fresco cheio de pose que falava americano, bem assim: Moon Boot. A gente chamava de Mumbuti mesmo. Era branco e de cano alto. Um tesão de tênis. Cheguei no ponto do ônibus arrotando sem parar. Acho que aquela porra daquele tremoço não estava legal. Continuei arrotando até chegar no terminal. Me deu azia também.

Ainda bem que passou rápido depois que eu tomei uma água na torneira do banheiro.

De casa até o terminal o ônibus saía na malandragem. Era só ficar perto da porta e sair a milhão quando o ônibus chegava no ponto. O motorista e o cobrador nem encrespavam com a gente. Nem tinha por quê. Eles eram empregados. Que se foda o patrão deles. Eles faziam que não viam. Do terminal até o estádio não tinha malandragem, manja? O ônibus que levava a gente era detonado, de tão velho. Era de graça mesmo. Só que ia lotado até a tampa. Nego saindo pela janela mesmo. E só macho lá dentro. E estava uma catinga de lascar. Tinha nego com suvaqueira. Tinha nego que até gumitava.

Onze e quinze. Todos nós nos reunimos numa das salas de reunião que o L'Aisselle alugava. Uma sala grande, com uma espécie de palco na frente. Parecia um auditório improvisado. Calados, não nos olhávamos, mas não nos sentíamos nada incomodados. Tampouco incomodava a presença de Raposo, agora à espera da alta cúpula, ocupado com alguns papéis, sentado numa das cadeiras sobre o palco. Parecíamos um grupo de estranhos reunidos para uma palestra. Nem mesmo Felipinho, sentado a um canto da sala, o semblante frustrado, a perna engessada apoiada numa cadeira, recebia atenção ou solidariedade.

O técnico entrou na sala acompanhado por alguns sujeitos que conhecíamos muito bem.

— Olha os filha da puta aí — resmungou Benigno.

— Agora que a gente não tá mais comendo grama é que esses cornos vêm — murmurou Plácido bem às minhas costas.

— Corto o meu saco fora se eles vieram aqui pra falar em pagar a gente — resmungou Benigno novamente.

Para ser honesto, meus colegas não estavam sendo injustos. No início do ano, nas primeiras rodadas, quando estávamos jogando mal, com a equipe assolada por problemas disciplinares e contusões, salários de três meses atrasados, eles sequer se faziam presentes no clube em dia de treino. Porém, agora que havíamos chegado à final, invictos havia cinco jogos, mesmo devendo-nos salários e bichos desde março, eles compareciam sem qualquer constrangimento. Pelo menos, não tinham o descaramento de vir fazer média conosco, ou fingir apoio incondicional. Pelo contrário, vieram apenas para nos pressionar. Afinal, o título garantiria a vitória da chapa da situação para a presidência na eleição a se realizar no agosto próximo.

Nenhum deles disse sequer um bom-dia.

Bologna Filho foi direto ao assunto. Ao fundo, estava Amaro, impassível.

— Em primeiro lugar, rapaziada, o bicho pela vitória é 60 mil cada. Mas tem que ser hoje. Hoje é o dia — iniciou o dirigente, baixa estatura, arredondado.

Já soubéramos pelos jornais que o bicho prometido aos nossos adversários era de 120 mil. Olhei em torno. Mostravam-se todos impassíveis, se não irônicos, dado o atraso de nossos salários. Somente Eugênio arqueou as sobrancelhas. Era a única exceção, pois, tendo em mente o que ganhava, devia considerar a quantia estimulante, encorajadora.

— E vocês sabem que não tem motivação melhor que dinheiro no bolso — disse ele, dando algumas palmadas sobre um dos bolsos da calça, o umbigo lançado à frente, como que com um bambolê a lhe modelar a cintura. Em seguida, com um meio sorriso no canto da boca: — E nem precisa de psicóloga, nem doutor pra dizer disso, precisam?

Na época em que eu fora efetivado na equipe principal, o Flechas decidira, imitando o rival Ascensão, como de hábito, e contra a vontade de Bologna, contratar um psicólogo em período integral. Pois a equipe vivia um momento tenso. Éramos recordistas do campeonato nacional em expulsões com uma média de 1,5 expulsão e 6 cartões amarelos por jogo. Para Moisés Messias, o então técnico da equipe, era evidência de descontrole emocional, embora seu esquema de jogo fosse primeiro defender, ou não deixar o adversário jogar, para só então atacar. Assim, indo às últimas consequências para tomar a bola, tanto a zaga quanto os volantes eram forçados a um jogo vigoroso, abrasivo, de muito contato físico, muitos choques, obstruções e faltas. Enfim, um time que conquistara fama de violento, o que fazia os apitadores entrar em campo predispostos a nos punir, embora a maioria das expulsões se desse em disputas de bola normais para o nosso modo de jogar. Expulsões por destempero haviam sido poucas, o que era consenso entre Bologna e o grupo.

A ideia de trazer um psicólogo fora de Honório Cobra. Já era corrente no futebol da época a opinião de que era necessário haver mais psicólogos nas equipes, pois a maioria dos atletas apresentava, devido à pouca escolaridade e à educação familiar deficiente, uma significativa carência de autoconfiança e autoestima. O que parecia inédito era a presença de um profissional para conter nervos supostamente fora de controle. Assim, mesmo havendo alguns psicólogos bem reputados à disposição, contratou-se uma desconhecida cujo currículo não registrava experiência em psicologia do esporte, Dulce Veríssimo. Mais tarde revelaria a imprensa local que Dulce era sobrinha de um dos financiadores da campanha de Cobra para senador naquele ano.

De porte aparentemente frágil, cabelos ruivos à chanel, Dulce chegou ao clube acompanhada de Cobra. Moisés e Bologna receberam-na com surpresa, contrariedade e desconfiança. Já o elenco, exibiu a malícia e o machismo já esperados. Todavia, sem perder tempo, já ciente das adversidades, Dulce anunciou que iria entrevistar os jogadores um a um, bem como iria trabalhar com a motivação do grupo numa série de palestras, o que era essencial para que, em seu entender, nos tornássemos um grupo vencedor, ou pelo menos, emocionalmente equilibrado.

Quando se iniciaram as entrevistas o grupo mostrou-se inquieto, se não alarmado. Era impossível faltar ao compromisso: havia uma multa de 30% do salário, de modo que todos iam enfrentar a doutora como quem vai a uma consulta no dentista. Quanto a mim, esperava minha vez com curiosidade. Entretanto, dias depois, chegada minha vez, percebi o que motivava a reação de meus colegas. Não eram as perguntas, mas o modo como Dulce nos olhava: com uma firmeza que fazia qualquer um sentir-se vulnerável, talvez como um inseto numa lâmina de microscópio. Um olhar que destoava de seu físico *mignon*, e do recato tão apreciado por homens machistas ou dominadores. Difícil sustentar aquele olhar por mais do que alguns instantes. Pouco afeita à descontração desnecessária, parecia estudar minhas reações enquanto lhe respondia as perguntas – o que, anos depois, vim a perceber como análise da linguagem corporal. Perguntou como eu poderia me definir, perguntou sobre meu relacionamento com a família, meu trabalho, dinheiro, vida, planos, religião, orientação sexual.

Saí da sala, inquieto. Talvez como um candidato a emprego após uma entrevista sofrível, com a sensação de que não se impressionara comigo. Afinal, eu pensava ter muito mais qualidades que os demais. Não fiz outra coisa senão imaginar o que ela deveria ter descoberto a meu respeito. Ignorante em psicologia, indaguei-me até mesmo se ela teria descoberto um Tristão que eu mesmo jamais imaginara existir.

Como era de se prever, houve incidentes. Fidélis revoltou-se ao ser questionado a respeito de sua religiosidade, abandonando a sala. Quando perguntado sobre sua sexualidade, Benigno tentou agarrar Dulce à força. Para a sorte da doutora, houve rápida intervenção. O episódio custou a Benigno uma multa de 50% sobre seu salário e duas semanas de suspensão, impostas por Bologna à revelia do técnico Moisés, indignando-o a ponto de ameaçar pedir demissão.

Ao fim de duas semanas, aquele incidente, somado ao desconforto que Dulce vinha gerando em meio ao elenco, foi o pretexto decisivo para que Bologna se livrasse dela. Sem que pudesse iniciar as tais palestras sobre motivação, seria transferida para a antiga sede do clube, onde trabalharia até meados daquele agosto no departamento de esporte amador, sendo demitida sem maiores explicações na mesma semana em que se consumou a derrota de Cobra na eleição.

— A gente só precisa do empate, pessoal — disse Justino Fido, o diretor de assuntos extraordinários, uma caricatura viva e sua voz aguda, arrancada da garganta. Era responsável pelo clube nos bastidores da federação.

(Pelo regulamento, os quatro mais bem colocados na pontuação geral do campeonato, estariam classificados para o quadrangular final, quando todos enfrentariam todos, cada um jogando três partidas. Como naquele ano se havia decidido não haver jogo final, a equipe que somasse mais pontos nesses três jogos — no total, eram seis pontos em disputa, já que naqueles tempos ainda vigoravam os dois pontos por vitória — seria campeã. Caso dois ou até mesmo os quatro terminassem empatados no número de pontos, seria campeã a equipe que houvesse obtido o melhor saldo de gols ao longo dos dois turnos. Os demais critérios de desempate eram, respectivamente: a) o número de gols marcados ao longo dos dois turnos; b) o número de gols sofridos; c) o confronto direto entre as equipes empatadas nos critérios anteriores; d) o número de vitórias; e) o número de derrotas; f) o número de empates. Caso vocês queiram mais detalhes a respeito das estatísticas das duas equipes, remetam-se ao Apêndice.

Como vocês devem ter visto, ao fim dos dois turnos do campeonato, nós e o Ascensão havíamos terminado em primeiro lugar, embora levássemos vantagem. Estávamos empatados no número de pontos, com o mesmo número de vitórias, empates e derrotas, bem como dois empates (2 a 2, no primeiro turno, e 3 a 3, no segundo) no confronto direto. Em compensação, tínhamos um melhor saldo de gols. Até aquele jogo, nossa defesa, a menos vazada de todas, havia sido, por apenas um gol, mais eficaz do que o ataque adversário, o de maior poder de fogo: havíamos marcado 44 gols e sofrido 26, com um saldo de 18 gols, enquanto o Ascensão havia assinalado 54, mas sofrido 37, apresentando um saldo de 17 — também havia sido o único adversário que conseguira marcar três gols em nós num só jogo. Já os outros dois finalistas, o Acadêmico e o Fraternidade, haviam entrado no quadrangular precisando vencer todos seus jogos.

Quis a tabela que nos enfrentássemos na última partida do quadrangular final para decidir o campeonato empatados em quatro pontos, cada um com duas vitórias. Entretanto, segundo o regulamento, desfrutávamos de vantagem, pois jogávamos pela vitória e pelo empate, enquanto o Ascensão teria de nos superar — já que, lembrem-se, nosso saldo de gols era melhor do que o deles. Essa particularidade do regulamento, acrescentada ao detalhe de que o saldo de gols no próprio quadrangular nada valia como critério de desempate — com o que todos os clubes, sem exceção, haviam concordado no início do certame - nos animava, ao passo que indignava o Ascensão. Eles haviam tido um desempenho avassalador no ataque, porém seu triunfo incontestável sobre o Fraternidade por 4 a 2 e a sova aplicada no Acadêmico por 6 a 1, não haviam sido senão vitórias de Pirro, visto que passáramos pelos mesmos oponentes com duas modestas e excruciantes vitórias por 1 a 0, e ainda lhes guardávamos certa vantagem.

Era por isso, portanto, à luz do regulamento, se é que vocês entenderam, que nos bastava um empate naquele jogo. Conservando-se a diferença entre nós, já consolidada no final dos dois turnos, o título seria nosso.)

Ele prosseguiu:

— Mas escutem isso: se vocês perderem hoje, a lista de dispensa já está pronta. Pensem bem. A gente está sem ganhar um título já faz quase 28 anos.

Quando mencionou a lista, olhei ao redor e ninguém fez menção de reagir. Todavia, vi de relance Pavone abrir um sorriso insolente de ao se mencionar o jejum de quase vinte e oito anos. Mais uma vez regurgitava-se aquela história. Que culpa nisso tinha nosso elenco se o clube e suas inúmeras gerações de jogadores e mandatários não haviam logrado conquistar um título há tanto tempo? Era uma pressão quase desumana vinda de todos os lados, especialmente da torcida, mais e mais impaciente e enfurecida, ano após ano, eliminação após eliminação. Outro complicador era o fato de os dirigentes terem ambições para as eleições no clube. Isso sem falar na incessante nostalgia evocada pela imprensa, que colhia depoimentos e opiniões dos integrantes, os mesmos de sempre, daquela equipe que havia levantado a última taça do clube naquele distante 25 de novembro de 1962 – alguns dos quais, tendo seguido carreira política no clube após o término da carreira, responsáveis efetivos pelo tal jejum. Até mesmo as gerações mais jovens de torcedores pareciam ter na ponta da língua sua escalação, repetida como um mantra — Pedro; André e Tiago; João, Tomé e Tadeu; Felipe, Bartolomeu, Mateus, Simão e Matias. Eu mesmo, infectado que fora, mesmo contra a vontade, sabia de cor aqueles nomes – a exemplo daquelas canções que se detestamos, mas que não conseguimos arrancar do ouvido.

Nada como a nostalgia, já bem engordada com o passar dos anos, para que viesse à tona uma indulgência unânime quanto à inconstância daquele esquadrão, o que até hoje é típico no mundo do futebol. Lembravam-se das derrotas que aquela equipe ocasionalmente impunha a Santos e Botafogo, os todo-poderosos da época, ao mesmo tempo em que se esqueciam das derrotas vexatórias que a mesma equipe às vezes sofria diante de times modestos — e que se tornariam mais ou menos comuns nos anos a seguir.

Um claro exemplo disso foi a goleada por 7 a 1 que quase lhes custara aquele título mítico. A derrota, sofrida diante de um dos frequentadores da rabeira da tabela, um clube recém-fundado chamado Ascensão, os levara à final com a necessidade de bater o Progressista tanto nos 90 minutos quanto na prorrogação. Poucos se lembravam de que no tempo normal não passaram de um opaco 1 a 0. Menos ainda se lembravam do martírio da prorrogação, quando a saudosa esquadra teve de suar sangue, bílis e entranhas para bater o rival que se defendeu feito bicho acuado pelo empate até o vigésimo oitavo minuto. Todos os saudosistas rememoravam, embevecidos, como que transportados no tempo, o gol do título, obra do artilheiro Simão. O fato de o gol ter sido um clássico gol de mão, que não resistiria aos replays das transmissões de televisão atuais, podendo até, por que não, ter inspirado Maradona contra os ingleses na Copa do México 24 anos depois, validado convictamente pelo árbitro Franco Giusti — a quem toda a nação flechense ainda devia secretamente reverenciar – era ignorado por muitos; e até celebrados pelos adeptos do roubado-é-mais-gostoso.

O que também era preciso considerar era o fato de que, embora tivesse permanecido virtualmente inalterada durante os oito anos seguintes, a esquadra jamais seria capaz de reeditar o feito. Desfrutando de seus louros, e sequer imaginando a vida praticamente eterna que teriam na memória do torcedor nas décadas seguintes, passaram a praticar um futebol indigente, um esboço pobrezinho daquele demonstrado no "ano da graça", chegando assim ao fim do ano seguinte já acostumados às vaias dos pais e avôs dos que naquele domingo os guardavam num panteão. Alguns, mais condescendentes, atribuíam tal decadência simplesmente ao fim de um momento mágico, embora os rivais apontem o fim da ajuda por parte das arbitragens. Nos anos seguintes ao "ano da graça", tempo em que os clubes ainda conseguiam manter suas escalações por vários anos, seu melhor desempenho seria o quarto lugar no campeonato estadual, obtido em 1969, seu penúltimo ano de existência. No ano de 1970, seu canto do cisne não poderia ter sido mais melancólico, encerrando o campeonato a um ponto do rebaixamento.

Outro fato de que todos aqueles que julgavam aquela esquadra capaz de ser vitoriosa até aqueles dias se esqueciam era que o futebol mudara radicalmente desde então. Será que aquele ataque de cinco homens hoje conseguiria superar um meio-campo de cinco homens orientado para proteger a zaga central e contra-atacar? Será que hoje em dia seus três meio-campistas e seus dois zagueiros seriam capazes de acompanhar a velocidade e o vigor físico necessários na pouco imaginativa cultura do contra-ataque hoje disseminada pelos campos? Naquele tempo de pouca ciência na preparação física, o único daqueles jogadores que hoje estaria à vontade era Tiago, que diziam correr por dois. Com eles, a bola rolava de pé em pé. Quase vinte e oito anos depois, o preparo físico e a marcação precediam a técnica; a tônica era não deixar o oponente jogar.

Não tendo nascido naquela época, apenas testemunhara os mais recentes anos de fracassos do Flechas. Quando pré-adolescente, embora torcesse freneticamente para o Ascensão, chegava a ter dó deles. Já como profissional, mesmo estando na equipe havia pouco mais de 9 meses e participando das finais pela primeira vez, aquele fardo era tão pesado para mim quanto para os veteranos da equipe.)

— Vocês têm que ganhar hoje — conclamou o dirigente que acabara de entrar apressado na sala, um dos mais detestados pelos jogadores. Era o presidente do clube, um velhaco de semelhança raposina chamado Flores. —

Tem que ser a nossa vez! Vocês ouviram o que a torcida anda dizendo. Não tem esse papo de vice, entenderam? Chega de vice! — ele vibrou o punho. — Pela quinta vez, não.

(Nos quatro anos anteriores, o Flechas sempre havia chegado à finalíssima do estadual, tendo sempre sido derrotado pelo mesmo Ascensão. Uma equipe reformada a cada temporada. Cinco anos, quase 60 jogadores contratados, escalados e dispensados, 9 técnicos contratados e depois demitidos, ao passo que os cartolas permaneciam os mesmos, reeleitos a cada 2 anos.)

Honório Cobra, o diretor de *marketing* do clube, cujas atribuições eram um total mistério para o elenco, candidato da chapa da situação à presidência do clube, colocou a questão nos seguintes termos:

— A gente não pode perder de novo. Não pra esses metidos. Vocês já viram os caras na tevê, posando com faixa no peito, tirando foto de campeão, como se o jogo já estivesse ganho? Olhem só isso — ele desdobrou a primeira página do jornal mais importante do estado, *O Diário*, na qual se estampava aquela foto que eu havia visto horas antes sem prestar muita atenção. Nela estavam Clemente e Carmo, dois de nossos adversários daquela tarde, sorrindo, felizes. — Vocês viram como eles riem? E por quê? Porque eles acham que a taça já é deles. Eles até já organizaram a festa do título, já compraram o chope e tudo o mais, achando que já ganharam da gente.

Continuamos em silêncio, embora eu sentisse que o brio ferido começava a manifestar-se no semblante de cada um. Hoje, com certo distanciamento, percebo que se tratava apenas de um jogo retórico muito utilizado a fim de se motivarem jogadores em véspera de decisão. Bastava o rival fazer uma declaração pouco política ou exibir alguma atitude que desafiasse o bom-mocismo para que se criasse a hostilidade. Como se não fossem todos profissionais, mas apenas mocinhas melindrosas.

— E o que é que a gente vai fazer? A gente vai fazer eles enfiar no cu aquela festa toda! — ele fez uma pausa, sem em nada lembrar o tom de voz macio utilizado na campanha televisiva no ano anterior. Tomou um longo gole d'água. Prosseguiu: — E eles ainda fazem questão de mostrar que só têm pena da gente! Eles que enfiem no cu essa pena! — deu um murro na mesa. — A gente quer é respeito! Temos um passado a honrar! Eles tão achando que vão ganhar da gente assim, que nem se ganha de um time de várzea! Vamos fazer que nem o Uruguai fez em pleno Maracanã! Eles que tomem cuidado com a gente, que a gente vai jogar em casa!

Realmente ele estava certo quanto às provocações do adversário, porém ele sabia que nem era preciso tocar no assunto. Já estávamos com aquilo atravessado na garganta. Agora, tudo o que havia por detrás daquele discurso de respeito ao passado e à tradição do clube, era conversa fiada, pré-eleitoral. Seu interesse estava nos ótimos dividendos de uma vitória nossa, posto que naquele mês tinha amplas possibilidades de vencer a eleição no clube, deixando para trás o pouco carismático Rubião Pederneiras.

Seriam mais alguns anos de mando para aquele grupo, mesmo diante da gritante queda de popularidade do clube desde sua chegada ao poder, numa proporção inversa ao crescimento do patrimônio pessoal de cada um deles — ainda que, oficialmente, nenhum deles recebesse salários do clube. Ignorando os fatos, o que queriam daquele passado de glórias de que jamais haviam participado era apenas o lucro, não o aprendizado, mesmo já tendo estado no poder havia pelo menos dez anos. Uma década de engorda de finanças pessoais e ambições políticas.

As eleições públicas do ano anterior serviam para ilustrar tudo isso muito claramente. Candidato de direita, Cobra baseara sua campanha para senador em sua liderança à frente do clube, apelando para o eleitorado composto por torcedores do Flechas. Seu *slogan* de campanha fora: "Flechense vota em flechense. Vote Cobra." Não bastasse, não deixara de usar em suas declarações uma demagogia pseudo-humanista e um populismo gasto. Político nos moldes tradicionais, de traço um tanto quanto coronelista, ignorando o que pensávamos dele, de seus métodos e de seu caráter, tentara empregar o tal voto de cabresto, claramente dando a entender que, como empregados do clube, éramos obrigados a lhe dar votos. Obviamente, nós nos recusáramos a tomar parte em sua campanha, ainda que alguns colegas mais influenciáveis quase tivessem sido persuadidos. Para nós, fora uma alegria secreta, porém unânime, ver todos seus planos frustrados com a derrota.

Diga-se que o único a ter poucos motivos para alegrar-se com o fracasso de Cobra foi Leme. Fora o único jogador a manifestar abertamente seu desapreço pelo cartola e sua má-vontade em relação a sua campanha. De modo que acabou tendo sido posto à venda, sem que se tivesse consultado Moisés Messias, sob a alegação de que não só seu salário pesava demasiado na folha de pagamento do clube, como também se tratava de um mero desagregador. Estávamos a cinco rodadas do final do campeonato nacional e a apenas um ponto do líder Clube Esperança. Com sua saída, estagnou-se nossa campanha, que até então se mostrava crescente em contraste com a queda de produção do primeiro colocado. Perdidos em campo, sem confiança, nem líder, perdemos os jogos restantes e acabamos o campeonato em sexto lugar. Quem pagou a conta foi o técnico Moisés Messias, na extremidade mais fraca da corda.

3 O PRÉ-JOGO

MEIO-DIA eu encontrei com os caras lá no terminal de ônibus. A maioria do pessoal da torcida pegava o ônibus lá na sede. Mas era muito longe pra gente, lá no outro lado da cidade. Então a gente se reunia tudo perto do estádio. A gente nem ficou muito tempo de bobeira ali. O lance era chegar cedo no estádio. Era final de campeonato, ficava lotado. Precisava chegar mais cedo pra pegar um lugar legal, essas coisas.

No ônibus o Zóio me lembrou da aposta. E foi só aí que eu me lembrei dela. Eu nem pensei muito. Eu disse que ela estava de pé e pronto. Mas o pior era ter que ficar junto com os flechenses. Eu, associado da Força Bruta, a maior organizada do Ascensão. A gente já se pegou feio muitas vezes. Aqueles filha da puta mataram uns dois ou três dos nossos, mas a gente já matou uns dois ou três deles também. Era assim; toma lá, dá cá. Naquela tarde mais gente ia tombar. Com certeza. A coisa sempre ficava quente.

Mas não dava pra deixar de pensar. O sacana do Zóio tinha que me lembrar daquilo? Aquele filho-da-puta. Onde é que eu estava com a cabeça quando eu topei? No meio dos caras do Flechas. Os meus chegados é que iam se divertir mais. Eu ia ter que ficar na moita e só começar a alugar os caras depois do jogo, longe do estádio.

Era aí que morava o perigo. Será que eu ia aguentar ficar quieto? Além disso, vai que algum dos caras que a gente já bateu me reconhece e me deda pros fodões da Alvi-Rubra. E aí, meu amigo, ia foder tudo. Um cara da Força Bruta ali no meio deles? Porrada, mata, mata. Sair vivo dali é que eu não ia. Isso me deu um arrepio. Me deu uma tremedeira também. Era cagaço mesmo. Mas não tinha como voltar atrás. Todo mundo ia cair na minha pele se eu tirava o corpo fora. Eu ia queimar o meu filme legal. Ia perder toda a minha moral com os caras.

O Pé me passou um baseado. Ia de mão em mão. Era pra dar uma puxada, como sempre. Dei duas e quase levei uma moqueta. Eu disse que era pra relaxar porque eu ia ter que aguentar todos aqueles cornos o jogo inteiro. Os caras começaram a me alugar. Me chamaram de cuzão. Me deram não sei quantos tapas na cabeça. Vieram uns quatro. Me agarraram e puxaram a calça do meu abrigo pra me deixar com a bunda de fora. Só de sacanagem. Filhos da puta. Era coisa que a gente fazia na escola quando era mais moleque. Agora eles ficavam naquela de querer cagar na minha cabeça. Mas tudo bem. Eu ia ficar lá no meio do inimigo. Ah, mas depois daquele jogo, eles iam me respeitar. Ah, se iam. Não ia mais ter um filho da puta pra folgar comigo.

Após o almoço, sem a companhia de Raposo ou da alta cúpula – todos em veículo próprio – entramos todos no ônibus, arrastando os pés. Num silêncio absoluto, tenso, ansioso – do qual destoavam apenas o ranger das molas da suspensão e o chacoalhar dos vidros daquele ônibus envelhecido —

fomos levados ao estádio, apenas nós e a comissão técnica. Diante da pressão que recebêramos, não havia momento mais oportuno para que alguém se levantasse e se dirigisse ao restante do grupo a fim de estabelecer alguma espécie de pacto pela vitória. Entretanto, ninguém se manifestou. Os únicos que destoavam da intranquilidade geral eram Eugênio, absorto pela leitura de um gibi atrás do outro, e meu vizinho de poltrona, Fubá, que serenamente fazia o que mais gostava: dormir. Certamente fora compensadora a noitada.

A gente não cruzou com os ônibus das organizadas do Flechas. A polícia montou um caminho diferente pra elas. Mas a gente chamava atenção e botava respeito. Tinha nego que parava o carro longe da gente no farol. A maioria da galera ficava com meio corpo pra fora da janela. A gente batucava na lataria do ônibus. Mas eu não me meti pra fora senão ia perder o lugar. Tinha muito nego de olho no meu assento. Lá dentro já estava rolando uma cachaça lascada.

Pela janela vi uma fila de cerca de dez carros trazendo bandeiras do Ascensão. Buzinavam, cantavam o hino do clube, cantavam suas façanhas, suas glórias. Era a alegria do torcedor. Não era aquele tipo de manifestação que nos incomodava — ainda que não deixassem de nos provocar ao perceberem a proximidade de nosso ônibus. O que de fato nos irritava, além da atitude da alta cúpula, era a autoconfiança exagerada que o adversário passara a semana exibindo, ainda que por mera formalidade fizessem questão de negar que estivessem afetando superioridade. Eis algo intrigante: por que será que o já-ganhou parece ser tão típico de nosso futebol? Mais quantas decepções teremos de assistir até que aprendamos o simples e óbvio fato de que nada se ganha na véspera?

A semana inteira fora intolerável. A crônica esportiva, encantada com as goleadas do Ascensão sobre o Acadêmico e o Fraternidade no quadrangular final, alfinetava-nos por nossas duas vitórias magras sobre os mesmos rivais. A alta cúpula diariamente mandara recados de cobrança nada sutis. Nem sequer nossa torcida nos dava paz, pois a cada treino bradava *Vinte e oito, não! Vinte e oito, não!* Chegara a adaptar uma canção popular chamada *Cheia de Charme*, transformando-a na irritante *Chega de Vice*. Não bastasse, número de torcedores que iam a nossos treinos apenas para nos ofender aumentara tanto que a impressão era de que estávamos próximos do rebaixamento. Tanto que o clima esquentara na quinta-feira, quando os mais nervosos do time dispararam rumo às arquibancadas. Não houve mortos, nem feridos, apenas um empurra-empurra entre melindrados e insatisfeitos. Perguntei-me o que estava fazendo naquela panela de pressão.

Com desconforto lembrei-me da conversa que tivera com Benigno assim que eu saíra da equipe de aspirantes para compor o banco de reservas no setembro anterior. Lembro-me com clareza de que, ao olhar-me nos olhos azuis e no cabelo louro cacheado que me batia nos ombros, enrugou a testa alta de crioulo, exibindo umas dobras curiosas. Lançou-me então um sorriso torto e insolente, e perguntou sem rodeios:

— Ô, anjinho. Me diz uma coisa: por que é que um moço de família que nem você não 'tá estudando? Esse papo de futebol não é pra você, não. É coisa pra preto pobre e fodido, cara. Só assim é que preto sobe na vida, quer dizer, ganha uma grana honesta, consegue respeito. Se eu tivesse tudo o que 'cê teve na vida, eu não 'tava aqui levando porrada, não.

Tais palavras eram um claro reflexo de sua pouca autoestima e seu desencanto, ainda que não fosse ele tão mais velho que eu. Já tendo passado pela fase do deslumbre e do desfrute das glórias passageiras do futebol profissional, típicos de qualquer novato, ele abraçava agora o cinismo — embora ela já tivesse havia muito deixado de ser favelado. Filho mais velho, órfão de pai, tivera desde cedo a obrigação de ajudar a mãe e os 5 irmãos. Uma vida dura até seus 18 anos, quando deixou de ser borracheiro de meio período para ingressar na equipe de aspirantes, tornando-se semiprofissional.

Como que numa iluminação, ou o seja, veio-me à mente o claro contraste entre o Tristão torcedor e o profissional da bola. Um, o menino fascinado, acalentando sonhos de sucesso diante das imagens heroicas de seus ídolos na televisão e nos álbuns de figurinhas; o outro, a caminho do estádio, sem saber se sua angústia se devia à pequena possibilidade de entrar em campo numa final ou à frustração de ver-se em meio a um tiroteio de egos.

Até minha efetivação como profissional jamais fora prejudicado pelas politicagens ou pelos jogos de interesses, nem tivera a carreira abortada. Pelo contrário, sempre fora inabalável meu entusiasmo pela carreira. Todavia, bastaram-me três meses de campeonato nacional no ano anterior mais aqueles quatro de um campeonato de desgaste e aflições, para ver como aquela máquina funcionava por dentro — talvez já sendo engolido pelas engrenagens de modo praticamente irremediável. Desbotara-se de todo a visão pura e lúdica que sempre tivera do rolar da bola. Era uma situação de tal forma inimaginável que me flagrei mergulhando no passado, num inquieto exercício de memória.

(Não sei com clareza quando comecei a tomar gosto pela posição de goleiro. É daquelas reminiscências difíceis de recuperar graças à imprecisão das lembranças da infância. Minha recordação mais nítida é aquela em que, ao dez anos, assisti com meu pai a um documentário sobre a conquista do tricampeonato no México. Se meu pai entusiasmava-se com as jogadas de Tostão, Gérson, Rivelino, Jairzinho e Pelé, a combatividade de Carlos Alberto e Clodoaldo e a valentia de Félix, Everaldo, Piazza, Brito, o que mais contagiou-me foram os três mais belos não-gols da história do futebol, todos de autoria de Pelé, nem tanto por ele próprio, mas por seus oponentes.

Impressionou-me a monumental defesa do inglês Banks diante do épico cabeceio de Pelé no árduo embate contra os ingleses. Impressionou-me também a solidão com que o uruguaio Mazurkiewicz assistiu ao arremate rasteiro de Pelé, já sem equilíbrio nem muito ângulo, ganhar a linha de fundo, passando a milímetros da trave, após ter sido enganado com um drible de corpo espetacular — um lance que leva ao êxtase qualquer amante do futebol. E torci pelo goleiro checo Viktor em sua corrida rocambolesca e alucinada de volta ao gol, surpreendido pelo longo chute de Pelé a partir do círculo central. O mais curioso é que parecêramos estar assistindo ao lance ao vivo. Eu, absolutamente fascinado, enquanto meu pai descabelava-se, vendo aturdido e arrebatado a bola perder-se pela linha de fundo.

Voltando ao assunto, o que me atraía na figura do goleiro era seu uniforme diferente, seu porte galante e másculo, o vigor, a plasticidade e o destemor com que se lança à bola. Enfim, estavam lá os atributos do herói que todos temos na infância. Lembro-me de meu entusiasmo quando um jogo terminava, sempre por obra dos arqueiros, num zero-a-zero frustrante a quem ama as chuvas de gols, ou numa vitória apertada. Além de Banks, tivera outros heróis. Os grandes da época, que via nos jogos entre seleções pela tevê, eram o russo Dasaev, o belga Pfaff, o argentino Fillol, o alemão Schumacher, o subestimado Waldir Peres.

Assim, foi apenas uma consequência, nos meus anos de escola, descobrir que era exatamente aquilo o que eu queria ser na vida, enquanto meus colegas, fiéis à idade, nem imaginavam o que seriam quando adultos, limitando-se a sonhar em ser como seus heróis. E creio que nem poderia ter sido diferente, já que o futebol entre nós, meninos, era o que mais nos unia — pelo menos até o primeiro amor. Na hora do recreio ou na ausência de algum professor, lá íamos todos jogar futebol na quadra. Jogávamos o futebol de salão, a única possibilidade naquele tipo de piso que também se usava para o basquete, o vôlei e o handebol. Obviamente, nós o jogávamos com certas liberdades, sempre usando bola de plástico ou, quando muito, de couro macio. Com a bola mais leve e mais divertida do que a de salão, fazíamos o arremesso lateral com uma só mão, ignorando as regras. Dessa forma, era um jogo mais interessante tanto para assistir quanto para jogar, pois a bola então pesada e dura do hoje chamado futsal metia medo não só em nós como em nossos testículos em maturação. Para nós, era impossível jogar bola naquela quadra estreita com as regras rígidas do salão.

O jogo de bola era o que de melhor havia na escola. Por ser assim, e por ser atividade proibida fora dos horários de educação física, frequentemente acabávamos na sala da diretora depois de flagrados. Isso só não ocorria quando nos avisavam da chegada do bedel, cuja principal função parecia ser inibir o jogo de bola, fosse qual fosse, em horários não estabelecidos. Era cômica nossa correria para esconder a bola e nos sentar num canto qualquer com caras de desentendido. Ainda que os indícios permanecessem nos rostos daquela molecada ávida, incapaz de ficar indiferente à bola. Só não havia a prova material.

Certa vez, um colega de classe chamou-me para jogar no time da rua onde morava. Não só era o dono do time e da bola, como também o capitão, e aspirava ser seu craque-mor. Um magricela desengonçado e autoritário, não chegava sequer a ser mediano, tão pouca era sua familiaridade com a redonda. Mas quem é que vai esperar autocrítica de um garoto de 13 anos? Integrado à equipe, aos sábados à tarde ia defender o time numa praça defronte à sua casa. Jogávamos no que havia restado da grama inaugural, que certamente não havia sido pensada para aquele fim. Jogávamos seis ou sete de cada lado. Às vezes, íamos ao parque jogar em grama de verdade. Não tínhamos traves: o gol era demarcado por duas pedras. Quando a bola vinha pelo alto, não era gol quando o chute passava acima das mãos do goleiro. Isto gerava discussões sem-fim, se o goleiro fosse alto ou seus braços compridos. Os adversários às vezes vinham das ruas vizinhas; às vezes eram colegas ou conhecidos do pessoal. Vez por outra tínhamos até torcida. Não, não eram entusiastas incondicionais do futebol que não perdem sequer uma pelada entre casados e solteiros, mas apenas gente sem muito o que fazer. Quando chegávamos em casa, cobertos de terra vermelha e com os joelhos esfolados, nossas mães nos recebiam com desgosto, certamente maldizendo Charles Miller.

Minha reputação de goleiro ganhou força aos quatorze anos. Fui jogar pela equipe de futebol de salão que representou a escola num campeonato importante no meio estudantil. Fomos vice-campeões após oito vitórias consecutivas e uma derrota por 6 a 5 na final para um quinteto que havia sido batizado de *rolo compressor* — e olhe que chegamos a estar na frente deles por 4 a 1 ao fim do primeiro tempo, antes da virada no placar que, fazendo justiça ao apelido, acabaram obrando no segundo tempo.

Foi quando meu pai se convenceu de meu talento. Como tinha um conhecido que tinha um amigo que era amigo de um dos conselheiros do Ascensão, tentou mexer uns pauzinhos. O clube estava fazendo uma campanha sensacional para voltar à primeira divisão, depois de haver realizado uma reformulação total em seu departamento de futebol. Assim que se vira rebaixado no ano anterior, dispensara os veteranos e as estrelas acomodadas que haviam contribuído para o fracasso da equipe, optando por disputar a segundona com um elenco composto basicamente por sua equipe de aspirantes. Tratava-se de um elenco forte: havia até mesmo ganhado o campeonato de aspirantes do ano anterior. Só não havia sido promovido a equipe principal antes por haver entre os dirigentes o temor de que fracassasse no campeonato profissional, uma mentalidade em nada coerente com sua imagem de clube-modelo no que dizia respeito às divisões inferiores. No fim daquela temporada, a jovem equipe do Ascensão traria o clube de volta à divisão principal de forma brilhante. Os destaques daquela esquadra eram o armador Carmo, o zagueiro Jorjão e o lateral-volante Carneiro, todos já veteranos da equipe naquela decisão que iria ser disputada contra nós naquele domingo, 13 de maio de 1990.

De fato, as divisões inferiores do Ascensão pareciam outro mundo, pois ao contrário de muitos outros, o clube não enxergava sua disputa da segunda divisão como uma passagem vergonhosa de sua breve história. Na verdade, via-se na crista da onda, graças às exibições notáveis de seus jovens, cada vez mais valorizados. Assim, o clube recebia tantos garotos talentosos vindos dos mais diversos cantos do estado para tentar a sorte que podia dar-se ao luxo de fazer pouco dos que procuravam compensar com apadrinhamento sua pouca aptidão. Ou seja, no meu caso, apesar dos contatos com o tal conselheiro, o pistolão não vingou. Não que eu não tivesse talento, o problema era a disputa acirrada. Restou-me então seguir pelo mesmo caminho agora que seguiam todos: a temível peneira. Se bem que fosse muito diferente tanto das peneiras dos demais clubes quanto do pau-de-sebo que sempre foram nos tempos de meu pai.

Agora, dependendo do número de garotos que apareciam para tentar uma chance, a peneira durava dois, três, até quatro dias. Juntavam-se dezenas, ou até uma centena, de garotos, formavam-se duas equipes por vez. Tinham meia hora para mostrar serviço. Assim, a maioria acabava jogando para si, procurando causar boa impressão com dribles e truques com a bola, ainda que J. Hércules, técnico do Ascensão naquele domingo e então coordenador da peneira, lembrasse-lhes de que seriam analisados coletivamente:

— Fominha aqui não tem vez — avisou, ao reunir a garotada no círculo central antes do jogo. — Lateral é lateral, meia é meia. Não tem essa de querer entrar com bola e tudo no gol. É pra jogar que nem time de verdade.

Para os goleiros, o drama era evitar os gols daquela ávida molecada. Na grande maioria, tinham a esperança de fugir da pobreza em que viviam. Quando joguei, não creio ter-me saído mal, mesmo jogando pela primeira vez num gol de dimensões semioficiais, bem maior do que o de futebol de salão. Fiz duas ou três defesas importantes em chutes rasteiros, mostrei reflexos e razoável senso de colocação, porém fracassei ao levar um gol de cabeça. Disputara e perdera o lance pelo alto com um centroavante da mesma idade que eu, mas muito mais robusto. Por ser essencialmente um teste, o detalhe de ele ter jogado o corpo para tirar-me da jogada acabou sendo ignorado. Assim, mesmo meu grupo tendo vencido, acabei rejeitado, a exemplo do goleiro adversário.

— Você tem uma noção de colocação boa — disse J. Hércules, ao fim do jogo, com uma prancheta na mão, sem dirigir-me o olhar. — Tem elasticidade razoável. É bom de reflexo. O problema é que não tem físico pra ser goleiro. Foi por isso que o grandão lá fez o gol em você.

Já com um nó na garganta, perguntei-lhe quando haveria uma nova peneira. Ele respondeu secamente:

— Talvez seis meses, talvez um ano. Apareceu muito menino bom de bola esse ano.

Desnecessário dizer que fiquei frustrado. Era coisa para se levar nos ombros uma semana inteira. Todos os dias me olhava no espelho e concordava com eles: como é que com aqueles braços e pulsos risíveis, aquelas mãos e pernas magras, poderia eu ser goleiro, e dos bons? Meu pai bem que contemporizou, tentando ajudar-me a recuperar parte da auto-estima. Afinal, lembrou-me ele:

— No futebol de salão, com aquela bola pesada, não tem jogo aéreo. Além do mais, o gol é bem menor. Você não precisa de tanta impulsão assim. Foi por isso que você pegou bem as bolas rasteiras.

Mas era meu físico que me incomodava. Assim, fui procurar auxílio. Recorri a uma academia de ginástica situada na sobreloja da farmácia do bairro. A propaganda se resumia a uma placa em que se lia "MUSCULAÇÃO - sobreloja" e a uns pôsteres de sujeitos musculosos, afixados na entrada. Naquela época bastava o argumento de que os macistes estavam na moda — ombros, costas e peitorais largos, braços e pernas assemelhando-se a toras, tudo em grande desproporção com a cabeça. Era do que as meninas gostavam, ou pelo menos pareciam gostar. Entretanto, acreditem ou não, o que pesou na minha decisão foi simplesmente meu físico inadequado para um goleiro. Assim, decidi arrumar um emprego de meio período. Como empacotador num supermercado do bairro, tive dinheiro para matricular-me num programa de musculação, mesmo ante a reticência de meus pais.

Tendo em mente o prazo que Hércules previra para que houvesse uma nova peneira, seguiram-se seis meses de malho, duas horas por dia, cinco vezes por semana. Era uma rotina de exercícios adequada à minha idade. Levantava um peso aqui e outro ali, fazia muito exercício físico. Às vezes beirava a exaustão. Segui uma dieta com muita vitamina, e acabei disciplinando-me de modo impensável. Ganhei o peso, o físico e a força de que necessitava. Para o alívio de meus pais, em nada assemelhava-me àqueles sujeitos movidos a bolinhas. Confiante, fui tentar a peneira do São Tomé em fevereiro, já que a do Ascensão fora adiada para junho. Os outros dois clubes localizados na região metropolitana, o Fraternidade e o Progressista, teriam sido boas opções caso meu pai não tivesse sido alertado, por um velho amigo de seus tempos de jogador, que as categorias de base de ambos se encontravam sob o comando de pedófilos.

Dessa vez, acabei sendo integrado à equipe infantil. A peneira do São Tomé era bem menos difícil que a do Ascensão. Afinal, era uma equipe apenas média. Ademais, a melhoria de meu físico acabara sendo fundamental nas minhas atuações. Um mês depois, tivemos um amistoso contra o infantil do Flechas, às vésperas do campeonato. Ganhamos de 3 a 0 e tive um desempenho muito melhor do que o da peneira, o suficiente para ser convidado ao fim do jogo pelo carismático Lux Caruso, o coordenador das divisões inferiores do Flechas para ir jogar com eles, um clube com maior estrutura e renome. Mesmo tendo sido inimigo visceral deles, mais de sua torcida do que de seu clube, no meu passado recente de torcedor, não hesitei. Foi só então que percebi que já deixara de sentir-me tão torcedor como antes. Às vésperas de meus 16 anos, eu começava a viver o futebol pelo lado de dentro.

Em dezembro daquele ano fui promovido aos juvenis. Em agosto do ano seguinte, já aos 17 anos passei a defender a equipe de juniores. Sete meses depois, duas conquistas: a subida para a equipe de aspirantes e a vaga no curso de Letras na universidade. Ao fim do primeiro semestre do curso, já com 18 anos, depois de dois anos equilibrando a bola e os livros a muito custo, houve a perspectiva de ser chamado pela equipe principal, o que exigiria maior dedicação, de modo que decidi largar de vez os estudos no primeiro ano da faculdade. Assim, foi-me uma enorme decepção ser preterido por Vital, o goleiro com quem disputava a vaga. Permaneci um ano como que num limbo, vendo meus colegas ser promovidos. Até que em fins de agosto do ano seguinte, aos 19 anos, após a disputa do campeonato estadual de aspirantes, do qual fomos eliminados nas semifinais, fui promovido à reserva da equipe principal nove meses antes daquela final contra o Ascensão. Assinei meu primeiro contrato profissional, ganhando um salário de 30 mil Sabiás. Um salário razoavelmente bom para os padrões da época. Era o mesmo que meu pai ganhava, porém, acreditem, vinte vezes menos do que recebiam Egon e Pavone.

Agosto estava terminando. A equipe se aproximava da liderança do campeonato nacional, mas Moisés Messias estava farto de Vital. Claramente mimado, garoto de classe média, era do tipo que desanimava fácil. Declarava-se insatisfeito com a reserva, sem que tivesse condições de ameaçar o titular. Assim, nem tanto por mérito próprio, é que cheguei à equipe principal. Na verdade, era tido como um dos responsáveis pela desclassificação dos aspirantes semanas antes. Contudo, mostrei tanto serviço nos treinos que a comissão técnica decidiu rebaixar Vital de vez à posição de terceiro goleiro, e ainda sob a ameaça de Fausto, meu reserva nos aspirantes. Pena que a cabeça de Moisés Messias tenha rolado logo em seguida.)

Sentado naquele ônibus, rumo ao estádio na incerteza quanto a entrar jogando ou não, sentia um incessante desconforto no estômago. Não bastasse, fazia-se acompanhar por uma típica urgência de urinar. Naquela atmosfera que se havia criado em torno daquele jogo, senti-me desamparado, como se ainda tivesse 15 anos. Fechei os olhos, procurando cochilar. Talvez não houvesse nada melhor a fazer para afastar aqueles pensamentos.

Estava quase adormecendo quando o ônibus parou de repente numa freada brusca. De imediato, olhei pela janela. À frente, um corre-corre junto a um ônibus apinhado de torcedores do Ascensão. Nada de novo. Deviam estar-se digladiando com algum grupo de torcedores do Flechas. Aquelas valentias grupais, as bravatas, as provocações. Fazia muito tempo que as torcidas do Flechas e do Ascensão vinham alimentando o ódio mútuo. Naquele ano, já havia ocorrido inúmeros episódios de violência, resultando em mortes nos dois lados. Pois quando um lado matava alguém do outro por vingança, este ia imediatamente à forra, num ciclo de retaliações sem-fim.

O ônibus parou num farol no meio do caminho. No lado da gente emparelhou um carro azul, com jeito de importado, cabacinho, com quatro burgueses dentro com a camisa do Flechas. Aí eles perceberam a cagada de emparelhar com a gente. Eles olharam pra gente com medo. Fecharam as janelas rapidinho. A gente nunca perdoava: descia e cercava o carro. Subiram uns dois na capota e três no capô. Eles começaram a pular na lata. Sem parar, pra estragar mesmo. Quase todo mundo desceu. Aí eu desci também. A gente sacudiu o carro. Os caras lá dentro se cagando de medo. O Quinzinho veio com o cabo do machado. Um chegado do Chicão desceu com uma barra de ferro e deu no para-brisa. O Pé arranjou um pedregulho do tamanho de um palmo e arregaçou a janela do passageiro. Eu meti o pé na porta do motorista. Um cara no carro de trás só ficou me encarando.

Investiam contra um veículo azul, um esportivo recém-lançado no mercado. Chutavam-lhe as portas, subiam-lhe no teto ou no capô e pulavam ensandecidos, amassando a lataria. Outros, com pedaços de madeira imitando porretes ou canos de ferro, estilhaçavam os vidros. Lá dentro, quatro pessoas em pânico. O semáforo já sinalizava o verde, porém o ônibus que os levava não se moveu. Entre os carros parados atrás de nós, presos no ligeiro congestionamento que já se formava, iniciou-se um buzinaço insano. Dezenas de buzinas. Algumas num disparar contínuo, algumas numa intermitência febril, algumas num ressoar festivo, juntando-se apenas pela diversão. Entretanto, o ataque prosseguiu com seus autores ignorando a cacofonia exasperada.

De súbito, notei um rosto algo familiar em meio àqueles que atacavam o carro azul. Se não o tivesse visto ali entre seus colegas de torcida, não o teria reconhecido com tanta facilidade. O mesmo rosto coberto de acne, o mesmo cabelo cortado à recruta, as mesmas ventas que ameaçavam arreganhar-se mais ainda. Era Urias, um amigo de adolescência. Havíamos nos afastado já havia alguns anos. Porém, parecia não ter mudado nada; não para melhor. Não me surpreendia nada vê-lo ali, agora dirigindo-se ao carro parado logo atrás do que já haviam vandalizado.

Por algum motivo, sua posição e a dos colegas de repente se tornou desfavorável. Urias correu de volta ao ônibus de uma forma que me reavivou outro pedaço de memória, muito maior. E não era de se estranhar. Ainda que tivesse pavio curto, ele acovardava-se em situações adversas. Obviamente, continuava torcedor do Ascensão e, pela camisa que vestia, era membro de alguma torcida organizada. Pelo que se observava, seu perfil, mais do que nunca, era aquele que as organizadas exigiam de seus associados. Seguiu-se, então, uma cena assustadora.

A gente viu que aquele veado que estava de cara feia com a gente era do Flechas. Aí, a gente cercou o carro dele pra arregaçar. A gente só não detonou ele que nem o outro porque o cara que estava no carro azul tirou um trezoitão e mandou fogo. A gente teve que dar a volta pelo outro lado do ônibus pra entrar dentro dele. Mas ele acabou dando só dois pipocos pro alto. Depois do que a gente fez no carro dele, eu achei que ele ia matar uns três ou quatro. Estava fácil meter umas azeitonas na gente pelas costas. Mas eles se mandaram. Vai ver que se cagaram de medo da gente mesmo. O ônibus não saiu do lugar. O motorista começou com uma conversa mole. Disse que não ia levar a gente pra lugar nenhum. Que a gente era um bando arruaceiros. E que tinha ordem pra parar o ônibus se tivesse briga. O Barriga catou a barra de ferro pra convencer o motorista. Então, o Chicão chegou e botou ordem naquela zoeira. Deu cem paus pro motorista. Ele botou o galho dentro, engatou primeira e foi em frente.

Urias acotovelava-se com os colegas para entrar no ônibus a fim de escapar dos disparos que um dos ocupantes do esportivo azul ameaçara fazer. Entretanto, ainda não havia chegado sua hora. Sua sorte fora ter encontrado um adversário que, ao fazer pontaria, por algum motivo obscuro subitamente desistiu da ideia. Talvez lhe tivesse ocorrido o que significava tirar uma vida, por mais que lhe houvessem estragado o carro ou por mais infames que fossem. Coisa rara, diga-se. Agora, Urias que se cuidasse, pois, pelo modo como optara viver, poderia ser pego de surpresa cedo ou tarde.

Não foi a primeira vez que constatei como é pequeno este mundo, porém foi a mais significativa. Não nos víamos há anos, havia-me esquecido dele da mesma forma que devia ter-se esquecido de mim. E, de repente, lá estava ele, como eu, a caminho do estádio. Cada um com seus comparsas ou colegas, cada um com seu propósito. Cada um num hemisfério distinto deste mundo da bola.

(Urias fora um desses inseparáveis colegas de classe ou de trabalho que todos já tivemos. Amizades que julgamos duradouras, embora seja inevitável que se acabem. Basta que se chegue ao fim de um ano letivo, de um curso. Ou que haja demissão ou mudança de emprego. Igualmente inevitável, com o passar do tempo, vem o distanciamento que, surpreendentemente, pouco ou nada se sente. Foi o que acontecera conosco cinco anos antes. Havíamos estudado no primeiro colegial da escola pública localizada na Vila Esperança, um local distante na periferia onde, em busca de menos aluguel para pagar, morara com meus pais por um ano. Nossa amizade tinha na paixão pelo mesmo time sua escora-mestra, mesmo sendo de classes sociais um pouco diferentes ou tendo desempenhos distintos no boletim.

Uns tinham a música como afinidade — como os metaleiros. Outros, as meninas ou a prática de esportes. Eu e Urias éramos musicalmente alienados; zombávamos dos roqueiros, seus conjuntos, suas roupas e adereços, suas rodinhas, seus cabelos compridos sacudidos, suas guitarras imaginárias no recreio, ao som de rock. Desprezávamos as meninas não só por sermos desprezados, mas também por sua incompreensível predileção por garotos mais velhos. Na educação física jogávamos basquete, vôlei, handebol sem muita seriedade ou desenvoltura, especialmente Urias, embora eu já desempenhasse bem no gol tanto lá quanto na terra batida.

Não tínhamos outro assunto substancial senão o Ascensão. Eu pouco ou nada sabia de sua vida pessoal, nem ele da minha. Dávamos um jeito de ler todos os jornais do dia à procura de novidades sobre a equipe, discutíamos seus problemas. Comprávamos em sociedade a inesquecível Placar. Também escrevíamos sempre para os jornais, fosse para protestar contra a pouca atenção dada ao nosso glorioso clube, fosse para polemizar com outros leitores ou torcedores adversários.

Havia também as provocações dos colegas da escola que torciam pelos clubes rivais, o Flechas, o Clube Esperança e, em especial, o Fraternidade. Tínhamos em discussões tão acaloradas quanto fúteis, especialmente às segundas-feiras, embora naquele ano o Ascensão estivesse jogando na segunda divisão e as equipes deles na primeira. Em caso de vitória do Ascensão, nós os irritávamos, ficávamos insuportáveis. Em caso de derrota, não só buscávamos, ainda que debilmente, desmerecer a vitória adversária, como também chegávamos aos tapas se provocados — depois da aula, no portão da escola. Em caso de derrota de nossos times, havia uma zombaria mútua, porém moderada, enxergando sempre um desastre maior na derrota do outro clube. Quando ambos haviam vencido, discutíamos qual ganhara mais bonito ou com maiores méritos.

Até então, havia poucas torcidas organizadas, pois a moda demorara para chegar dos grandes centros, como São Paulo, Rio de Janeiro ou Belo Horizonte. O que mais havia eram grupos de torcedores que se encontravam nas arquibancadas nos clássicos de domingo à tarde. Sempre no mesmo lugar e na mesma hora. Levavam seus instrumentos de sopro e percussão, faixas e bandeiras com o nome e o escudo do clube. Durante o jogo, desenvolviam coreografias. No intervalo, andavam em fila indiana de um lado para outro das arquibancadas, cantando marchinhas de carnaval adaptadas para exaltar seu clube do seu coração. Ninguém resistia.

Eu, meu pai e seu surdo, por exemplo, frequentávamos a Charanga Prá Frente, comandada por um crioulo gordíssimo, o folclórico e bonachão Capitão, um ferroviário aposentado precocemente devido a um problema na coluna. Todos gostavam dele e o respeitavam, até mesmo os torcedores rivais, que na época não confundiam paixão com fundamentalismo clubístico. Tocava seu pistão infatigavelmente, raramente com desafino. Era pessoa pacífica, embora, quando o Ascensão estava à frente no placar, gostasse de improvisar ironias endereçadas aos adversários. Aquelas marchinhas eram de fato seu grande talento.

Não era necessário pagar nada para entrar na charanga, bastava juntar-se. Quem quisesse trazer sua bandeira ou seu instrumento, podia fazê-lo por sua própria conta. Os quatro anos, os últimos da Prá Frente, em que eu e meu pai nos juntáramos a eles foram os mais divertidos que vivi no futebol. A graça perdeu-se meses antes de conhecer Urias. A charanga chegou ao fim, não com a queda do clube para a segunda divisão, mas com a morte de Capitão, num ataque cardíaco em plena arquibancada, ante a goleada por 6 a 1 imposta pelo Flechas e o consequente rebaixamento.

Com o rebaixamento, creio que até sofri mais do que meu pai quando seu time fora rebaixado dezoito anos antes. Uma semana de profunda tristeza, inconformado. O Ascensão me traíra, esbofeteara meu rosto crédulo. Ao perceber que eu não dava sinais de melhora, nem mesmo com o Natal já próximo e os presentes prometidos, papai veio consolar-me:

— Filho, eu sei como 'cê 'tá se sentindo, mas esse pessoal não merece essa choradeira toda, não. Me diz uma coisa: o que é que 'cê iria ganhar se eles não caíssem pra segundona, hein? Nada. Quem tem mais a perder é eles. Eles é que vão acabar no olho da rua. Não você. Ou 'cê 'tá assim por solidariedade às famílias deles?

— É que o pessoal lá da escola vai ficar me provocando o ano que vem inteiro — retorqui.

— É isso, então? — ele abriu um sorriso. — Isso sempre vai acontecer, filho. Hoje, o time da gente perde, amanhã ele ganha. É tudo coisa do futebol. O que não pode é ficar aí sem sair de casa, sem comer direito, nem dormir direito por causa disso. Põe uma coisa na cabeça, filho: o melhor é não torcer pra time nenhum. Faz que nem o teu pai aqui.

Sempre fizeram parte do jogo as zombarias entre torcedores rivais. O problema é que hoje, tomadas como o fanático toma uma ofensa à própria fé, transformadas em ódio, são um dos combustíveis fundamentais, quem sabe o mais visível, do fundamentalismo clubístico. De modo que atualmente não há mais nada que se assemelhe, nem sequer palidamente, à Charanga Prá Frente.

No ano seguinte à morte de Capitão, conheci Urias. E sob a influência vinda de outros estados, a Charanga virou torcida organizada, agora chefiada por Capitãozinho. Substituíram-se as marchinhas pelos cantos de guerra. Assim, ficou visível a preferência pelos fundamentalistas aos diletantes. Rebatizada como Ascendente, um nome aparentemente inofensivo e de grafia complexa para muitos, a torcida agora organizada afugentou de vez os seguidores anônimos de todo domingo da Charanga Prá Frente. Àquela gente igual a meu pai, sem carteirinhas de sócio ou uniformes, restaram as partes menos desejadas das arquibancadas. Uns poucos se mudaram para as numeradas. Muitos, mais sensatos, como meu pai, fizeram opção pela segurança da sala de estar, ao lado do rádio, ante a crescente agressividade dos torcedores, nascida da humilhação do rebaixamento.

Mesmo com um forte apelo junto aos mais jovens, a Ascendente existiu por apenas um ano. Foi nesse meu último ano de idas aos estádios que conheci Urias, não na escola, mas nas arquibancadas. Um ano em que a rivalidade entre as torcidas acabou por causar a morte de dois torcedores. Foi um ano perigoso, reconheço. Cheguei, juntamente com Urias e outros jovens, a ser levado ao juizado de menores por desordem, após apedrejarmos o carro de um torcedor rival. Tive de me afastar dele, não por vontade própria, mas por imposição de meu pai.

Aquele ano foi o do retorno à primeira divisão. Sem dúvida, um marco na história do Ascensão. Vencendo, como já disse, incontestavelmente o campeonato da segunda divisão, emergiu feito fênix. No ano seguinte, conquistaria o primeiro de seus quatro títulos estaduais consecutivos. Entretanto, naquele início de dezembro, houve festa de menos e tumulto de mais nas comemorações do título. Menos uma celebração e mais um desabafo violento, como se pôde assistir pela televisão e acompanhar pelo rádio e pelos jornais.

Um mês depois, ouvi dizer que Urias acabara migrando para a emergente Força Bruta, a mais nova organizada do Ascensão e a mais ruidosa e temida da época. Começava então a política de separar as torcidas adversárias. Ocorriam com frequência ainda maior os episódios de agressão dentro e fora dos estádios e, como consequência, proibiu-se a entrada de instrumentos musicais nos estádios ao se constatar que eram utilizados como armas.

Era impossível não associar a agressão de Urias e seus colegas contra os ocupantes do carro e sua entrada no ônibus aos tropeções a fim de fugir dos disparos com a imagem de anos antes em que uma banca de jornais e dezenas de carros eram tombados e incendiados por centenas de torcedores do Ascensão — um episódio no qual, ouvi dizer, Urias estivera envolvido. Graças a essa imagem que, naquela idade em que eu seria útil a qualquer organizada, ocorrera-me que eu deixara de ir ao estádio pela diversão, por amor ao futebol. Dera as costas ao próprio jogo, deixando-me levar pelo ódio e pela intolerância — um sentimento contrário àquele que meu pai sempre me havia inspirado.

Num arroubo de autocrítica, algo atípico em alguém desta idade, decidi nunca mais voltar ao estádio, uma decisão que um ano antes, em meio a meu sofrimento com o rebaixamento do Ascensão, nem sequer chegara a considerar. Quanto a Urias, acabou desaparecendo da escola. Um mês depois eu procuraria o São Tomé e seria aprovado na peneira. Dali em diante, só entraria num estádio como jogador.

Se Urias não passara de influência passageira, meu pai sempre fora meu modelo, especialmente na minha adolescência. Naquele domingo de decisão, Novaes Vinhas era um contador de 51 anos. Com seu diploma universitário, garantia para a família um padrão de vida de classe média baixa, ganhando o mesmo que eu, com 20 anos — o que ele via com naturalidade. Minha escolha pela carreira futebolística obviamente o orgulhava, mesmo que isso significasse uma agravante a seus problemas precoces do coração e frequentes desentendimentos com minha mãe, Ida, que sempre me quisera advogado – se bem que acabaria reconsiderando sua posição quando de meu ingresso no curso de Letras na Universidade, contanto que saísse de lá com um diploma e largasse aquela história de ser jogador de futebol. A única restrição que meu pai fazia era a posição que eu escolhera. Se dependesse dele, eu jogaria na linha, quem sabe como lateral direito ou esquerdo, meio-campista ou ponta. E quando lhe comuniquei minha decisão de desistir da vida acadêmica em benefício do futebol, deu-me apoio, mesmo contra a opinião de minha mãe, traumatizada com a experiência de ter tido no pai um futebolista profissional frustrado.

Aquele seu apoio tinha fundamento. Deixara de lado seu grande sonho de ser jogador profissional. Abrira mão não só do reconhecimento, mas também do dinheiro que o futebol lhe teria trazido. O fato era que não queria que sua história se repetisse, não queria um filho assalariado como ele. Já minha escolha não levara tanto em conta o dinheiro, mas o sonho — embora eu não fosse ingênuo a ponto de ignorar que poderia ter um futuro mais confortável. Anos depois, entretanto, eu perceberia na vida modesta de professor de ensino primário ou secundário uma vida menos sacrificada.

Segundo meu tio Roque, embora mamãe não se animasse a endossar a afirmação, meu pai havia sido um craque que não vingou. Foi mais um desses jovens talentosos que na história não-contada do futebol, a dos vencidos e dos frustrados, tiveram que encerrar a carreira prematuramente. Não por contusão, como é comum, mas por ter cruzado o caminho de Ida, a deslumbrante loura que acabara de ser finalista no tradicional concurso de Miss Primavera da região. Achava ela que, com seus atributos, o desencorajaria de seguir carreira. Entretanto, constatando que para meu pai a prioridade não parecia ser o casamento, mas sua carreira, logo deixou de lado as sutilezas e meiguices com que tentara afastar meu pai dos campos. Agindo arriscadamente, impôs-lhe um ultimato. Ou ela ou a bola.

Assim, diante daquele mulherão, meu pai abandonou as chuteiras. Como se não fosse pouco, achou trabalho num banco, pagou seus estudos na faculdade — já que a politécnica, mais que uma ambição, um fetiche seu, ficara distante. Formou-se contador em cinco anos, arranjou um bom emprego, casou-se com Ida. Quatro anos mais tarde, depois de comprada a casa própria, nasci o único filho do casal, que para o desgosto de mamãe e a felicidade de papai, acabaria por tornar-me o boleiro que ele deixara de ser.

Mais do que o senhor da razão, acredito que o tempo é o senhor da ironia. O que veio a seguir é o lugar-comum em que se transforma a história da maioria dos casais. No caso de meus pais, posso acrescentar o ciúme e a inconstância afetiva e profissional de meu pai, com o habitual mau-humor e a autopiedade de minha mãe. Passaram-se os anos, o filho único cresceu e o que lhes restou foram os arrependimentos e as lembranças de tudo o que fizeram ou não, de tudo que aceitaram sem contestação. Foi assim que aquele casal, um dia unido por doçuras e volúpias, avinagrou-se. O curioso é que, mesmo compartilhando um ressentimento visceral, toleravam-se assexuada e silenciosamente. Era um convívio de irmãos, uma companhia típica das tardes de domingo diante da televisão. Um modo de amainar o horror e o medo de uma solidão mais assustadora do que a própria morte. Enfim, uma história universal — se não, banal.

Foi através de meu pai que descobri o futebol ludicamente. E foi através de seu irmão caçula, meu tio Roque, que o conheci clubisticamente. Aos cinco anos de idade ganhei de meu pai minha primeira bola, uma bola de plástico que acabou durando só uma semana. No aniversário de seis anos, veio a saudosa bola de capotão, que a meninada desejava com a mesma avidez com que a puía no asfalto da rua onde morávamos — peladas renhidas, aquelas.

Já a primeira camisa, juntamente com o uniforme completo do Ascensão, foi-me dada por tio Roque, o único de meus tios ainda solteiro, torcedor fanático e meu maior influenciador aos sete anos. Aos oito, ganhei uma bela mesa de futebol de botão com duas equipes, o Ascensão e o Clube Esperança, os grandes rivais da época, de acrílico reluzente.

Domingo à tarde nos visitava tio Roque,. Vinha almoçar, sem que mamãe ou papai lhe houvessem convidado. Em seguida, íamos os três jogar botão acaloradamente até a hora do jogo, deixando à minha mãe a tarefa de lavar os pratos. Depois, ouvíamos o jogo pelo rádio, enquanto papai subia para seu quarto dizendo que ia ler o jornal ou dormir um pouco, com mamãe a acompanhá-lo.

Meu tio empenhava-me de tal forma em convencer-me de que o Ascensão era realmente o melhor esquadrão que acabava por me contagiar tanto com sua alegria quando o time marcava seus gols ou ganhava uma partida quanto com sua decepção ou raiva quando seu esquadrão fracassava — nunca, segundo ele, graças às qualidades do adversário, mas porque o seu time não tivera sorte, o árbitro fora desonesto, o adversário jogara com violência e/ou na retranca ou o gramado estivera ruim. Logicamente, papai desaprovava aquela atitude aliciadora do irmão. Quando nasci, prometeu a si mesmo que jamais me imporia o gosto pelo futebol, muito menos um esquadrão para o qual torcer. Que eu me decidisse naturalmente, pensou. Porém, digam-me, se quem gosta de futebol já é incapaz, qualquer que seja o jogo, de manter-se neutro diante da tentação, tão imediata como instintiva, de tomar partido de um dos dois times, o que podia ele fazer para evitar que eu passasse a gostar de um determinado esquadrão, sabendo que esse sentimento já se havia despertado em mim e que, salvo alguma decepção devastadora, provavelmente me seria companhia pela vida inteira? Com certeza, tinha em mente a afirmação do cronista Mário Filho, se não me engano, de que é mais fácil trocar de mulher que de time.

Quando meu pai me levou ao estádio pela primeira vez, após muita insistência minha, eu já completara nove anos e não mais necessitava da influência de tio Roque — agora morando e trabalhando no Acre e prestes a casar-se. Se aquela experiência me foi uma das coisas mais transcendentais de minha vida, a de meu pai, confessou-me ele, foi a da redescoberta de seu amor pelo futebol como espetáculo. Era de se esperar que se mantivesse clubisticamente neutro, já que o amava por toda a arte que nele enxergava — se bem que tendesse a torcer pelo Ascensão quando me levava ao estádio, como se, agora percebo, fosse uma forma de apoiar-me. Disse-me que foi um amor que se reavivou porque jamais pudera realizar o sonho de jogar um campeonato profissional. Descobriu que o amara como quem anos a fio cultiva um amor secreto, incondicional por alguém — sendo que esse alguém, fugindo ao clichê das histórias de amor frustrado, retribuía-lhe esse amor.

Hoje sei que houve algo de extrafutebolístico por detrás dessa redescoberta. Nem sempre havia sido assim. Não até poucos meses antes de me levar ao estádio, quando numa discussão ouviu a mulher declarar-se farta dele. Disse que deixara de amá-lo e que só estava ainda a seu lado por minha causa. Seguiram-se meses, e seguir-se-iam anos, daquela grande decepção com aquela mulher pela qual havia aberto mão de seu sonho de vida, e à qual acreditava sempre ter se devotado incondicionalmente. Desde então se mostrara mais contido, mais reservado, mais cauteloso com as palavras, menos sorridente.

Enquanto agora experimentava um relacionamento de tolerância com a esposa, seu amor por mim era o que lhe restara. E foi o futebol que nos aproximou mais ainda. Eu já havia começado a correr atrás da redonda com a garotada na escola, quando ele passou a levar-me ao parque aos sábados só para jogarmos bola. Procurava ensinar-me o jeito de tocá-la, a arte de matá-la no peito, a precisão do passe, a malícia do drible. Ambos com uma alegria tão pura e rica, que naqueles momentos deixávamos de ser pai e filho e nos sentíamos uma daquelas duplas de ataque fatais, — como, mencionava ele, Pelé e Coutinho, Puskas e Di Stefano, Tostão e Dirceu Lopes. Pena que não herdei nenhum desses seus talentos o suficiente. Mesmo assim, prossegui e acabei tornando-me goleiro. Meu pai, atacante, chutando-a de leve, e eu, franzino, goleiro.

Passou então, como já disse, a levar-me ao estádio quase todas as tardes de domingo. A alegria que deixara de sentir ao lado da mulher havia migrado para o estádio. Nós nos sentávamos junto à espetacular Charanga Prá Frente para assistir às partidas do Ascensão. Sua alegria muitas vezes superava a alegria adolescente que eu próprio experimentava com o descobrimento das coisas do mundo, típico daquela idade. Era aquela uma alegria que estava reencontrando, era o chamado da juventude a que tivera de renunciar. Aquelas tardes de domingo com futebol a meu lado pareciam trazer-lhe tanta vida que o desencanto esmagador que sentia em relação a mamãe acabara transformando-se em simples indiferença.

Quando não podíamos ir ao estádio, ficávamos eu e ele debruçados na janela da sala que dava para a rua e pelo rádio acompanhávamos o jogo. Era possível notar a tristeza em seus olhos quando os jogadores entravam em férias ou os campeonatos terminavam. Dizia não haver nada mais vazio do que uma tarde de domingo sem futebol; era-lhe pior que segunda-feira. Sempre que havia algum jogo na tevê, lá estava ele, absorto, observando com um rigor quase científico o desenrolar do jogo, antevendo cada jogada e cada passe, antevendo como o jogo terminaria, comentando a tática de cada esquadrão, mas, como típico torcedor, também deleitando-se com cada gol de placa, com cada drible, com cada jogada de gênio, com cada jovem craque que desequilibrava um jogo. Como já lhes disse, não torcia para time algum. Torcia pelo espetáculo, como todos nós deveríamos).

Eu desci dois quarteirões antes do estádio. Numa rua com pouco trânsito. Meti uma jaqueta de brim que o Piolho me arranjou. O Barriga me deu um boné e uma peruca vermelha. Estava na moda aquela merda. Era coisa de veado. O pessoal das organizadas não botava aquilo na cabeça nem a pau. Era só pra bundão. Só pra nego que ia pro estádio no embalo. Mas era pra ajudar no disfarce. Me afastei da moçada. O Zóio e os outros caras me alugando de novo. Agora era por causa da peruca. Mandei eles tomarem no cu. Andei umas três quadras até onde era o caminho da torcida do Flechas.

Esperei uns vinte caras da Alvi-Rubra passarem primeiro. Aí, eu me juntei com os torcedores comuns que tavam andando logo atrás. Estava tudo de peruca vermelha. Era tudo cuzão. A gente via aqueles tipos em qualquer torcida. Tinha uns babacas levando criança pro estádio. Tinha uns cuzões que iam de numerada. Tinha uns com jeito que só apareciam no estádio quando era final de campeonato. Ficavam o ano inteiro coçando o saco na frente da tevê. E a gente da organizada lá, levando chuva, passando frio, fretando ônibus pra cima e pra baixo pra acompanhar o time, apanhando, batendo, brigando com as outras torcidas. Ninguém percebeu que eu não era da torcida deles. Era tudo trouxa.

Fubá despertou pouco antes de chegarmos ao estádio. Percebendo-me pensativo, com os olhos fixos nalgum ponto além da janela, o queixo apoiado nos dedos, encostou de leve o indicador no meu ombro:

— Isso tudo aí é nervoso?

Estava tão ausente que levei um ligeiro susto.

— Hã, é. Mais ou menos — respondi, pouco disposto a falar.

— Eu 'tava falando com o pessoal — fez um gesto com a cabeça para o fundo do ônibus, referindo-se aos da Seleção. — O Pavone vai jogar de qualquer jeito. Falou que agora que é a hora do filé, ele não vai deixar ninguém botar a mão.

Embora incomodado com sua fama de fofoqueiro, não me surpreendi nem um pouco. Era o mínimo que podia esperar de Pavone, que raramente me dirigia a palavra e jamais se preocupara em apoiar-me. Era estranho que visse em mim um concorrente, como se pudesse haver comparação entre suas qualidades e as minhas. Ser visto assim por um profissional como ele sugeriria respeito; todavia, em nada me lisonjeava, como seria de se esperar. Só fazia crescer minha antipatia por ele. Dei de ombros, procurando aparentar frieza.

— Eu já estava esperando. Mas, o que é que 'tá acontecendo?

— Ele meio que botou o Amaro contra a parede. Disse pra ele que não vai ficar fora desse jogo de jeito nenhum.

— E o que foi que o homem disse?

— Ah, o que 'cê acha? Ele garantiu o Pavone no time. Falou que 'cê não tá preparado pra jogar na final.

— É, isso eu já imaginava.

— E 'cê sabe que quem manda mesmo é ele.

— Manda, em termos, né? Você mesmo disse que o Pavone botou ele na parede.

— É, isso é verdade. E eu também fiquei sabendo que o Cobra tem um dedo nisso.

— Até o Cobra? Bom, já era de se esperar uma coisa dessas dele também. Mas, e o seu Guido? Ele não disse nada?

— Disse, sim. Parece que ele engrossou. Falou um monte pros caras. E aí mandaram ele embora. 'cê reparou que ele nem apareceu pra tomar café?

Foi impossível conter a decepção que me subiu ao rosto. Era uma covardia o que estavam fazendo. Se eu estava na reserva, significava que deveria estar pronto para entrar na equipe a qualquer momento. Estivera mourejando nos últimos meses, seis a sete horas por dia de treino intensivo, duas a mais que Pavone. Permanecia em campo depois do fim do treino juntamente com Cândido e Nonô, recém-chegado ao clube. Os três querendo mostrar serviço. Enquanto procuravam aperfeiçoar seus chutes em cobranças de falta, eu procurava melhorar em impulsão e elasticidade. Eram verdadeiros duelos, quase sempre equilibrados. O próprio Guido testemunhara meus progressos em todos os fundamentos. Garantia que eu tinha plenas condições de ser titular, carecendo apenas de duas ou três partidas seguidas para adquirir ritmo de jogo.

Pavone e seu Guido nos últimos tempos apenas se toleravam. Incensado pela imprensa, o titular julgava encontrar-se num estágio em que era impossível, ou quem sabe desnecessário, aprimorar-se. Nos treinos, ele parecia não dar muitos ouvidos aos conselhos do treinador. Sabiamente, seu Guido passou a dedicar-se somente o necessário ao titular e muito mais ao meu aperfeiçoamento, pois sabia que, com sua autoindulgência, Pavone poderia acabar no banco de reservas.

Seu Guido era homem de poucas palavras, porém notava que estava dedicando-se ao meu progresso com afinco. Amaro, por sua vez, satisfeito com a confiabilidade de Pavone, praticamente ignorava minha presença e meus esforços e lidava com seu Guido com frieza.

Só tomei um susto lascado quando aquele cara que a gente quase detonou no farol passou perto de mim. Passou assim, bem do meu lado. Quando eu percebi que era ele, eu virei a cara pro outro lado. Bem na hora. Não sei como que ele não me viu. Foi sorte mesmo. Se ele me visse eu estava fodido e mal pago. Mesmo com a peruca e o boné. Iam me linchar ali mesmo. Ninguém ia querer perder a chance de tirar uma casquinha dum cara da Força Bruta. Olhei em volta e vi que tinha ainda mais gente indo pro estádio. A coisa ia ferver lá dentro.

Naquele momento percebi meu horizonte profissional estreitar-se. Tinha a certeza de que, com uma vitória nossa naquela tarde e a permanência de Amaro como técnico, eu estaria fadado a ser um eterno reserva, sem ter como mostrar serviço ou suscitar o interesse de algum outro clube, justamente numa época em que os goleiros da minha idade começavam a despontar como titulares em suas equipes — e aquele campeonato havia sido pródigo em revelações para a posição. Em caso de derrota, mesmo que honrosa, minha situação permaneceria a mesma. A única possibilidade imediata que me restava era o agravamento da contusão de Pavone. A médio prazo, somente um azar desastroso de Pavone naquela final ou a venda de seu passe numa transação milionária. E agora que seu Guido já não mais trabalhava no Flechas, também era pouco provável que me aparecesse outro protetor.

Subitamente, meu pensamento clareou-se com a percepção de que minha posição era a mais confortável naquele dia. Pavone poderia entrar em campo pouco confiante devido à contusão, atuando desastrosamente, o que poderia significar a perda daquele título que parecia agora mais próximo do que nunca. Dada a pressão existente, certamente rolaria a cabeça de Amaro; a de Pavone poderia ser incluída na famigerada lista. O próximo técnico a assumir o time para o campeonato nacional poderia oferecer-me oportunidades com a camisa titular. Por mais mesquinho que possa parecer este raciocínio, com a vitória e o título eu acabaria sendo o maior derrotado. Que Pavone e seu tornozelo contundido jogassem, pensei. Algum lucro eu poderia contabilizar.

Foi mais de uma hora pra comprar ingresso pra arquibancada. Estava um empurra-empurra do caralho. Pisaram no meu tênis umas duas vezes. Sujou legal. Só não deu pra ver quem foi, senão eu dava porrada. É que os cornos da cavalaria tavam ameaçando sentar a borracha na gente. A polícia não estava deixando barato. Tinha umas duas gurias na minha frente. Cabelo comprido, camisa do Flechas, lindonas, gostosinhas. No meio daquela marmanjada toda. Eram doidas. Tinham mais é que ficar em casa. Ir no estádio é coisa pra macho. Aproveitei e cheguei mais junto. Encoxei uma delas e pus a mão na bunda da outra. Ela percebeu que tinha alguém com a mão na bunda dela. E olhou pra trás. Eu fiz que não era comigo e olhei pra trás pra fazer que eu estava bravo com a negada ali atrás. Aí, empurraram com tudo. Quase me esmagaram. A do cabelo comprido olhou pra mim e berrou:

— Sai, seu filho-da-puta! Desencosta, caralho! Desencosta, porra!

Foi aí que eu vi que tinha uns três caras com elas. Eles olharam pra trás pra ver. Caralho, ia sujar. Aí eu nem precisei mentir. Fiz até uma cara de inocente:

— Num tô fazendo nada! Eles aí atrás é que tão empurrando!

Um dos caras tinha cara de invocado. Estava com jeito que ia querer partir pra cima de mim. Ia dar merda. Ele abriu a boca pra me falar alguma coisa. Cara feia. O coração deu um pulo. Mas, se desse qualquer coisa, eu estava com o soco inglês.

De repente, abriram mais quatro guichês da bilheteria. E foi aquela debandada pra chegar primeiro lá. Quase todo aquele povo que estava na minha frente se mandou. As minas e os caras foram também. E deu a maior fila lá também. Eu fiquei. Mesmo assim, demorou pra comprar o ingresso. Lá na Força Bruta só os sócios mais chegados do Modesto é que ganhavam ingresso na faixa. Os que pagavam mensalidade mais alta e os que saíam de ônibus da sede, compravam os ingressos lá com desconto. A gente tinha que encarar bilheteria mesmo.

Descemos todos do ônibus em silêncio e tivemos que abrir caminho em meio aos repórteres e torcedores que se acotovelavam à nossa espera. Quer dizer, à espera dos da Seleção, as estrelas da equipe. Nós, reservas, fomos direto para o vestiário. Ninguém nos entrevistou, deu tapinhas nas nossas costas, ou cantou os nossos nomes.

Outra fila pra entrar. Depois tinha a revista. Era das completas. Eu achei que eles não tavam perdoando nada. Nem com radinho de pilha dava pra entrar. Tive que me livrar do soco inglês. Não tinha jeito O guarda meteu a mão na minha bunda, nas minhas pernas, embaixo dos braços. Só faltou me pegar de cabeça pra baixo e me chacoalhar pra ver se caía alguma coisa do meu bolso. Só não notou que eu estava com a camisa da Força Bruta debaixo da jaqueta. Nem me pentelhou por causa da peruca e do boné. Entrei e fui primeiro dar uma mijada.

Logo na entrada, tinha uma poça de vômito que parecia que estava lá um mês. Tinha nego que não estava nem aí e pisava nela. Mas eu não queria sujar o meu Mumbuti. Aí, eu tive que dar um pulo. Acabei pisando no calcanhar de um baixinho. Mas o tampinha era não era invocado e nem esquentou muito. Se fosse de organizada, ele armava o barraco na hora. Ele nem olhou pra trás. Só disse meio que de brincadeira:

— Calma aí, João do Pulo!

Aquela porra daquele banheiro estava cheirando mijo faz tempo. Estava o nojo de sempre. Só cheirava creolina quando abriam. Depois o mijo e a merda tomavam conta. Eles tratavam a gente que nem bicho. Também, não tinha descarga que funcionava. A negada detonava todas. O Chicão tinha a manha de arrepiar uma porra daquelas com uma bicuda só. Quando a descarga funcionava, era a privada que estava entupida. A putada enchia a privada com aquele papel-lixa que ninguém usava pra limpar a bunda. Era tanto papel que ficava aquela maçaroca. E a putada mijando e cagando, mijando e cagando em cima até a água da privada entornar. Também não tinha água na torneira. A negada não perdoava e levava torneira embora mesmo. Pagavam bem no ferro-velho. Dava grana pra um ingresso mais uma cerveja. Teve um cara que falou que no último jogo não teve um banheiro que não depenaram. E ainda por cima estava tudo alagado. Uns dois dedos de água. Estava na cara que aquilo era mijo. Só estava vendo a hora daquela nojeira entrar no meu Mumbuti.

Tinha uma baia comprida em cada parede. E aquele monte de macho se espremendo, ombro no ombro, tudo olhando pro pau do outro na hora de mijar. E nem tinha bolinha de naftalina pra distrair. Só tinha naftalina no banheiro quando a gente viajava pro interior. Mas eu não gosto de mijar assim, não. Botar o pau pra fora assim? Sai dessa! Vai que tinha um veado ali, só na ronda? Aí eu fui entrar na fila pra usar a casinha. Tinha uma meia dúzia, mas só uma tinha porta. Não teve jeito. Fiquei plantadão, esperando. Tinha um monte na minha frente. Eu não estava sozinho no mundo. As outras filas andavam rapidinho. Na casinha do lado teve um cara na que soltou um peido arretado, comprido, na maior cara-dura. Parecia que estava arrebentado as pregas dele. Só faltou ele dar uma rebolada pro peido sair todo. E o cheiro! Meu chapa, o cara acho que estava podre por dentro. Mas ninguém pegou no pé dele. Era do tamanho do Chicão, tamanho de respeito. Me deu vontade de falar 'Olha o repolho!', mas fechei o bico. Pelo jeitão de marombeiro e pela camisa vermelha parecia que era de alguma organizada. Mas nem deu pra ver a cara dele. Quando chegou a minha vez, eu entrei rapidinho. Se a gente bobeava, nego furava a fila. Mas a porta não estava fechando por dentro. No estádio da gente pelo menos dava pra passar o trinco. Naquele chiqueiro do Flechas, nem isso.

Mas foi só eu entrar e encostar a porta que alguém meteu o pé na porta. Ela me bateu nas costas com força.

— Abre essa porra aí!

Eu empurrei a porta com a bunda e botei o pinto pra fora. Mas os caras continuaram sacanenando. E meteram o pé na porta de novo. Dessa vez eu segurei ela com o cotovelo.

— Vai bater punheta noutro lugar, caralho!

Aí eu fiquei nervoso e não conseguia mijar com aqueles cornos gritando e chutando a porta. Bem que eu tentei.

— Vai logo, cacete!

— Esse aí tem o pinto pequeno!

— Sai daí, ô punheteiro!

Com eles ali não deu mesmo. O mijo não saía nem com reza braba. Parecia que estava travado. Aí, eu deixei a porta abrir um pouco. Só pra não passar carão, eu fingi que estava terminando. Sacudi o pinto e botei ele pra dentro. O pior é que nem dava pra engrossar com os caras. Tinha um monte de flechense ali no banheiro. Perigava eles descobrir a camisa debaixo da jaqueta. E aí, xará, eu estava fodido. Tive que botar o galho dentro. E aquela água suja entrou no meu Mumbuti. Um nojo.

Depois fui beber uma cerveja. De barriga vazia mesmo. O dinheiro foi todo naquele copo de cerveja quente, um purgante. A fome a gente segurava. A sede, não.

Diante de um microfone de rádio, Pavone estufava o peito, afetando autoconfiança. Ouvi suas palavras e creio que não teria perdido nada se não as tivesse ouvido: não passavam de clichês. A exemplo da maioria de nossos colegas, a falta do que dizer levava àquela conversa mole de que o time estava unido e confiante, e que eles iriam fazer de tudo pela vitória. Amaro também concedia uma entrevista, na qual lançava bravatas aos adversários, então considerados praticantes do futebol-arte:

— O meu negócio é ganhar — sentenciou, com crua franqueza. — Pra mim, esse negócio de futebol espetáculo não dá em nada. Hoje em dia, se você jogar bonitinho, não ganha.

— Mas o Ascensão está ganhando e dando espetáculo — alfinetou o jovem repórter.

— Mas eles ainda não ganharam nada — retorquiu, o azedume crescente.

— Quer dizer que você não acredita em futebol-espetáculo? — insistiu o entrevistador.

— Quem quiser espetáculo que vá ao circo — respondeu Amaro, num tom de voz que claramente dava por encerrado o diálogo.

Ao fundo, Raposo, carrancudo como de hábito, com gestos de instrução, dirigia a palavra a Manezinho, o zelador do estádio, que geralmente folgava aos domingos. Pois, ao jogarmos em casa, quando chamavam Manezinho, sabíamos que coisas estranhas iriam acontecer no vestiário dos visitantes. Às vezes, faltava água, às vezes eram resíduos de dedetização, às vezes eram paredes recém-pintadas, às vezes eram meia dúzia de ratos.

Os caras da Alvi-Rubra cantavam um hino de guerra que jurava a gente de morte: *é, é, é, tem nego que vai morrer*. Não era estranho nem nada porque a gente cantava os da gente e jurava eles de morte também: *a gente pega vocês na lata,/ a gente pega, bate e mata*. Também tinha o coro que deixava eles putos da vida: *vin-te-oi-to, vin-te-oi-to*. Na bola a gente podia até perder, mas nem no grito nem na porrada a gente ia deixar barato. Não, senhor.

O estádio estava lotadaço. Eles sempre vendiam mais ingresso que podiam. Ainda tinha muita gente lá fora querendo entrar. O pior é que o filé da arquibancada estava na mão das organizadas deles, de frente pro meio de campo, fora os cambistas. Torcedor comum ia pra onde sobrava. Tive que ter paciência pra andar espremido no meio daquele povo todo. Até pra dar um peido estava difícil. Eu estava que nem um trouxa falando pra aquela gente:

— 'cença, 'cença.

Aí, um japonês baixinho e gordinho que nem uma barrica, com uma camisa da Corrente Jovem passou por mim e me deu um pisão brabo no pé. Sujou o meu Mumbuti legal. Ficou preto. E não pediu desculpa nem nada. Ele e mais dois ainda me olharam feio. Acho que foi por causa da peruca.

— Que que é, ô cuzão? Que é que tá olhando? Vai folgar, é? Te dou uma porrada na cara.

Botei o galho dentro de novo, fiz cara de bundão e abaixei a cabeça. Fui em frente, engolindo em seco. Parecia que eu estava engolindo uma bolinha de gude. Estava me sentindo um cuzão. Se a gente não era de organizada, ninguém respeitava mesmo. Tomei cuidado pra não abrir a jaqueta e mostrar a camisa da minha torcida. Senão, ia ter nego voando de lá de cima de arquibancada pra me pegar. Ninguém me reconheceu. Era mais fácil reconhecer o Chicão ou o Zóio. Eles já tinham fama com os caras da Alvi-Rubra, da Corrente Jovem e da Legião Unida. Estava tendo que aprender a ser bundão.

Amaro Leite reuniu a equipe para a preleção. Era esse o momento, juntamente com o intervalo, em que podia falar conosco sem a presença da alta cúpula. Todavia, pelo fastio de seu rosto, estava claro que fazia pouca diferença. Aquele semblante também nos permitia algumas impressões curiosas. Num primeiro momento, ao fechar a porta, dava a impressão de estar calmo, ainda que fosse de pouco riso. Tinha cabeça de cabelos branco-algodão. O rosto, como que o de um galã de cinema há muito aposentado, decadente, parecia já transformado pelo álcool. Entretanto, quando se preparava para falar as mesmas coisas de sempre, aquela aparente tranquilidade pareceu dar lugar à incerteza, pelo modo com que movia os lábios, mantendo a cabeça baixa por um instante, as mãos cruzadas às costas, denotando conformismo — no que espantosamente assemelhava-se a meu pai. Foi só então, ao aproximar-se, que notei em seu rosto umas discretas olheiras. Uma noite dormida pela metade no pensamento, imagino, de que colocara o pescoço na trajetória da guilhotina no mesmo momento em que assinara com o clube. Dali a umas duas horas ou estaria à procura de outro emprego, ou estaria festejando, sem se importar que Justino, Cobra, Bologna Filho e Flores o abraçassem, apertassem sua mão e dessem tapinhas nas suas costas, flexionando todas as palavras da glória e do mérito na primeira pessoa do plural. Continuávamos todos em silêncio.

Só tinha lugar bem atrás do gol. O cordão de isolamento ficava uns cinquenta metros dali. Lá tinha uns caras do batalhão de choque, com capacete, cassetete, escudo e tal. Sempre tinha gente ali que ficava mexendo com os caras da outra torcida, fazendo gesto, mandando os caras lá se foder. Era por isso que saía muita briga por ali. Volta e meia vinha bomba também. Perigava vir a bomba do Pé bem na cabeça da gente.

Sentei atrás do gol mesmo. Fazer o quê? De um lado tinha um cabeludo com o braço engessado, usando brinco e com jeito de boiola. Porque, pra mim, todo cabeludo é veado. No outro um velho corcunda. No primeiro lance da arquibancada. Dava até pra ver se o goleiro estava com a orelha lavada ou não. Estava muito ruim ali. Também tinha um cheiro de mijo lascado que quase não dava pra aguentar. Parecia que o mundo todo mijava ali.

Como de praxe, Amaro anunciou os excluídos do jogo, mesmo tendo estes participado do esquema de concentração. Como já era esperado, estavam fora Cacá, Nenê, Dafé, Povero, Nonô, Pedrinho, Miguel, Benê e Vital. Sem perder tempo, Amaro leu a escalação e a numeração da equipe, exatamente as mesmas desde a partida anterior. Em seguida, leu também a escalação do Ascensão. Vamos a elas:

Flechas - Pavone (1); Amâncio (2), Bueno (3), Benigno (4) e Américo (6); Plácido (5), Felício (7), Cândido (8) e Egon (10); Silva (9) e Fubá (11). Suplentes: Tristão (12 - gol), Fidélis (13 - defesa), Neguim (14 - defesa), Silvestre (15 - meio-campo) e Eugênio (16 - ataque).

Ascensão - Lázaro (1); Carneiro (2), Graúna (3), Jorjão (4) e Coelho (6); Moura (5), Carmo (8) e Clemente (10); Caramuru (7), Jurubeba (9) e Tiziu (11). Suplentes: Torres (12 - gol), Gonzaga (13 - defesa), Zezé (14 - ataque), Sañudo (15 - ataque) e Fukuda (16 - ataque).

Todos conhecíamos os adversários um por um. O veterano **Lázaro** era um goleiro inconstante. Mediano nas bolas altas, preocupantemente instável nas rasteiras. Levara naquele campeonato dois ou três frangos constrangedores, assim como garantira a vitória a sua equipe em algumas oportunidades. Era respeitado pelos colegas não apenas por seus 33 anos, mas por suas maneiras afáveis, raras num boleiro. Era o único remanescente da equipe que fora rebaixada anos antes, embora tivesse sido o goleiro reserva na época. No papel, o crioulo **Carneiro**, camisa dois às costas, era lateral-direito, mas na prática se desdobrava como meio-campista no esquema tático de J. Hércules, sendo seu forte a marcação, embora fosse sempre leal. Era razoável passador, todavia pouco presente no ataque. O camisa três era o mulato **Graúna**, um dos zagueiros adversários, que inspirava temor não apenas graças ao físico portentoso, mas também às cabeçadas certeiras com que marcara três gols pela equipe no campeonato. Cabeceava com os olhos abertos, tinha ótima impulsão e notável capacidade de calcular precisamente a trajetória da bola até seu cabeceio. Tinha aparência pitoresca: olhos muito vivos, cabelo cortado muito rente ao crânio, sobrancelhas tão grossas que entre os colegas seu apelido era Bigode. O outro zagueiro, número quatro nos costados, era o irritadiço e corpulento **Jorjão**, bigode espesso, rosto quadrado, personalidade forte. Limitado tecnicamente, o que superava com muito espírito de luta e liderança, era o tal xerife da equipe. Também tinha muito boa noção de posicionamento. Não raro, confundia firmeza com deslealdade. Era hábil nas cotoveladas longe dos olhos dos árbitros. Envergando a camisa seis estava **Coelho**, praticamente uma contraparte de Carneiro, porém ruivo e de cabelos à moda pajem, assim como um pouco mais técnico e mais decidido no ataque. Um dos mais tranquilos jogadores adversários, e dono da melhor condição física do Ascensão. Com a camisa cinco estava **Moura**. Marcador vigoroso e incansável, corria com muita energia, eficiente e confiável na defesa, embora limitado tecnicamente. Não era recomendável que lhe incumbissem de criar jogadas. Era de poucos sorrisos. Precocemente calvo. O veterano **Carmo**, número oito, canhoto, considerado o maestro da equipe, calvo, a exemplo de Moura, e atarracado. Ótimo passador, armador e batedor de faltas. **Clemente** era o camisa dez. Capaz de desequilibrar o jogo com dribles e arrancadas mortíferas. Quase sempre tocava de primeira. Dono de toque de bola refinado e pavio curto. Cultivava topete, cavanhaque e costeletas, tudo sempre impecavelmente aparado. **Caramuru**, número sete, legítimo e orgulhoso representante, ainda que talvez tardio, do *black power*. Era craque como Carmo e Clemente. Irascível, provocador, temperamental. Cabeceador perigoso, driblador frio, irritantemente individualista, segundo os colegas. **Jurubeba**, camisa nove, fora o artilheiro do campeonato cearense dois anos antes. Tímido, simplório fora do campo, leonino, oportunista e implacável na área adversária. Finalizava invejavelmente com os dois pés. Cafuzo de olhos miúdos e rosto marcado pela varicela. **Tiziu**, negrinho destemido, rápido, vestia a camisa onze. Ponta legítimo, um terror. Atuava pelas duas extremas. Tinha um rosto comum, era franzino, sorriso franco. Driblador tão exímio quanto Fubá.

Tampouco era novidade para nós o esquema tático montado por J. Hércules. O que não quer dizer que não fosse digno de atenção e cuidado. A dupla Graúna e Jorjão jogava fixa à frente da área, na sobra, já que Carneiro, Moura e Coelho formavam uma linha de proteção diante dos dois no combate ao rival. Esse quinteto era orientado basicamente para o desarme, sendo que a ordem era fazer o passe para Carmo, que sempre recuava para buscar o jogo, para então partir com a bola dominada. Outra característica da defesa adversária, dada a lentidão de seus jogadores, era a constância com que executava a linha de impedimento, entretanto nem sempre com eficiência. Dos cinco, Moura era razoavelmente ágil e Coelho era de fato rápido. Assim, em termos defensivos, o Ascensão era notadamente vulnerável, especialmente diante de um rival rápido no contra-ataque. Não à toa, apresentava a segunda defesa mais vazada da competição, superado somente pelo lanterna Popular. A compensação encontrava-se a partir do meio-campo. Carmo não só fazia a ligação entre a defesa e o ataque — às vezes auxiliado por Coelho, às vezes por Clemente —, como também avançava para integrar a impressionante linha de passe formada por Clemente, Jurubeba e Caramuru. Assim, o Ascensão avançava com a bola dominada, tocando de primeira, deslocando-se com rapidez, fosse para acionar o perigoso Tiziu, fosse para desmontar a defesa adversária, colocando qualquer um deles frente a frente com o goleiro rival. Era impressionante como se movimentavam, fazendo com que sempre houvesse algum deles para receber o passe sem marcação. Era igualmente impressionante o modo como mantinham a posse da bola; pareciam trazer cola nas chuteiras. Raramente erravam passes. Era tática suicida enfrentá-los sem grandes cuidados defensivos. Porém, com uma marcação especialmente dura e implacável era possível irritá-los. Prova disso eram os pontos que haviam deixado de ganhar ao longo do campeonato diante de adversários que os haviam marcado duramente.

Eu estava com calor ali, mas eu nem podia pensar em tirar a jaqueta, nem a peruca. O pessoal ali estava melado de suor, se derretendo, se abanando. E olha que a gente estava em maio. O cabeludo puxou conversa. Perguntou porque eu não tirava a jaqueta. Estava na cara que ele estava a fim de amizade. Ele disse que não estava botando muita fé no time dele. Tinha quase certeza que ia perder de novo. Me ofereceu um cigarro. Falou que com aquele time ele tinha mais era que fumar. Sabia que a gente jogava melhor. Disse que só um milagre salvava eles. E parecia que lia o jornal todo dia. Disse que os cartolas eram uns ladrões e o técnico era um burro. Ele também reclamou do armandinho deles, o Egon. Eu dava uma de quem não entendia muito de futebol.

Mas até que ele parecia gente boa. Não era de nenhuma organizada. Vai ver porque era bicha. E fresco não tem vez em organizada. Eu nem olhava pra ele. Só mexia a cabeça e concordava com ele e dizia "é mesmo", "é verdade", "podes crer", "pois é", "é fogo", "é foda", essas coisas que a gente diz só pra mostrar que não quer conversa. Se eu não dava confiança pra boiola, nem pra quem não torcia pro meu time lá na metalúrgica, porque é que eu tinha que dar corda pro cabeludo? Moitei até ele se mancar e calar a boca. Também fiquei esperto com ele. Se quisesse esfregar a perna dele na minha ou botar a mão no meu ombro, levava porrada. Uma só, bem dada, no meio da cara. Ele até tinha um anel de casado na mão esquerda, mas por aí a gente acha veado de todo jeito.

Depois de um longo suspiro, Amaro iniciou sua preleção quase como se fosse um discurso:

— Bom, cavalheiros — e então fez uma pausa. — Todo mundo aqui se lembra do que a diretoria disse sobre o jogo de hoje, então eu não vou refrescar a memória de ninguém, nem nada. A gente sabe que o empate está ótimo pra gente. Mas a gente também sabe que os caras lá no campo podem triturar a gente, se a gente der moleza. Portanto, a gente vai ter que jogar com a cautela de sempre, correto?

Fez uma pausa breve, esfregou uma mão na outra e prosseguiu, naquele tom um tanto quanto professoral que aos poucos se afrouxava e acabava no lugar-comum da linguagem dos técnicos. Aquele blá-blá-blá estratégico que vinha usando antes de cada jogo durante todo o campeonato, que todos conhecíamos como esquema tático e ao qual simplesmente assentíamos. Um tanto enfadados, diga-se, pois era aquela a única maneira de jogar que conhecíamos.

Começou por recomendar-nos cuidado redobrado quando não tivéssemos a posse da bola. A ordem era jogar de forma compacta, a fim de não dar espaço para as trocas de passes do adversário. Então, usando um quadro negro e um pedaço de giz, desenhou linhas e pequenos círculos. Encarregou Fubá, Silva e Egon do primeiro combate, insistindo para que não dessem trégua. Logo atrás deles, o trio formado por Cândido, Felício e Plácido formaria outra linha para impedir o acionamento dos atacantes, disparando imediatamente nossos contra-ataques. Na última linha, ficariam Amâncio, Benigno, Bueno e Américo. Nada de novo, pareceram bocejar alguns.

Amaro então mencionou nosso recurso mais poderoso para a obtenção do empate consagrador: a marcação dura, ríspida, sufocante. Previsivelmente, não se envergonhava por eleger as faltas menores como um modo de matar as jogadas adversárias, nem os chutões quando estivéssemos em perigo. Pediu-nos cuidado para evitar faltas na entrada da nossa área, dada a habilidade de que sempre estiveram subentendidas em nosso estilo de jogo. Com as provocações do adversário e o *já-ganhou* propagado por parte da imprensa, estavam todos com o orgulho ferido, melindrados.

Amaro então passou às táticas de ataque, que se baseavam exclusivamente no contra-ataque, uma vez que tínhamos uma arma mortífera: Fubá, veloz e habilidoso, que entendia-se maravilhosamente com Silva, o matador. Cândido, Felício e Plácido ficariam a cargo do desarme ao adversário, imediatamente acionando Egon, que iria fazer a ligação com o ataque. Embora o esquema de jogo, como já lhes disse, fosse o mesmo, já há três partidas mostrava-se falho. Não devido a um súbito desgaste ou mesmo a sua previsibilidade. O problema era que, com a saída de Felipinho, que desempenhara aquela função com brilho e eficácia durante todo o campeonato, Amaro decidira preencher sua vaga com Cândido, jogador de qualidades, mas de consideravelmente menos recursos, incumbindo então Egon dos contra-ataques. Contudo, o camisa dez, cuja lentidão e indolência muitos confundiam com genialidade, até então não havia conseguido desempenhar a função com a mesma competência. Assim, tirante o contragolpe, nossas opções eram poucas. Havia as tabelas entre Egon, Fubá e Silva pelo meio, caso a defesa se encontrasse mal posicionada, bem como as disparadas de Fubá pelos flancos até a linha de fundo a fim de encontrar Silva fechando pelo meio da área inimiga para a finalização.

Havia também uma jogada a que poderíamos recorrer, embora fosse mais complexa e tivesse dado poucos resultados até então: Fubá e Silva puxavam a zaga rival para fora de sua área, permitindo que nossos laterais Amâncio e Américo, alternadamente avançassem até a linha de fundo, em vez de fazer uso do famigerado chuveirinho. Com esse movimento, estariam em condições de fazer o centro para a entrada da área. Cândido, Felício e Egon apareciam para o arremate, já Bueno podia tentar um cabeceio-surpresa. Fubá e Silva também ficavam de prontidão para aproveitar possíveis rebotes, chutando de fora da área, já que Lázaro falhara naquele campeonato com razoável frequência. Outro recurso válido era cavar faltas na entrada da área, sempre forçando a jogada em cima do tosco Jorjão. A cargo dessas cobranças de falta ficava Cândido.

Olhei ao redor, buscando captar a reação dos colegas a essa última jogada – novidade para a equipe. Todos exibiam uma cara de enfado. Logicamente, Jorjão estava exigindo demais. Só se todos nós tivéssemos pulmões de aço para jogar compactados em nosso campo e em seguida disparar rumo à área rival para a finalização. Fora este o único motivo do fracasso daquela jogada até então.

Amaro voltou a reiterar que não poderíamos deixar o Ascensão à vontade, e encerrou sua fala, ordenando que Bueno intimidasse Clemente, como já fizera algumas vezes. Caso fosse expulso de campo, que o levasse junto consigo. Bueno assentiu, impassível. Já Egon, ante suas responsabilidades defensivas, manifestou-se, irônico:

— Porra, 'pera aí! 'xa ver se eu entendi, professor. Quer dizer que hoje eu vou ter que correr atrás daqueles otários?

— É isso aí — retorquiu Amaro. — Arranca pedaço? Se arranca, eu coloco o Silvestre no seu lugar. Viu só como ele comeu a bola lá no treino? Fica quietinho, tá bom? Se lembra do bicho. Você gosta de dinheiro, não gosta? É só acordar e jogar o que você sabe.

Egon fez uma careta, soltou um muxoxo, mas não respondeu. Eis aí algo que o incomodava. Favorito da mídia e o melhor jogador do estado dois anos antes, continuava vivendo da fama que havia obtido numa só temporada. Também ganhara muito dinheiro no ano anterior ao transferir-se para o Flechas na transação mais milionária já realizada no estado. Entretanto, raramente correspondera à expectativa. À primeira vista, era de se estranhar que Amaro preferisse Egon a Silvestre, já que estava ciente de que este último vinha-se mostrando eficaz nos treinamentos, assim como sabia que, vindo da áspera segunda divisão, estava acostumado a partidas difíceis.

Oficialmente, Amaro alegava ser sua escolha essencialmente tática. Segundo ele, num quadrangular de apenas três confrontos diretos em vez de jogos de ida-e-volta e no qual seria necessário o maior número de pontos em vez de saldo de gols, qualquer descuido seria fatal, donde optara por um meio-campo com maior poder de marcação – o que resultaria numa conservadora inovação, se é que isso é possível: um trio de volantes, formado por Felício, Plácido e Cândido, numa época em que o uso de dois volantes apenas começava a entrar na moda.

Ainda que convincente, essa posição não sensibilizava os desconfiados jogadores, cientes de que com Silvestre na posição de Felipinho, manter-se-ia a fórmula que até então funcionara. Havia um dado, entretanto, que ninguém sabia, exceto Fubá e eu, e que ajudava a posição de Amaro fazer sentido. Semanas antes, em troca de segredo absoluto, o sempre bem-informado Fubá, contara-me ter ouvido falar que Egon somente era mantido como titular graças aos 20% de seu robusto salário pagos a Amaro e Cobra por seu empresário, Massimo Argento. Naquele campeonato Egon marcara 5 gols, sendo 4 deles em cobranças de pênaltis. A fama lhe chegara tão rapidamente que deve ter passado a achar que bastava surgir diante do rival para intimidá-lo e fazê-lo abrir caminho. Tinha apenas 22 anos e ganhava muito mais dinheiro do que havia sonhado. Era assediado pelas mulheres que sempre considerara inatingíveis e consumia tudo o que jamais imaginara ter em sua pobre adolescência interiorana. E com todos aqueles milhões de sabiás estampados na testa, ficara insuportavelmente mimado, auto-indulgente. Era um dos mais detestados da equipe, talvez mais que Benigno.

A perna do velho ficava tremendo o tempo todo. A boca dele também. Que nem uma máquina de costura. Parecia que tinha pouco dente. E tinha um tique nervoso que irritava. Ficava passando a mão na cara, então passava a mão na testa. Aí, ele encaixava o nariz entre o indicador e o dedo do meio. Parecia que ficava cheirando alguma coisa ali. Os braços dele ficavam tremendo também. Tinha jeito de epiléptico. Não dava nem pra olhar pra ele. Deu vontade de sair dali e procurar outro lugar. Mas não dava. Não cabia mais ninguém ali na arquibancada. Ia ter que agüentar. Se é que eu ia agüentar. Perigava eu dar uma porrada nele. Porque é que ele não ficou em casa? Já passou da idade de ir assistir jogo no estádio. Já estava com um pé na cova e o outro na casca da banana. Se estourava uma briga ali, sobrava pra ele logo de cara. No pega-pra-capar, a gente não via quem era velho ou novo. Era bater pra não apanhar. Matar pra não morrer.

Logo após os obrigatórios alongamentos, Esdras Mommo levou todos para a sessão de aquecimento. Para tentar nos motivar, adotou um tom de voz mais jovial que o costumeiro, muito pouco espontâneo, bem como uma energia desconhecida no bater de palmas com que ditava o ritmo de nossos exercícios. Com um gesto de cabeça, mandou Zen dos Santos acionar um gravador colocado num dos cantos da sala. Outro ineditismo, aquilo. Das caixas de som, quase ensurdecedora, saltou a entusiasmada *We Are The Cham-*

pions enquanto aquecíamos os músculos e aprontávamos o fôlego. Impassível, braços cruzados, o inseparável cigarro no canto da boca, Amaro, observava tudo. Talvez duvidando da eficácia daquela estratégia. Por mais alto que estivesse o volume, e por mais inspiradores que fossem Freddie Mercury e companhia, apenas um ou outro pareceu demonstrar certo entusiasmo. Dentre esses, previsivelmente, Fubá.

4 PRIMEIRO TEMPO

'OLHA os veados aí,' pensou Urias em tom de chacota, ao ver os titulares do Flechas entraram em campo. Metade do estádio levantou-se e, com um urro enlouquecido, comportou-se como se esperava. Tristão, firmando o pé no último dos degraus que levavam para o campo, ouviu um vozerio colossal, um sem-fim de fogos de artifício ensurdecedores, milhares de rolos de papel higiênico desenrolando-se desde o alto das arquibancadas e descendo pelo ar enfumaçado. Poucas vezes vira algo semelhante. Todos ao redor de Urias levantaram-se com o entusiasmo de sempre, típico. Por um instante, viu-se sem saber o que fazer. Para tornar tudo o mais caótico, ainda havia as cornetas, o papel picado, o êxtase como que carnavalesco. Impossibilitado, pela primeira vez na vida, de vaiar a entrada do rival em campo, Urias mal conseguia ver o campo através da fumaça. Num momento de fria observação, só via gente pulando como que macacos de circo. Sabia ser conveniente juntar-se a eles, imitando-os nos brados e nos pulos. Constatou que até mesmo poderia xingá-los sem que o escutassem, tamanho o barulho, porém achou prudente não brincar com a sorte. Pulava, os braços erguidos, calado. Xingava os adversários para si mesmo. Para completar a estranheza que sentia, exatamente em meio aos inimigos, sentiu o mesmo arrepio que sentia quando seu time entrava em campo.

No gramado, sob seus pés Tristão sentiu um tremor que vinha das arquibancadas do estádio de três décadas de idade e duas sem reformas, o que assustou Urias: 'Essa merda já começou a balançar. Só falta esse poleiro cair em cima da gente.' Enquanto caminhava rumo ao banco de reservas, Tristão viu espalhada pelo gramado a mesma multidão de sempre, dividida entre repórteres de campo e penetras devidamente autorizados. Urias notou que o piso da arquibancada já tremia menos que antes, para seu alívio, quando sentiu zunir junto à nuca um copo plástico cheio de urina. Por reflexo, seu vizinho cabeludo, ao virar-se para inteirar-se do que estava acontecendo, quase foi atingido na testa por outro copo com igual conteúdo. O copo espatifou-se de encontro ao alambrado, lançando pingos nas costas de sua camisa. Colérico, bradou palavrões, gesticulou, indignou-se, sem que ninguém ao redor lhe desse atenção. Pareciam todos rir secretamente.

Muito incensado pela imprensa, Salomão Faria, considerado o nome ideal para apitar jogos como aquele, e seus dois auxiliares, Machado Cortez e Itamar Amado, surgiram na saída do túnel que lhes fora reservado. Talvez intencionalmente, buscando escapar das vaias costumeiras, entraram atrasados em campo. Pelo protocolo, deveriam ter entrado antes do Flechas. Mal Salomão Faria pôs os pés em campo, as duas torcidas por instantes esqueceram suas diferenças, bradando ofensas em uníssono, entremeando cada xingamento com uma rápida série de três palmas, como de costume:

La-drão! La-drão!

E como se fosse pouco, e como se não parecesse atingir o aparentemente fleumático Salomão Faria, a turba prosseguiu, a plenos pulmões, um canto à beira do colérico, agora sem palmas:

— *Filho da pu-ta! Filho da pu-ta!*

Embora fosse goleiro e já estivesse de certa forma acostumado a ser xingado, Tristão não gostaria de estar na pele dos três. Eram as únicas pessoas ali que, fosse qual fosse o resultado, já entravam em campo como os responsáveis por tudo de errado que pudesse ocorrer. Já esquecidos do que quase lhes acontecera, Urias e o cabeludo juntaram-se aos demais nos xingamentos, talvez no único momento em que foi possível ao intruso ascentino descontrair-se:

— Careca filho da puta!

Lembrava-se de que fora aquele árbitro que prejudicara seu Ascensão na derrota para o Arcádia meses antes. Lembrou-se vivamente do pênalti que não assinalara, bem como do gol legítimo que grosseiramente anulara. Urias era daqueles que nunca esqueciam. Tampouco levava em consideração a falibilidade do árbitro, nem mesmo nas vezes em que seu time havia sido beneficiado. Como todo torcedor, nutria pelos árbitros um rancor irrestrito e nada seletivo. Já Tristão, diante da vaia endereçada ao árbitro e seus auxiliares, sabia que os torcedores em pouco tempo esqueciam-se da expulsão desnecessária de algum jogador, mesmo que isso tivesse custado caro à equipe; também perdoavam o artilheiro que perdia o gol mais feito da história, assim como perdoava o técnico covarde que armava uma retranca num jogo de pouco risco, temeroso em sofrer gols.

Tristão sabia ser verdade que para os goleiros o perdão ou o esquecimento demoravam um pouco mais. Já ao árbitro e a seus auxiliares, contudo, no que dependesse do coração irado das torcidas, esse direito era sempre negado. Era coisa que chegava a persistir na memória do torcedor até por décadas — mesmo depois da morte ou aposentadoria do árbitro. Esse era o caso de Franco Giusti, o apitador daquela final de quase 28 anos antes, já falecido. Por ter validado o gol irregular marcado por Simão, o gol daquele título mítico para os Flechenses saudosistas, continuava tão execrado pela torcida rival que as pragas lançadas ainda não deviam ter cessado de persegui-lo no além-túmulo. Tristão também sabia ser poucos aqueles que neste mundo têm mães mais indecentes ou com falhas de caráter mais gritantes que o árbitro de futebol, ainda que achasse que muitos dos pares de Salomão Faria o merecessem. Em geral, não tinham qualquer direito ao erro, mesmo estando claro que o ato de arbitrar um jogo, ainda mais no futebol célere dos dias de hoje, nada tenha de tranquilo ou amador. Para Urias, os auxiliares eram coisa ainda pior. Ele lembrava-se de Machado Cortez, o queixudo da bandeira amarela, e Itamar Amado, o cabeça branca da bandeira vermelha, pois haviam prejudicado o Ascensão duas ou três vezes em jogos fora de casa. Considerava-os caseiros por terem, inúmeras vezes, beneficiado o time da casa em flagrante detrimento do seu. 'É tudo ladrão, mão-de-gato, tudo sem-vergonha'. Quando o trio de arbitragem se aproximou para inspecionar o gol diante da arquibancada em que se encontravam Urias e os demais torcedores, houve mais xingamentos. Urias o fez com tanta virulência que até doeu-lhe a garganta. Outros, ainda mais exaltados, atiravam garrafas. Impassíveis, ou talvez temerosos, Salomão Faria, Amado e Cortez, nem sequer deram-se ao trabalho de erguer o olhar para a turba. Nem mesmo quando lhes foi endereçada uma chuva de copos cheios de urina. Por prudência, retornaram ao meio do campo a passos rápidos.

Quando o Ascensão entrou em campo, Urias teve de conter a emoção. Nesse instante, Tristão viu a outra metade do estádio explodir num rugido assustador que fez tremelicar a gigantesca estrutura de concreto do local. A torcida rival então deu sua resposta, de modo que naquele momento cada torcida entoava o nome de seu time, seus hinos, uma buscando soar mais alto que a outra. Urias fingiu seguir o exemplo de seus vizinhos, juntando-se a eles em seus impropérios. Para ele, era impossível manter-se quieto. Decidiu então berrar mais baixo que o normal para ajudar seus colegas de torcida, e a garganta doeu-lhe de novo. Acreditava firmemente que sua gente tinha mais fôlego que os inimigos.

O Ascensão trotou cancha adentro com aquele seu uniforme que irritava os torcedores mais tradicionalistas. A camisa do Ascensão, originalmente toda branca, agora visualmente poluída, cedia grande espaço na frente e nas costas, logo acima do número, ao logotipo de seu patrocinador. Chamava-se Icarus, uma fabricante de escadas rolantes e elevadores. Numa extraordinária jogada de *marketing*, passara a estampar seu nome na camisa de uma equipe com um nome que tão bem servia a seus fins — com direito a um engenhoso *slogan* em que se lia: "tecnologia em ascensão". A camisa ainda tinha mangas que mesclavam azul e verde, os calções eram azuis sem as previsíveis listras laterais, mas com detalhes em que se inseria o logotipo do patrocinador, estando somente as meias brancas livres da intervenção da Icarus, trazendo apenas finas listras azuis e verdes. Já o uniforme flechense permanecia bem próximo ao que sempre fora, salvo uma concessão ao logotipo da Limp-o-Limp, uma fábrica de produtos de limpeza — menos gritante que a feita pelo rival em seu uniforme. As camisas e meias permaneciam encarnadas; os calções traziam o branco de sempre.

A caminho do banco em que iria sentar-se, Tristão passou junto a J. Hércules, que, indignado, em tom de denúncia, punhos cerrados, esbravejava ao microfone de um repórter de rádio:

— Nem deu pra nossa rapaziada tomar banho! Não tem água no nosso vestiário! Isso é um absurdo! É uma falta de respeito! Onde é que estamos? A gente sempre trata muito bem os nossos visitantes!

Sabendo ser aquilo típico nas partidas em que o Flechas era o mandante, Tristão abriu no canto da boca um sorriso irônico, amargo, meneando a cabeça, indagando-se se afinal de contas estava tomando parte numa guerra ou num simples jogo de futebol.

Os onze titulares do Flechas postaram-se junto à linha lateral para a foto tradicional. Pavone e os defensores de pé, os meio-campistas e atacantes agachados. Pavone, ereto como uma estátua de parque; Egon e Felício, ambos ostentando um olhar duro; Fubá, com a expressão serena de sempre, eram os que destoavam dos demais, claramente tensos. Foi então que a expressão nos olhos de Pavone e o modo como estufava o peito, erguendo o queixo no momento em que as câmaras disparavam, evidenciaram o metafórico filé que Fubá havia mencionado uma hora antes. A possível foto do campeão estampada nos jornais do dia seguinte. Quase vinte e oito anos depois de Pedro, ele seria o primeiro goleiro a sagrar-se campeão pelo Flechas.

Tristão via em Pavone um vaidoso paradoxal. Mesmo considerado muito melhor que Pedro, o arqueiro do último título, naquela tarde o goleiro titular fazia questão de aproximar-se da história. Pela primeira vez na carreira, untara os cabelos com gomalina, um célebre hábito de Pedro. Não bastasse, não envergava a usual camisa preta e vermelha, mas uma camisa cinza semelhante àquela que o antigo arqueiro vestira naquela conquista histórica — para o horror de seus contemporâneos, adeptos do preto como a única cor permitida aos goleiros. Quando os alto-falantes começaram a anunciar as escalações das equipes, Urias ergueu a vista para o placar eletrônico automaticamente a fim de conferi-la com aquela exibida nos placares eletrônicos. Também prestou atenção na voz da locutora. 'Voz de mulher bonita,' pensou ele. Pena que, segundo Pé, que lhe dissera tê-la visto de perto certa vez, fosse uma mulher das mais feias. 'Um dragão daqueles, mocréia das brabas,' sorriu sardônico. A escalação do Flechas, o dono da casa, foi, obviamente, primeira a ser anunciada. A cada nome, aplausos de um lado, vaias de outro, sendo que a intensidade da saudação variava de acordo com a qualidade do jogador. Egon, Pavone, Silva e Fubá foram os jogadores a receber os aplausos mais entusiásticos, demorados. Quando anunciou-se a formação do Ascensão, Urias, de longe viu seus colegas saudar em delírio o nome de Clemente. 'Esse cara é foda', pensou ele, sabedor que era das grandes qualidades do camisa dez. Os outros companheiros de Clemente a receberem aplausos expressivos foram Moura, Carmo, Jurubeba, Tiziu e Caramuru.

Clemeeeeenteee! Clemeeeeenteee!

A torcida adversária prosseguiu cantando o nome de Clemente a plenos pulmões, o que Urias sempre fazia com entusiasmo. Carismático, o camisa dez rival caminhou até junto do alambrado atrás do qual estava sua torcida. Fez sinais de positivo, ergueu os braços, acenou, bateu palmas, ao que a multidão ali reunida cantou ainda mais alto. À distância, porém, só restava a Urias assistir à cena em silêncio, frustrado. Porém, não demorou para que a torcida adversária, não aceitando ser batida, reagiu, entoando o nome de Egon, tentando sufocar a manifestação dos rivais. Para Urias, os rivais só faziam aquilo porque seus colegas haviam começado sua manifestação primeiro.

E-gon, E-gon!

A torcida do Flechas, inclusive os vizinhos de Urias, entremeava essa fala com curtas e rápidas séries de três palmas, embora Urias não o achasse merecedor de reverências: 'Esse cara não tá lá com essa bola toda, não.' Para ele, era daqueles jogadores que sempre se poupavam em divididas.

À distância, Tristão viu Carmo e Benigno, capitães rivais, apertarem as mãos por mera formalidade, sob a supervisão do árbitro. O inimigo acabou ganhando no cair da moeda, o que lhe deu um ligeiro mau pressentimento — superstição, achou ele. O capitão adversário optou pela bola, restando ao Flechas escolher o lado do campo. Benigno decidiu que sua equipe iria atacar o gol atrás do qual se amontoava sua torcida. Exatamente onde se encontrava Urias.

Ao sentirem que o confronto estava prestes a começar, as duas torcidas sentaram-se de vez. Torcedor típico, Urias pôs-se a roer as unhas, a exemplo de seu vizinho de cabelos fartos e brinco, este já devia ter uma ideia clara do que iria acontecer dali por diante. Entretanto, o próprio Urias não sabia até quando iria aguentar assistir à partida de onde estava. Sabia que teria que tomar muito cuidado e que qualquer descuido seria fatal. Por obra da tensão que agora reinava, fez-se um silêncio surpreendente que durou alguns segundos. Foi então que Urias ouviu gritarem o seu nome. A princípio, ele sequer preocupou-se, pois sabia ser possível haver algum homônimo seu nos arredores. Porém, dada a insistência com que lhe chamavam o nome, irritou-se e olhou para o lado de onde partiam os brados. Percebeu que vinham do outro lado do cordão de isolamento mantido pelo policiamento. Irritado e surpreso por o terem encontrado no meio da multidão, identificou o líder daquele grupo: seu desafiante Zóio. 'Feladaputa. Tá querendo me sacanear,' pensou agora um pouco assustado, uma vez que os torcedores ao redor já começavam a procurar o tal Urias. Procurou manter um semblante imperturbável.

— Ô, Urias! Mostra a camisa, Urias! Ô, Urias cuzão!

Atrás de si, alguns lances acima, os membros da Legião puseram-se a responder à gritaria de Zóio, julgando tratar-se de provocação, recorrendo a seu rico e colorido repertório de palavrões, todos conhecidos não só de Urias, mas de todos aqueles que frequentavam as arquibancadas. Era uma cena a que Urias já assistira inúmeras vezes. Sabia que estavam ansiosos para enfrentarem os torcedores inimigos. Assim como sabia que não havia polícia que conseguisse contê-los. Sabia que era uma questão de tempo.

Seu vizinho cabeludo então comentou:

— Ê, merda. Já começaram a provocar. Esses caras são foda. Logo, logo, vai ter bomba.

Urias nada disse. Pensando na bomba que Zóio preparara, pensou ligeiramente trêmulo: 'Podes crer. Vai ser foda assistir o jogo daqui. A cobra vai fumar. E nem um baseadinho pra me ajudar'.

Os flechenses percebiam no semblante de cada adversário uma serenidade que julgavam despropositada, dado o nervosismo que imperava em momentos cruciais como aquele. Tristão tinha a impressão de que os olhavam com superioridade, certos de que os atropelariam como haviam feito com o Acadêmico e o Fraternidade. No banco adversário, eram todos sorrisos e descontração, exceto Hércules, que mantinha os olhos fixos no gramado, o queixo apoiado numa das mãos, pensativo.

Amaro Leite, também pouco afeito ao riso fácil, sentava-se ereto, os braços cruzados, um ar grave, compenetrado. Os demais ocupantes do banco também se mantinham em silêncio: alguns mais tranquilos, como os reservas com poucas perspectivas de jogar, outros mais tensos, em especial a comissão técnica. À distância, Tristão podia enxergar que dentro do campo os sentimentos variavam. Havia a hostilidade declarada de Bueno, Benigno e Américo, que quando abordados por Jurubeba deixaram-no com um cumprimento de boa sorte suspenso no ar; havia a ansiedade de Cândido, Felício e Silva, que não cessavam de caminhar de um lado para outro, as mãos na cintura, apertando os lábios; havia um ar de altivez, fingido ou não, que Pavone, Amâncio, Plácido e Egon, de queixo erguido, exibiam aos adversários, como que sinalizando sua determinação de não somente ganhar o título, como também proporcionar-lhes 90 minutos de tormento; e enfim havia Fubá e sua singular maneira de concentrar-se: executava uma embaixada junto ao círculo central enquanto fazia bolas de variados tamanhos com seu chiclete.

Salomão Faria fez soar seu instrumento de trabalho, permitindo ao Ascensão o pontapé inicial. Jurubeba, o camisa nove, rolou a bola lateralmente para Carmo, o oito, que logo viu Clemente lançar-se intermediária abaixo em ótima posição para receber o passe e acionou-o. Urias sentiu um ímpeto de levantar-se, mas conteve-se a tempo, pois todos seus vizinhos mantinham-se sentados, já crispados de tensão, os esfíncteres tesos. Mal o camisa dez do Ascensão aplicara um drible em Felício, viu-se diante de Bueno, que, percebendo a oportunidade de cumprir a ordem de Amaro Leite, aplicou-lhe uma falta das mais duras, atingindo-lhe o tornozelo.

Se os flechenses ao redor de Urias já haviam urrado de júbilo ante a intervenção de seu camisa três, com certeza deliciaram-se com a promessa de uma briga em campo quando os dois jogadores, desafetos há tempos, puseram-se de pé e se peitaram:

— Eh, caralho! Qualé, m'ermão? — protestou o ascentino.

— Vai se foder, carioca do caralho! — vociferou o flechense, dentes cerrados. Em seguida, porém, foram apartados pelo juiz, sem demora.

Foi geral a surpresa com a reação de Clemente, contrariando a expectativa de Amaro Leite, já que meses antes, no confronto entre Flechas e Ascensão no primeiro turno, o camisa dez do Ascensão protagonizara uma cena de pouca coragem e muito fôlego, coisa digna de circo ou comédia. Urias lembrava-se bem: para o deleite da torcida, o camisa dez adversário atravessara o campo correndo com Bueno em seu encalço, depois de ter-lhe provocado a expulsão após quase oitenta minutos de ofensas e provocações mútuas, resultado da marcação homem-a-homem que o zagueiro empreendera. Clemente, estrategicamente diante do auxiliar de Atalaia Nunes, o árbitro daquela oportunidade, exibira seus razoáveis dotes de ator ao cair ao chão com as mãos ao rosto, vítima de uma cotovelada que nem sequer o atingira.

Aproveitando-se da agitação que tomou conta das arquibancadas, Urias levantou-se junto com os demais e encheu o peito:

— Seu bosta! Filho da puta!

Urias de imediato percebeu sua imprudência quando o cabeludo a seu lado e mais alguns outros torcedores que se encontravam por perto lhe lançaram um olhar intrigado. Sem pestanejar, consertou:

— Esse filho da puta do Clemente já começou, porra! Tem que quebrar ele mesmo!

A torcida ascentina urrou aprovação quando Carmo apresentou-se para a cobrança a poucos metros da meia-lua. Naqueles dias, havia poucos chutadores como ele. Chutasse ele com força ou com jeito, seu índice de acertos, segundo a imprensa, era de um tiro preciso a cada três.

— Olha que esse careca bate bem na bola — disse o cabeludo para Urias, que manteve-se calado.

— Ih, vai foder tudo logo de cara — acrescentou o rapaz de óculos sentado no lado do velho, agora fumando um cachimbo.

Um minuto. O árbitro autorizou a cobrança, porém a barreira formada por Felício, Cândido, Silva e Egon avançou para a bola, ignorando os passos regulamentares determinados por Salomão Faria antes que o camisa oito rival a chutasse. Urias, em meio aos risos sarcásticos dos torcedores adversários, manteve-se calado, ruminando indignação.

De imediato, o árbitro interrompeu a cobrança:

— Tem que ficar aí! — ordenou o árbitro aos integrantes do muro flechense. — ' cês tem que guardar a distância certa!

Isto feito, o apito soou novamente e Carmo partiu para o disparo, sendo novamente prejudicado por um novo avanço da barreira. Os jogadores do Ascensão e seu banco de reservas protestaram imediatamente:

— Assim não dá! Assim não dá — indignou-se J. Hércules.

Urias, num ligeiro esgar, impacientou-se, ainda em silêncio: 'Esses caras já tão catimbando. Parece time argentino, caralho!'. O impasse instalou-se por alguns momentos: os flechenses ameaçando avançar com a barreira, todos segurando com firmeza as bolsas escrotais a fim de protegê-las de uma bolada.

— Ô, seu Salomão, tem que dar cartão amarelo! — pleiteou Carmo.

— Fica quietinho, tá? Não vem tumultuar, não! Sou eu que mando aqui! — retrucou o árbitro, que se voltou aos membros da barreira flechense. — Vamos colaborar, senão eu amarelo vocês todos!

Era claramente uma manobra para que o Flechas não só ganhasse tempo, embora a partida mal tivesse passado do primeiro minuto, mas principalmente para que o rival se enervasse. Procurando negar o óbvio, todos os flechenses assentiram com cara de cumpridores da lei e retornaram à posição exigida. Carmo tomou boa distância da bola, deixando clara sua intenção de chutá-la com força.

Ao apito de Faria, o veterano Carmo iniciou sua corrida ao mesmo tempo que a barreira avançava novamente, mesmo que a passos menos largos do que antes. Carmo, porém, um momento antes do arremate, estacou e, como se recorresse à paradinha que Pelé executava com perfeição em cobranças de pênaltis, aplicou, numa rara combinação de força e jeito, um efeito na bola para superar a barreira, buscando o ângulo esquerdo de Pavone. Amaro Leite ergueu-se de seu assento à medida que a bola rumava para sua meta. Pavone não levantou sequer um dedo, tampouco fez uso dos braços, apenas acompanhando o chute com a vista. Já O treinador flechense fez uma careta ao vê-lo atingir o travessão. Em meio àquele *uuuuuuuuuuuuuuuuuuuuuuuuuuuuuuuuuuuuuuuuhhhhh!* típico de gol perdido, rente à trave, a bola caiu em meio à parte da torcida ascentina praticamente debruçada sobre a meta guardada por Pavone. Ainda que seu muxoxo tenha sido discreto, Amaro Leite ficara claramente irritado com o gesto de seu goleiro titular.

Aquele lance animou Tristão. Mal começara o jogo e já havia seu time escapado do gol por um triz. Naquelas circunstâncias, teria sido fatal um gol. Sabia que o titular fizera algo que lhe era característico: plantar-se debaixo dos paus com as pernas em arco e assistir à bola chegar como se tivesse o poder de desviá-la por sobre o travessão com o olhar, embora Tristão estivesse convencido de que um arrepio correra a espinha do colega de cima a baixo. Aquele lance pareceu despertar a torcida adversária, motivando-lhe um coro de entusiasmo entoado por todos aqueles fanáticos aos quais Tristão se juntara em sua adolescência. Junto à marca do pênalti, Bueno e Benigno discutiam, enquanto Plácido, certificando-se de que a atenção do árbitro estava voltada para a bola a ser reposta em jogo, atingiu Jurubeba com uma cusparada no ouvido. A estratégia era não apenas enervar, mas também intimidar o oponente desde o início.

Os tambores das torcidas soavam incessantes, como o pulsar de um coração aflito. Era curiosa a fidelidade com que imitavam a cadência do coração humano. Urias já há algum tempo arrependia-se de ter aceitado o desafio proposto por seu colega de torcida. Queria mesmo era estar com seus pares para poder lançar provocações das mais variadas aos flechenses. Afinal de contas, tinha o pressentimento de que o Ascensão venceria, dada a volúpia com que havia começado a partida. Aflito por não saber se conseguiria manter aquela farsa até o fim do jogo, irritou-se com a forma com que o cabeludo a seu lado mexia o braço livre de gesso e a perna, parecendo querer chutar a bola. 'Que cara mais nervosinho,' pensou. Não bastasse, o velho corcunda já tendo parado de mexer a boca e as mãos, seguia sacudindo uma das pernas. Mantinha os dedos à entrada da boca, como se estivesse roendo as unhas, e mexia as sobrancelhas sem falar nada, fosse para vibrar, fosse para xingar. 'Esse véio é doido. Onde é que eu fui me meter, caralho?' incomodou-se o ascentino.

Porém, contrariando o prognóstico de Urias, o que se desenrolou a seguir foi um jogo tedioso. Após a ameaça inicial, mesmo mantendo a posse da bola, o Flechas demorou 15 minutos para chegar à entrada da área inimiga, já que os rivais os sufocavam, negando-lhes um mísero centímetro de espaço para uma troca de passes incisiva ou eficaz rumo ao gol. Numa postura atípica, surpreendente, o Ascensão compactava-se da linha central para trás, com sua linha de ataque não dando trégua ao rival no primeiro combate, limitando suas ações à sua metade do campo, inibindo os passes rasteiros, procurando tomar-lhes a bola. Para Urias, aquele time encolhido em seu campo era um desconhecido. 'Vamos lá, negada! Vamos tomar essa bola! Vamos detonar com esses caras! Vamos com tudo pra cima deles!', exaltava-se silenciosamente, crispando os punhos entre as pernas, encurvado. Sem outra alternativa, o quarteto de meio-de-campo do Flechas lançava a bola de uma lateral à outra, enquanto esperava que seus dois atacantes iludissem a defesa adversária, então encontrando espaço suficiente para uma investida a gol.

E sempre que o Ascensão fraquejava no esforço de sustentar sua estratégia de congestionar o meio-campo, desacostumado àquele recurso, os flechenses viam-se frustrados pela falta de objetividade de Egon, que motivado pelo boato de que dois empresários estrangeiros interessados em seu passe estavam presentes para vê-lo em ação, monopolizava toda e qualquer jogada. Sempre que era acionado na intermediária adversária, buscava jogadas de efeito, recusando-se a fazer a coisa mais sensata: passar a bola rapidamente, lançando-se pelas meias a fim de confundir a marcação dos adversários. Assim, Fubá e Silva poderiam avançar com a bola, desmarcados pelos flancos, o que bastava para que levassem qualquer defesa ao desespero. Jorjão, o comandante da defesa do Ascensão, por sua vez, quando necessário, intervinha sem muita esportividade, já que entrava na disputa com as solas à frente. Temendo arruinar uma vantajosa transferência para alguma equipe estrangeira, Egon retirava sistematicamente as canelas e os tornozelos das investidas do oponente, evitando qualquer dividida, a exemplo do que já vinha fazendo na maioria dos jogos do campeonato. Sua quinta tentativa frustrada produziu as primeiras vaias do jogo. Seus colegas de banco protestaram entre si. Amaro Leite, batendo nas coxas com as mãos espalmadas, impaciente, foi até a beira do campo, repreendendo seu camisa dez:

— Solta essa bola rápido, Egon! Toca de primeira!

Mesmo sendo de seu interesse uma má atuação do camisa dez, Tristão meneou a cabeça em desaprovação, comentando com um inquieto Silvestre:

— Esse cara não aprende mesmo. Foi assim o campeonato inteiro.

— É — retrucou o meia, inconformado. — E eu mofando aqui no banco.

Sentado atrás do cabeludo, um sujeito magro, com um pequeno rádio de pilha pressionado contra a orelha esquerda, bradou agudo:

— Passa essa bola, porra!

Com o susto, Urias olhou por sobre o ombro. Surpreendeu-se com o fato de o sujeito ter conseguido trazer o rádio para dentro do estádio. Notou que mexia o queixo para frente e para trás, brincando com a dentadura de maneira tão curiosa que teve de conter-se e desviar os olhos rapidamente para que não chamasse atenção. Era o que menos precisava.

— Larga dela, ô fominha! —gritou com as mãos em concha ao redor da boca o gordo que se encontrava sentado no lado do magricela. Urias notou que ocupava um lugar para dois. Abanava-se com a camisa, evidenciando uma barriga descorada. 'Branca que nem queijo minas,' divertiu-se, imaginando que em caso de briga, o gordo poderia valer-se de um abraço como que de jiboia. Aquele breve momento de descontração de Urias, porém, encerrou-se quando o gordo assoprou estridente o apito que trazia pendurado no pescoço. O som agudo lhe alfinetou os tímpanos.

Dando um murro no ar, seu vizinho cabeludo exaltou-se:

— Joga bola, armandinho do caralho! — a ira com que proferiu a frase atirou uma gota de baba à testa de Urias.

A calma do sujeito que fumava cachimbo e usava óculos era só aparente:

— Vai, mascarado! — era daqueles que se enervavam com facilidade. Chutava o ar como se estivesse em campo, jogando. Sempre que o Flechas perdia a posse de bola, estalava um tapa na coxa.

O velho dos cacoetes sentado à esquerda de Urias demonstrou também que não era mudo. A bem da verdade, expressava-se com um fio de voz:

— Ô, seu burro! No meu tempo, esse menino não ficava nem na reserva! Meia bom era o Mateus! O Felipe, então, colocava ele no bolso!

Ante àquela menção a um passado distante, o vizinho cabeludo de Urias manifestou-se, com um sorriso, entre sarcástico e divertido:

— Ô, tio. Aquele time tá no museu! Acorda, tio!

Urias, por sua vez, não tinha a menor ideia de quem os dois falavam.

Para a sorte dos flechenses, Plácido, Cândido e Felício, um trio aguerrido, em momento algum deixou de impedir que chegassem aos quatro atacantes os passes de média distância que Carmo lhes enviava. Era o principal passador adversário, a quem Jorjão recorria sempre que era necessário manter a bola longe da entrada de sua área.

Chamava a atenção de Tristão, a notável habilidade de Carmo ao driblar, chutar, passar, armar com a perna esquerda. Coisa digna de tantos outros estilistas que já haviam surgido no futebol. Ainda que levasse às costas o número oito, era da estirpe de muitos camisas dez que já se viram jogar, daqueles canhotos que inspiravam medo e respeito aos adversários.

— Esse careca joga pra caralho! — comentou o cabeludo. Urias concordou, com um sorriso discreto, não resistindo ao comentário. E optou por um tom de voz respeitoso, diferente do que usava entre seus pares:

— É, esse careca joga muita bola. Bota ela onde ele quer.

Urias notou o velho colocar um pedaço de fumo de corda na boca. Achou engraçado seu modo de mastigar, que associou ao de uma vaca. Já o cabeludo apenas enojou-se.

Vinte minutos. O enfado que se instalara no início do jogo acabou por ser abalado. Cândido interceptou um passe rasteiro de Carmo e lançou Fubá pela ponta. Percebendo que todos ao seu redor levantavam-se para acompanhar a jogada, com o cabeludo quase caindo sobre si, Urias levantou-se. Cruzou os braços, cerrou os dentes e contraiu o esfíncter, torcendo para que Fubá errasse a jogada. Porém, o atacante flechense superou Coelho na corrida e, percebendo a chegada de Amâncio em seu auxílio, acionou-o, lançando-o à linha de fundo sem ninguém a ameaçá-lo. O lateral direito levantou a cabeça e disparou forte para a entrada da área um cruzamento rasteiro. Retornando à área, já batido, Coelho limitou-se a ver a bola passar diante de si. Na marca do pênalti, Felício ajeitou-a, fintou Graúna e arrematou de canhota contra o travessão. Lázaro, Jorjão e Carneiro acompanharam o rebote com indecisão, facilitando a vida de Fubá, que num mergulho de grande plasticidade cabeceou para as redes. Um a zero.

Urias sabia que as torcidas são iguais na hora do gol. Pulavam todos, ensandecidos. Era êxtase puro, um orgasmo. O cabeludo abraçou-o com o braço bom, pulando, segurando-o pelo ombro. Sem que pudesse fazer nada, só lhe restou acompanhá-lo. Contrariado, teve de conter-se. Sentiu ganas de lhe lançar um safanão ao pé do ouvido. Ele falava:

— Esse Fubá é foda! Esse Fubá é foda!

— Toma, seus filha da puta! — urrou o magricela, virando-se para os colegas de torcida de Urias. Agarrou a genitália por sobre a calça encardida e balançou-a num gesto típico de escárnio e desprezo. O cabeludo também se pôs a xingar os pares de Urias, exibindo-lhes um dedo médio esticado em cada mão. A Urias, restou-lhe conter-se ante o riso solto daquela gente.

Fubá, com um sorriso de orelha a orelha, acenando para a torcida, retornou a seu campo, recebendo o abraço de Silva e o de Amâncio. Felício estendeu-lhe a mão, fazendo sua palma estalar contra a do camisa onze, sem sorriso, apenas como se fosse formalidade. De Cândido e Egon recebeu um tapinha nas costas. Dos demais, um sinal de positivo à distância e só. No banco, Leite e os demais batiam palmas, mais de alívio do que de alegria, ao passo que as de Tristão eram mera proforma.

Obviamente, agora com o jogo ainda mais a seu favor, o Flechas retraiu-se todo para congestionar a intermediária, armando um esquema defensivo ainda mais cauteloso. Urias sentiu a boca seca ante a perspectiva de retranca pura e simples por parte do adversário. Porque seu time jogava sempre ofensivamente, era natural que os adversários se acautelassem, ou se acovardassem, ao máximo. E no futebol poucas coisas o irritavam mais que ver seu time enfrentando um adversário retrancado. Como resultado, os infernais 25 minutos seguintes desenvolveram-se a passo de cágado para o Flechas, em especial.

Com a vantagem que agora tinham, era de se supor que o Flechas se tranquilizasse em campo. Entretanto, tensos, impacientes, preocupados com quanto tempo restava para o final da primeira etapa, os flechenses não conseguiam manter a posse da bola a fim de esfriar o ímpeto do rival. Assim, viram-se sufocados na intermediária, ameaçados por aquele ataque que tentava a qualquer custo penetrar em sua área.

Embora a determinação adversária se mantivesse perigosa, o Flechas, de uma forma ou de outra conseguia defender-se. À exceção de Egon, investiam contra o adversários para matar a jogada qualquer que fosse a maneira. Era uma equipe que não tinha o pudor de recorrer ao antijogo, como fizera durante toda a temporada, sem que Amaro Leite, ladinamente, o desaprovasse ou o encorajasse. Exibindo um exato contraponto ao toque de bola do rival, estava em seu elemento. Enfim, uma equipe talhada para uma disputa de Copa Libertadores. E ainda que existisse um sentido coletivo naquele esforço, era possível entrever-se nele um espírito de cada-um-por-si. O que os movia não era o prazer, mas o brio magoado, o amor-próprio enxovalhado e, sobretudo, o bicho oferecido, pois não se tratava de dinheiro miúdo – para Tristão, por exemplo, eram seis meses de salário – se é que os cartolas iriam de fato honrar a oferta.

— Tem que meter a bota mesmo! — vibrou o gordo logo atrás de Urias, estalando a mão na perna. — Tem que chegar junto mesmo!

Irritado com a truculência adversária e o comentário do gordo, Urias teve ganas de lhe desferir um murro certeiro no rosto. Ademais, parecia-lhe que a equipe estava com os nervos no lugar. A postura do adversário de não reagir às provocações, levava Tristão a crer que estavam todos confiantes, o que o tranquilizou. Pareciam eles conservar aquele ar de superioridade que ele e seus companheiros haviam percebido segundos antes do apito inicial. E tocando a bola com muita fluidez, rapidez, eficácia, demonstravam a certeza de que havia tempo de sobra para a virada no placar. O jogo do adversário desenvolvia-se notavelmente. Via-se um jogo de conjunto apurado com treinos exaustivos, tudo obra do meticuloso Hércules. Era uma equipe que sabia adequar-se às condições. Quando necessário, saíam-se com triangulações, toques de primeira, tabelinhas. Ou então com dribles, de que se encarregava o ambidestro Tiziu, disparando ora pelo flanco direito, ora pelo esquerdo. Escorregadio, investia destemido contra os adversários. Humilhava os oponentes sem hesitação. Até aquele momento, sua vítima fora Amâncio, que deixara sentado duas ou três vezes. Ainda que as canelas já devessem estar cobertas de hematomas, dava mostras de que não se deixaria intimidar pela rispidez de seu marcador.

— Esses meninos jogam bonito mesmo — o velho olhou para trás, dirigindo-se ao gordo. E com uma entonação saudosista emendou: — Parece aquela linha de passe: Felipe, Bartolomeu, Mateus, Simão e Matias.

Como da outra vez em que o velho se remetera ao passado, Urias, com as mãos suarentas e o estômago já vazio começando a manifestar-se, não viu qualquer sentido no comentário.

— Ih, tio, esse tempo já era — o gordo riu para o magricela, girando o indicador ao redor da orelha. — Esse véio é xarope!

Naquele clima de antijogo e provocações, os adversários que estiveram prestes a perder o autocontrole foram apenas Clemente e Caramuru, cada qual com um cartão amarelo nas costas, ao passo que no Flechas, graças a certa complacência de Salomão Faria, apenas Benigno, Bueno, Cândido, Plácido e Amâncio já haviam visto a cor de advertência. Para Leite e os demais, o árbitro não teria sido injusto se já tivesse deixado de poupar Jorjão, mostrando-lhe o amarelo para por conta de suas soladas e carrinhos. Para Urias, o árbitro não só estava economizando seus cartões, como já deveria ter expulsado Bueno.

— Se o juiz não segurar o jogo, a coisa vai descambar — o cabeludo disse a Urias.

— É mesmo — respondeu Urias secamente, evitando maiores trocas de ideias.

Estimulado pelo comentário do cabeludo, o velho disse, sem que ninguém lhe desse atenção:

— No meu tempo ninguém dava botinada assim.

— Dava, sim, tio — redarguiu o do cachimbo, já impaciente. — A diferença é que naquela época não tinha televisão —, o que provocou o riso dos vizinhos.

O único problema do Ascensão naquela tarde residia em sua estranha afobação na hora de finalizar a gol. Era um time que geralmente arrematava com muita eficiência. Entretanto, essa deficiência não chegava a desanimar Tristão, ainda que irritasse J. Hércules. Sabia o flechense que a falta de pontaria dos rivais seria resolvida logo se a zaga continuasse permitindo que arriscassem arremates de fora da área.

Urias sobressaltou-se com o grito do fumador de cachimbo:

— Bota o pé na forma, seu corno! Continue assim!

Por um instante, sua atenção voltou-se para a fumaça exalada. Um aroma denso, agradável. 'Se baseado tivesse esse cheiro, eu fumava o dia inteiro!', pensou ele.

— A gente não pode deixar os caras chegar assim e ir chutando! Numa dessas a bola entra, porra! Eles tão encontrando muita facilidade pra chutar — exaltou-se o cabeludo, como se fosse um comentarista de rádio, sem que ninguém ao redor lhe prestasse atenção.

Já no banco de reservas, os apuros pelos quais o Flechas estava passando levava cada ocupante a reagir a seu estilo, mas com a mesma aflição. Amaro Leite fumava compulsivamente, a preocupação projetando-lhe o queixo, berrando instruções para a equipe de quando em quando sem que o escutassem — embora já devesse estar acostumado àquelas circunstâncias, pois era aquele seu esquema de jogo havia anos, fosse qual fosse a equipe que dirigisse. O doutor Adamastor fumava seu cachimbo nervosamente, sugando o fumo com avidez, com as mãos suadas em torno do fornilho. O preparador físico Esdras Mommo, após ter ingerido meio pacote de balas Krap's, sofregamente fazia bolas com seu chiclete. O massagista Zen dos Santos batucava infatigavelmente os pés no chão e, tenso, mordia o grosso lábio inferior. Neguim, que também usava os dentes, preferindo as unhas, fazia um desagradável ruído de mastigação. Silvestre resmungava palavrões de modo ininterrupto e vez por outra, quando a coisa parecia crítica, chutava uma bola, ou um adversário, invisível. Já Fidélis aferrava-se à sua fé tão incansavelmente propagandeada, segurando uma bíblia nas mãos suarentas, o único a manter sua postura. Quanto ao jovem Eugênio, não parecia estar reagindo à aflição como os demais. Pelo contrário, talvez à beira do êxtase por estar ali, mantinha os olhos muito fixos na ação. Já Tristão esfregava uma mão na outra e encolhia e desencolhia os dedos do pé, ansioso pelo gol adversário, tão ansioso quanto estaria se estivesse torcendo pelo próprio time.

Quarenta e um minutos. Para a silenciosa satisfação de Tristão, o Ascensão finalmente chegou ao empate, após o endiabrado Tiziu ter cobrado um escanteio pela esquerda. Pavone permaneceu imóvel sob as traves, assistindo à bola atravessar a pequena área pelo alto, bem como Bueno e Benigno, dando o lance como perdido, pois parecia destinado a ir-se embora pela linha de fundo. No chamado segundo pau, desmarcado, antecipando-se a Américo, estava Jurubeba, que nem sequer precisou saltar para escorar de cabeça. Um a um.

De imediato, a discórdia se fez presente entre os defensores do Flechas:

— Essa era sua, cacete! — esbravejou Bueno, dirigindo-se a Pavone.

— Não era minha, não! — retrucou o arqueiro. — Ela fez curva! Tava mais pro Benigno!

O zagueiro de pronto rebateu a acusação: — Só se eu tivesse pescoço de borracha, seu merda! Essa bola tava ou pro Cândido ou pro Américo!

— Não tava pra mim, não! — defendeu-se Cândido. — Não dava pra mim ir nela! Inclusive, eu tava tomando conta do Caramuru e do Clemente. Eu tava com dois pra marcar e vocês aí ficaram só olhando! Vocês dois é que tinham que dar conta.

— Eh, quem ' cê pensa que é? — indignou-se Bueno. — Virou titular um dia desses e já vem querer dar uma de chefe?

— Vai à merda, vai! — reagiu Benigno, sob o olhar de Américo, que prudentemente mantivera-se à distância da altercação.

— Vocês são uns babacas, mesmo — replicou o camisa oito, com aquele gesto de mão característico de quem desiste de argumentar.

Com o gol, Urias sentiu-se tomado de profunda inveja ao ver a comemoração de seus companheiros. Tudo o que ele agora ouvia eram exclamações de ira, cólera, ódio, desânimo.

— Puta merda! — lamentou-se o gordo apitador.

— Caralho! — exasperou o magricela, esquecido dos prazeres da dentadura.

— Agora, fodeu — disse o fumador de cachimbo, coçando a cabeça.

Para assegurar as aparências, fez média, fingindo cólera, rindo-se por dentro:

— Filho da puta de goleiro! Frangueiro!

— Tava demorando! — o cabeludo disse a Urias, que fingiu não estar prestando atenção. O vizinho prosseguiu, ao que Urias ignorou-o, fixando os olhos no campo e passando a mão no bigode inexistente. — Foi só apertar que eles entregaram o ouro! Vai ficar cada vez pior!

— Bola na pequena área é do goleiro — disse o magricela, ecoando o que acabara de ouvir no rádio.

— Trapalhão! — queixou-se o velho, estalando uma palma contra a outra, dando a Urias a impressão de que seu repertório de palavrões era inexistente. — Que bananada esse goleiro fez!

Na torcida adversária houve literalmente uma explosão de alegria com o empate, com as vozes levantando-se até uma cantoria urrada. Com o olhar perdido na comemoração da torcida à que pertencia, Urias reprimia sua vontade de estar no outro lado do estádio com seus companheiros, cantando com eles, ombro a ombro, lançando provocações e xingamentos aos flechenses.

— Cala a boca, seus filha da puta! — berrou o cabeludo para a porção da torcida ascentina localizada junto ao pelotão de choque, o rosto corado de raiva. Porém, era apenas mais um a urrar sua cólera. Diante das provocações vindas dos torcedores rivais, ódio era o sentimento reinante na arquibancada. Não tivesse sido a presença dos guardas brandindo seus cassetetes de borracha de forma intimidativa a fim de garantir a ordem, uma tragédia poderia ter ocorrido naquele momento. Com a chegada de mais policiais como reforço, os ânimos acabaram serenando.

A cantoria da torcida do Ascensão agora passava a empurrar cada um de seus jogadores contra o Flechas de tal maneira, e com tamanho apetite, que seus tiros a gol — até então inofensivos — passaram a ameaçar os nervos do titular Pavone, fazendo com que ele, inseguro desde o início, se atrapalhasse com um ou dois arremates, o que normalmente não ocorreria em circunstâncias normais. No jogo anterior havia sido o herói da equipe e parecera ter ímãs nas mãos, tal fora a maneira com que atraíra a bola, garantindo a vitória.

— Ô, Pavone! Tá querendo entregar o jogo, porra! — exaltou-se o fumador de cachimbo.

— Ô, mão de trapo! — bradou o velho, chamando a atenção de Urias por aquele xingamento desconhecido. — O Pedro pegava essa com um pé nas costas — prosseguiu ele, sem que lhe prestassem atenção, deitando uma grossa cusparada no copo de papelão que mantinha junto a um dos pés, observou Urias, temendo o momento em que ele errasse o alvo e lhe atingisse o tênis comprado a crediário. E assim, como um autista, e irritando Urias com seus cacoetes, o velho prosseguiu mastigando o fumo.

— Segura essa porra! — berrou o gordo, o que fez Urias voltar-se para ele, notando que literalmente babava, tamanho seu ódio, os olhos arregalados.

— O Pavone está inseguro hoje — foi o que disse o magricela, de uma forma que Urias somente conseguia atribuir ao que escutava no rádio.

— Ele vai acabar fazendo alguma cagada — o cabeludo disse a Urias, enfiando as mãos na cabeleira, aflito. — Escreve aí o que eu tô te falando!

Aferrando-se a sua estratégia de sobrevivência, Urias manteve os olhos fixos no campo, assentindo e concordando com o vizinho mecanicamente. Sem saber, compartilhava com Tristão uma esperança: se Pavone continuasse jogando daquela forma, seria apenas uma questão de tempo mais um gol do Ascensão.

— Ô, Pavone! Se liga! — protestou Bueno.

Mantendo no rosto um semblante de serenidade, o titular nada disse, limitando-se a elevar o queixo ligeiramente afetando superioridade e orgulho.

Com os nervos à flor da pele, Amaro Leite não se conformava com a insegurança com que seu goleiro predileto estava se apresentando. Olhou para Esdras, que também demonstrava apreensão, e resmungou:

— Porra! Ele ficou o campeonato inteiro pegando tudo e logo hoje vai enterrar a gente!

Em vez de algum tipo de solidariedade, o preparador físico respondeu-lhe com o último comentário que desejava ouvir:

— Pois é, Amaro. Mas você sabia muito bem do risco quando 'cê decidiu escalar ele.

Não restou nada ao técnico do Flechas a não ser voltar a atenção ao campo, procurando ignorar o comentário do colega. Não conseguiu, contudo, disfarçar um esgar de profunda contrariedade — apesar de o resultado até então estar a favor de sua equipe e o jogo aparentemente sob controle, truncado que fora, com apenas 18 minutos de bola rolando.

Igualmente pouco conformados pareciam agora alguns jogadores do Ascensão, principalmente os atacantes, embora tivessem conquistado o empate ainda no primeiro tempo, o que teoricamente lhes traria mais tranquilidade para reverter o placar na etapa complementar. Esse sentimento devia-se à sua constatação de que não estava nada fácil chegar à meta contrária fazendo uso apenas do toque de bola e das jogadas de efeito. Para os flechenses, a manutenção dessa estratégia, que os rivais vinham utilizando nos últimos jogos, sugeria que sua defesa, a menos vazada do campeonato, sucumbiria com a mesma debilidade que as do Acadêmico e do Fraternidade – o que servia para lhes aguçar ainda mais os instintos defensivos. A se julgar pelo ânimo alterado do já instável Caramuru, que incessantemente trocava insultos ora com Bueno, ora com Benigno, os recursos extrajogo do rival já estavam começando a funcionar. Era somente na aparência que os nervos ascentinos estavam no lugar, dada a atitude da maioria de não revidar as ofensas adversárias. Entretanto, o que denunciava seu desconforto era o fato de que praticamente não haviam explorado o antijogo do rival: não haviam chamado nenhuma falta na entrada de sua área para os arremates certeiros de Carmo, à exceção da primeira chance de gol da partida, tampouco haviam tentado forçar a expulsão de algum defensor seu que já tivesse sido advertido com o cartão amarelo.

5 INTERVALO

ENFIM, terminou o primeiro tempo. Entre meus colegas era geral o alívio. A mim, restava, uma certa inquietação, como se algo me dissesse que as coisas não acabariam como eu desejava. Olhei para cima. O céu tornou a ficar espessamente nublado, embora o mormaço persistisse. Talvez dali a pouco chovesse. E com o gramado molhado e encharcado, já que sua capacidade de drenagem era sabidamente ruim, o que significava que o toque de bola tão caro ao Ascensão poderia sair seriamente prejudicado.

Foi só o juiz apitar o fim do primeiro tempo que eu fiquei querendo mijar. Mas não dava nem pra pensar em levantar, senão eu perdia o lugar. Estava foda ali, malandro. Com calor, com fome e quase que explodindo de tanta vontade de mijar. E não tinha nem um fuminho pra enganar. Quase que me bateu um desespero. Só melhorou um pouquinho quando ficou meio nublado. Pelo menos o sol não batia direto na cabeça. Deu uma refrescada.

O cabeludo levantou o braço bom. Ele chamou um cara de jaleco com uma caixa pendurada no ombro. Era um daqueles que viviam enchendo o saco da gente. Ficavam embaçando ali na frente da gente, e a gente querendo ver o jogo. Ficavam vendendo sorvete, água, amendoim, o caralho. Ele chegou até ali não sei como. Meio que tropeçando no meio daquele povo todo. Na caixa estava escrito *hot dog's*. O pessoal xingava ele e fazia cara feia, mas ele não estava nem aí.

Quando os jogadores dos dois times tiveram que compartilhar a entrada do único túnel que levava aos dois vestiários, os ânimos acirraram-se. Caramuru trocou palavras ásperas com Cândido. Fubá e Coelho, que eram da mesma altura, chegaram aos tapas, mas foram apartados por Felício, antes que rolassem escada abaixo. Benigno cuspiu na nuca de Clemente, que acabou contido por Carmo. Ambos foram ameaçados por Savamu e Fantomas, dois dos macistes que a alta cúpula denominava seguranças e utilizava para sua própria proteção ou para tarefas como aquela. Pavone e Bueno discutiam. À beira do gramado, Egon reclamou de algo junto ao árbitro, que sem pestanejar aplicou-lhe um cartão amarelo. Instruídos pela alta cúpula, Fininho e Tonho, colegas de Savamu e Fantomas, diante dessa cena fizeram questão de escoltar Faria até os vestiários, dirigindo-lhe palavras com certeza nada amigáveis, o que era uma prática bastante habitual em jogos sob nosso mando. Nós do banco, que em geral permanecíamos em campo batendo bola durante o intervalo, fomos convocados por Amaro e também descemos apressados para o vestiário. No meio do caminho, andando a meu lado, as mãos cruzadas às costas, Eugênio observou agitado:

— Jogão, hem? — abriu ele um sorriso de dentes escassos, a gengiva superior desnuda, um largo vão limitado em cada canto da boca por um dente parcialmente cariado, o que motivara seus colegas da equipe a chamá-lo de *Mil-e-um.*

— Tá uma merda, isso sim — retruquei, procurando manter as aparências. — Esses veados 'tão botando a gente na roda.

— Que nada, bicho. Deixa só eu entrá. Vô botá pra fudê!

A visão de seu sorriso lamentável era algo que gente sensível seria pouco capaz de tolerar, logo lhe indaguei:

— Que é que 'cê vai fazer com o bicho se a gente ganhar hoje?

— Eu vô comprá um daqueles carrão reversível.

— Reversível?

— É, um daqueles sem capota.

— Ah, sim. Um conversível. Mas é muito caro. Não vai ser tanta grana assim.

— Não? Então — ele deu de ombros — eu compro otro. Eu vô comprá umas ropa tamém.

— E o que mais? — prossegui, como se eu quisesse que ele falasse o que eu esperava.

— O resto eu vô gastá na zona.

Talvez não se importasse mais com sua falta de dentes, ou de moradia. Talvez fosse o que se podia esperar de um pobre diabo como ele. Ganhava um salário mínimo — embora os cartolas o denominassem ajuda de custo, não um salário de verdade — e, para ir treinar, tinha de tomar dois trens e quatro ônibus para vir da periferia e depois voltar para casa.

O cabeludo pediu um completo. Veio com tudo que dava pra botar. Era ketchup, maionese, mostarda. Do jeito que eu gostava. Ele teve que torcer o braço bom pra pegar a grana do bolso da camisa. Não sei, não, mas eu acho que eu dei bandeira, de tanta fome que eu estava. Fiquei olhando pro sanduíche dele. Ele já estava com o bocão armado pra dar uma mordida enquanto o cara da caixa fazia o troco. Foi aí que ele notou que eu estava olhando.

— Quer um aí, cara? — ele perguntou e fez um gesto com o sanduíche.

— Ah ... não, 'brigado — eu gaguejei, de tão sem graça que eu fiquei.

— Quer um? Eu te pago.

— Não, não, 'brigado.

— Deixa de cu doce, rapaz. Pega um — ele insistiu. — 'cê tá com cara de fome — ele se virou pro cara do lanche e disse: — Vê mais um aí. Completo.

— Não precisa, não — eu tentei disfarçar. Mas o cabeludo nem ouviu, de tão frouxo que eu falei.

Com a fome que eu estava, nem dava pra ficar fazendo cu doce. Deu vergonha de dizer pra ele que eu estava duro. O cabeludo deu mais dinheiro. Então deu mais uma mordida no cachorro quente. Eu mexi no bolso da calça, da jaqueta, fazendo que estava procurando o dinheiro.

— É que ... eu perdi a minha carteira. Ou me roubaram ela, sei lá. — eu disse, só pra fazer um agá.

Ele pegou o troco. Falou com a boca cheia e a cara lambuzada de molho — É, tá cheio de trombadinha por aí hoje. Come aí, bicho. Senão, 'cê desmaia.

— 'brigado - eu resmunguei, de tanta vergonha. — Eu dou um jeito de te pagar depois, falou?

— Deixa quieto.

Não tinha mais nada pra dizer. Só ia ficar pior. Eu ia ficar mais sem graça ainda. Mas foda-se também. Ele nunca mais ia me ver depois do jogo mesmo. Então eu comi o cachorro quente quase de uma bocada só. Quase sem mastigar. Seco, seco. Uma salsicha desgraçada de ruim, tinha gosto de jornal. Mas deu pra enganar a barriga.

Pairou entre nós uma atmosfera tensa durante o intervalo. Assim que chegamos ao vestiário, à beira do desvario, bradava, recriminando o grupo, em especial a defesa, pelo gol sofrido:

— A gente não pode tomar um gol desses! Não pode, porra! O cara lá nem precisou pular pra cabecear a bola, caralho! Além do mais, ele tava sozinho! Tem que ficar de olho aberto, cacete! O jogo tava sob controle! Agora eles vão querer vir com tudo pra cima da gente!

Reiterando o que havia pregado na preleção no que dizia respeito à armação do contra-ataque, Amaro não poupou ninguém, e ainda reservou uma reprimenda sob medida para Egon:

— Ô, Egon. Se você continuar nessa de ficar fazendo firula, eu vou te tirar de campo! Você já desperdiçou sei lá quantos contra-ataques! Tem que acordar, porra! E além disso, tem que ajudar os seus colegas na marcação, cacete! 'cê não se lembra do que eu te falei, não?

Egon, entre constrangido e irritado, nada disse. Manteve-se em silêncio, as ventas arreganhadas, os lábios apertados, arqueados.

À minha esquerda Felício e Plácido discutiam em voz baixa, a ponto de trocarem chutes nas canelas, um culpando o outro pelos vários lances em que haviam sido superados por Clemente, quando Leite os interrompeu, a fim de prosseguir em suas instruções à equipe:

— Silêncio, gente! Silêncio!

E acendendo um cigarro:

— A gente tem que valorizar a posse da bola, porra! O negócio é gastar o tempo. Vocês estão muito afobados com a bola! Não é porque ela caiu no pé que vocês já vão todos pra frente. Não pode se desfazer dela assim tão rápido que nem uma batata quente. Vocês sabem muito bem que é só perder a bola, que eles vêm com tudo pra cima da gente. O relógio está a favor da gente. Tem que botar a bola no chão.

Agora só faltava dar uma mijada. Mas aí eu me lembrei do que rolou no banheiro antes do jogo e fiquei desanimado. Eu olhei pra um lado e pro outro. Na mesma fileira que eu estava tinha uns dois mijando em copo de cerveja vazio. Eu via aquilo sempre lá com os colegas da Força. E era assim que quase todo mundo fazia. Eu, não. Eu ia sempre no banheiro, porque sempre tinha um chegado que guardava o lugar pra mim. Eu vi que tinha um copo vazio junto do meu pé. Fiquei meio ressabiado. Sabe como é, tinha aquele boiola no meu lado. Se eu colocava o pinto pra fora, ele já ia ficar de olho. Porra, mas eu estava tão apertado que se foda se o cabeludo ia ficar de olho ou não. Mas eu já estava um tempão sem mijar. Não tinha mais esse papo de ficar com vergonha. Eu tinha que mijar. Eu estava com a bexiga quase estourando. Aí, eu abri o zíper e botei o bicho pra fora. Não sei como mas eu consegui me concentrar. Deu pra encher o copo. O copo era daqueles de meio litro, boca larga. Que alívio. O cabeludo nem viu nada. Ele estava virado pra trás conversando com o magrelo. Tavam passando os comentários no rádio. E ainda bem que não deu vontade de cagar. Já pensou ficar o segundo tempo inteiro sem poder soltar um barro? O velho no meu lado estava tirando um cochilo. A boca dele parecia boca de tartaruga. O fumo lá dentro.

Foi aí que eu ouvi aquela putada gritando lá em cima. A negada fazendo a maior farra. De novo era o mijo descendo. Que nem uma chuva. Sei lá quantos copos eles jogaram na gente ali embaixo. Dessa vez não deu pra escapar. Levei mais mijo nas costas, na cabeça. Um nojo, mano. Mas até que não foi muito. O cabeludo estava esperto e baixou a cabeça rapidinho. Escapou raspando. O coitado do velho do fumo levou uma em cheio no quengo. Eu aproveitei que sobrou mijo até pros repórteres ali atrás do gol e joguei o meu copo em cima deles. Foi gozado. Caiu bem na cabeça de um deles. Pra disfarçar, eu virei pra trás, botei a mão na cabeça e fiz que estava xingando os caras lá de cima. Que cara-de-pau! Eles ficaram muito putos. A zorra era tão grande que nem dava pra eles saber que eu joguei o mijo neles. Aí, eu notei que o velho estava engasgando. Ele tossia e fazia *cof-cof-cof*. Ele botou as mãos no pescoço e tombou pra frente. Quase que meteu a cara no chão. Ele foi ficando vermelho, vermelho. O cabeludo arregalou os olhos, no maior susto. Pra mim, foi uma desmunhecada fodida:
— Puta que pariu! O fumo! O véio tá engasgando!
Eu nem sabia o que eu ia fazer. Nessas horas eu gelava. Dava um cagaço, eu ficava meio besta. Nem pensava direito. Eu disse:
— E aí?
— "E aí?", cara?!?! — o cabeludo só faltou me pegar pelo pescoço. Ficou muito macho. — Faz alguma coisa!

— Eu? Porque é que 'cê não faz? — nessa hora eu já estava num pânico federal. O velho logo, logo ficava roxo.

— Eu tô com o braço quebrado, cacete! Não dá, caralho! Eu não sou canhoto, porra!

Eu falava pro velho:

— Gospe o fumo, tio. Gospe.

O pessoal ali em volta só estava assistindo. Ninguém levantou um dedo pra ajudar.

— Não adianta falar isso pra ele, porra! Enfia o dedo na garganta dele e tira o fumo!

Cara, me deu muito nojo.

— Eu, hem? Eu é que não vou meter a mão na baba dele!

— Ele tá ficando sem ar, caralho!

— Vai logo, cara! — o gordo do apito berrou e me deu um cutucão nas costas.

— Se mexe, cara! — o magricela berrou desafinado.

— O véio vai morrer, caralho! — o outro do cachimbo berrou.

Alguém lá trás tirou uma da minha cara:

— Faz respiração boca-a-boca nele! E mete a língua!

Não tinha outro jeito. Eu estava que era um cagaço só. Eu me agachei e cheguei perto do velho. O cabeludo se agachou também pra dar uma força. A gente botou ele de lado e o cabeludo me disse:

— Bota os dois dedos — ele mostrou o dedo do meio e o indicador — pega a bolota que nem uma pinça e puxa pra fora.

Eu enfiei os dois dedos na boca do velho. Me lembrei que a gente faz assim pra vomitar. Achei o fumo entalado e fiz que nem o cabeludo disse. Que nojo. A mão ficou toda babada. Mas não saía. Quase que eu empurrei o fumo ainda mais pra baixo. Então eu usei o dedão e o indicador. Dessa vez eu consegui. Quase que eu gumitei o cachorro quente em cima dele. O estômago embrulhou legal, malandro.

Então o velho começou a respirar. Que nem um doido. Eu notei que o cabeludo estava me olhando. Não tirava os olhos de mim. Mas não era cantada, não. Estava era com cara de puto.

— Que é que 'cê tá fazendo aqui? — ele cochichou, nervoso. — Vir aqui com essa camisa? 'cê é doido? — ele estava até vermelho, de tanta raiva. — 'cê sabe que se eles pegam alguém da Força Bruta aqui, eles matam!

Olhei pra jaqueta. Estava arreganhada. Fodeu. A gente continuou cochichando:

— Foi uma aposta, porra! 'cê acha que eu tô gostando?

— Abotoa essa jaqueta, bicho!

— Mas ela desabotoou sozinha, cara!

— Eu sei. Fecha ela logo!

Os polícias chegaram logo, atropelando. Não falaram nada. Levaram o velho dali, acho que pro ambulatório. Ele já não estava mais vermelho. Só não conseguia falar.

Eu limpei a mão na perna da calça e ela ficou molhada de baba. O cabeludo ainda estava com aquela cara de bunda. Ele falou baixinho, quase sem mexer a boca, nem olhou pra mim:

— Eu acho melhor 'cê sair daqui, bicho.

— Não dá. Onde é que eu vou achar outro lugar?

— Se vira, cara. Vai ser melhor pra você.

— Os caras lá tão de olho em mim.

— Os caras, quem?

— Os da aposta. Os meus amigos lá da torcida.

— Amigos? Caralho, 'cês são tudo porra-louca. Não é à toa que 'cês vivem se matando.

Aí ele já estava tripudiando. Aí, não.

— Ê, qualé, cara? Não é ...

Ele me cortou. Sério, seco.

— Sai logo, cara. Mais cedo ou mais tarde 'cê vai acabar se entregando. Ou alguém vai acabar te reconhecendo.

Ninguém se manifestou ante o que Amaro dissera, embora houvesse argumentos para tanto. A razão pela qual a equipe se lançava à frente era a perspectiva do contra-ataque, o que o próprio Amaro elegera como nossa arma na preleção. O problema estava em como fazê-lo. Em vez de levantar-se para contestar a observação do técnico, a equipe limitou-se a tomar uma chuveirada rápida, vestiu camisas e meiões limpos, e, depois de uma breve série de alongamentos, lá se foi de volta a campo. Os da Seleção foram os últimos a sair, pois ficaram reunidos numa roda a um canto.

Amaro chamou Pavone e perguntou-lhe como se sentia. O titular garantiu estar bem, embora creio que ambos soubessem que mentia. O Dr. Magareffi, mais sensato, diante do leve inchaço que se formara em seu tornozelo, advertiu Amaro dos riscos de continuar com Pavone em campo naquelas condições. A cada bola endereçada ao gol, a equipe corria risco, dada a falta de confiança de Pavone até o momento. Amaro ignorou os argumentos apresentados e disse que assumia a responsabilidade. O arqueiro titular confirmou as palavras do técnico sem hesitar, reiterando que estava bem. Assistindo a tudo à distância, aparentando ignorância quanto àquela situação, ri-me silenciosamente: para mim, estava tudo igualmente bom. Só me cabia esperar pelo resultado das decisões de Amaro.

Mas não dava pra sair dali. Não era só porque não tinha mais lugar pra me sentar. Nem porque eu ia ter que sair do estádio e não ia dar pra entrar de novo. 'cês acham que os polícias do cordão de isolamento iam me deixar passar pro outro lado? O pior era que o Zóio, o Pé e os outros tavam de olho. Se eu largava a coisa pelo meio, eles não me perdoavam. Eu ia perder o respeito. Iam me chamar de cuzão pra baixo. Iam acabar contando pro Modesto e eu ia ter que sair fora da Força Bruta. E aí, eu não ia ter pra onde ir. Qual torcia ia me querer sabendo que eu pedi arrego? Eu ia acabar virando um otário que nem aqueles que eu estava junto. E ninguém respeitava esses trouxas mesmo.

Eu dei uma olhada pra trás. Todo mundo já estava sentado. Era tudo cuzão. Tiraram o cu da reta na hora de ajudar o velho. O negócio deles era dar palpite. Fiquei com um palavrão entalado na garganta, que nem o fumo do velho. Moitei. Era perigoso xingar os caras ali. Vai que um ficava invocado e partia pra cima de mim?

— Valeu, cara — o cabeludo me falou e me deu um tapa no ombro, meio desajeitado. Era engraçado. Eu salvei o velho, mas aquilo que eu fiz não tinha nada de herói. Minha mão estava com um cheiro azedo. De baba. Um nojo.

Os times voltaram pro campo. Puta que pariu! Ia começar tudo de novo. A batucada da Alvi-Rubra recomeçou também. Mas a da gente não ficou atrás.

Saí do vestiário cerca de três metros atrás de Amaro, e vi Hércules aproximar-se do colega enquanto este se dirigia a nosso banco. Obviamente, a conversa que iria dar-se entre os dois não seria das mais amenas, pois desde os tempos em que haviam sido jogadores, coisa de duas décadas antes, vinha ocorrendo uma forte animosidade de parte a parte, embora, graças à idade, tivessem deixado de lado os sopapos que trocaram algumas vezes em campo em favor de farpas e alfinetadas através da imprensa. Como técnico, o adversário, fiel ao ponta-de-lança técnico de seus dias de jogador, exigiu de Amaro:

— Ô, Amaro, até quando 'cês vão ficar dando botinada? 'cês não sabem jogar bola de verdade, por acaso? A gente tá jogando limpo, na bola, com lealdade.

Igualmente fiel às suas origens, Hércules, um ex-médio-volante que fora mais exceção do que regra em seus dias — um dos fundadores de uma escola de volantes que nos últimos anos se transformara em regra —revelando xerifes como Moura, Cândido, Felício, Leal, do Fraternidade, e Cipriano, do Clube Esperança, entre outros —, simplesmente lançou a seu colega de profissão um olhar de soslaio e disse zombeteiro:

— Futebol é coisa pra macho, colega. É pra quem pode. Tanto é que no meu time tem onze homens de verdade jogando bola. E você sabe que a gente joga assim. Agora, se você manda os seus meninos jogar bonitinho, o problema é seu. Eu jogo é pra ganhar —arqueou as sobrancelhas com certo deboche e deu-lhe as costas. Hércules então reagiu:

— Tudo bem, Amaro. Vamos ver quem pode mais!

Amaro, prosseguiu sua caminhada, sem parecer escutar as palavras do rival ou importar-se com as consequências do que lhe dissera. Por fim, juntou-se a nós, os esquenta-bancos, aparentemente despreocupado, porém sem conseguir dissimular um esgar tenso no canto da boca.

Em seguida, Cobra e Bologna Filho juntaram-se a nós no banco, obrigando Silvestre e Neguim, sentados numa das extremidades, a ceder-lhes seus lugares, ainda que a contragosto. Não lhes restou nenhum outro lugar no qual sentar-se senão na grama. Como que por reflexo, olhei para o representante da Federação, que se manteve em seu lugar, sem dar-se ao trabalho de levantar-se para retirar os dirigentes de lá, embora o regulamento fosse claro a esse respeito.

6 SEGUNDO TEMPO

RETORNOU o sol, mas não para ficar, percebeu Tristão, ao olhar para o céu indeciso. Bem como percebeu, assim que a bola voltou a rolar, que o segundo tempo tornaria ainda mais dramática a saga do primeiro para toda a nação flechense. Uma vez que, para o arqueiro reserva, grande parte da equipe do Flechas parecia ter-se esquecido de tudo que Amaro Leite lhes havia mandado fazer. Essa aflição quanto ao segundo tempo também se podia notar no rosto de Urias, ainda que já tivesse apaziguado o estômago e a bexiga. Mantinha o olhar fixo no verde do gramado, o rosto amparado pelas mãos, a testa franzida, os dentes mordendo o lábio inferior. Pior que aquilo, somente se o pilhassem em meio aos inimigos. Os quarenta e cinco minutos finais prometiam ser eternos.

Três minutos. Entretanto, Fubá, logo deu a Tristão a impressão de que se apressara em sua constatação. O camisa onze do Flechas, um dos únicos pensantes da equipe naquela tarde, aproveitando-se de um erro de passe adversário, puxou um contra-ataque e penetrou diagonalmente pela esquerda na área inimiga acompanhado por Silva. Urias engoliu em seco: 'Ai, meu Deus. Fodeu tudo!'. Fubá executou uma tabela com Silva, fazendo milhares flechenses e ascentinos colocar-se de pé num movimento uniforme, os batimentos cardíacos em disparada. Tristão cerrou os punhos, inclinando-se para a frente, quase a ponto de perder o equilíbrio. Urias acompanhou seus vizinhos, mas discretamente fazendo uma figa. Em apuros, percebendo desarrumada sua defesa, Carneiro arriscou, aplicando como último recurso uma rasteira em Fubá

Mais por reflexo que por lógica, metade do estádio reivindicou a penalidade, numa reação que não teria sido diferente se Carneiro não tivesse de fato derrubado o adversário; uma reação em nada surpreendente:

— Pênalti!

Todos ao redor de Urias gritavam; muitos até pulavam de alegria, como se comemorassem um gol. Todos os ânimos agitados, menos, notou Urias, o do sujeito sentado ao lado do homem do cachimbo. Só agora que os policiais que já haviam levado o velho semiasfixiado é que Urias percebeu sua presença. Quieto o tempo todo. 'Parece uma múmia', pensou. Foi seu semblante impassível que o fez perceber que havia algo de errado, enquanto os demais gritavam, xingavam, esperneavam como de hábito.

Ainda que escandaloso para a maioria, até mesmo para muitos ascentinos, Salomão Faria não assinalou o pênalti, não só dando prosseguimento à jogada, como também repreendendo Fubá pela pretensa tentativa de cavar o pênalti:

— Tá querendo me jogar contra a torcida, é!? Na próxima, te dou cartão e não tem conversa!

Urias teve de conter uma gargalhada de satisfação diante da decisão do árbitro. A seu lado, o sentimento geral era traduzido pela seguinte linguagem:

— Corno!

— Ladrão!

— Filha da puta!

— Veado!

Urias limitou-se a assistir, aliviado, à cólera dos inimigos, entre os quais destacavam-se o gordo e o cabeludo a seu lado, que, ignorando o gesso no braço, levantou-se e agarrou-se ao alambrado, como se quisesse entrar no campo, bradando ensandecida e seguidamente:

— Ladrão do caralho!

Olhando para o lado, imaginando que o múmia talvez fosse mudo, suspirou aliviado: 'É, não pode bobear, senão eles aproveitam.'

— Filho da puta! Safado! — fizeram um uníssono Amaro Leite e seus homens de banco. Fidélis exasperou-se, exclamou um palavrão, mas em seguida empertigou-se e recuperou a postura impassível. Silvestre engoliu em seco e quase despencou do banco. Eugênio e Neguim enfureceram-se, desesperados, levando as mãos à cabeça. O restante da comissão técnica exclamava palavrões e gesticulava impropérios. Bologna e Cobra, coléricos, levantaram-se como que impulsionados por molas. Tristão respirou aliviado, incrédulo.

Quatro minutos. Ignorando a celeuma reinante, Jorjão puxou na seqüência do lance um contra-ataque, alcançando Coelho com um balão. O contra-ataque arrancou Urias daquela breve introspecção, assim como calou de imediato a grita generalizada. Coelho alcançou Clemente pela esquerda, que por sua vez passou em velocidade por Cândido e Bueno, fechando para o meio, confundindo Benigno na cobertura, e disparou da entrada da área. Urias crispou os punhos e mordeu o lábio ainda com mais força. Seus vizinhos pareciam gemer:

— Não, não, não, não!

Pavone, sem demonstrar muita confiança para agarrar o arremate, espalmou-o, de modo que em seguida atingiu o travessão. Entretanto, para rechaçar o rebote, lá estava Benigno, recuperando-se e, de bico, despachando o perigo arquibancadas acima. Urias emitiu um muxoxo frustrado, que por sorte acabou não sendo percebido pelos inimigos – uns ainda enfurecidos pelo pênalti não assinalado, outros assustados pelo gol quase sofrido. 'Caralho! Na trave de novo!', indignou-se o ascentino, crispando o punho com tanta força que as unhas enterraram-se nas palmas das mãos. Para o Flechas, foi um alívio apenas breve, contudo.

A bola caiu em meio aos flechenses amontoados na arquibancada acima da meta defendida por Pavone, a cerca de vinte metros de onde encontrava-se Urias. Como o placar atual os favorecesse, obviamente a bola era atirada de um lado para outro. Clemente, inquieto, com as mãos na cintura, voltou-se para o árbitro e apontou para o pulso, exigindo que descontasse o tempo de bola fora de jogo.

— Não devolve, não! — berrou o sujeito do cachimbo, virando-se para trás.

—Segura ela aí, porra! — ordenou o magricela, sem separar a orelha do alto-falante de seu rádio.

Salomão Faria, porém, via-se ocupado demais para dar atenção ao jogador adversário. Pavone, Felício, Silva, Fubá, Benigno e Cândido cercaram-no para reclamar a penalidade não assinalada. Aproveitando-se da distração do árbitro, Bueno desferiu uma cotovelada em Jurubeba que por muito pouco não lhe atingiu o nariz. Plácido discretamente pisou no calcanhar de Tiziu.

Cinco minutos. Carmo, o capitão adversário, veio cobrar o escanteio pela direita, que acabou cortado por Plácido. Apanhando o rebote, Benigno desferiu um chutão quase que a esmo rumo à intermediária. A caminho do círculo central, Silva matou a bola no peito e em seguida fintou Moura, o que fez com que Fubá já arrancasse pela direita. Diante da jogada, em meio à vibração de seus vizinhos, antevendo perigo, Urias contraiu o esfíncter, os dedos do pé, arqueando as solas, forçando os tendões-de-aquiles. Silva avançou, ignorando o avanço de Egon pelo meio e colocou Fubá em disparada pela ponta.

— Vamo lá, cacete! — o cabeludo levantou-se, imitado pelos demais. O berreiro adensou-se, cada vez mais ensurdecedor.

O camisa onze flechense, agora perigosamente próximo da entrada da área adversária, percebeu a defesa adversária aberta e rolou a bola para Silva, que chegava pelo meio a pleno fôlego:

— É tua, Silva!

— Vai, vai! — urravam os flechenses num coral, todos já de pé.

Silva, em perfeita sincronia com a bola, freou repentinamente, livrando-se de Jorjão com um drible de corpo e, após um giro curto, antes que Graúna conseguisse alcançá-lo, acertou um chute de canhota, rasteiro, que fulminou Lázaro em seu canto direito. O veterano goleiro do Ascensão esticou-se todo, porém inutilmente. Um duro castigo para os ascentinos. Uma explosão de vozes, gestos, movimentos nas arquibancadas. Um instante de arrebatamento. Dois a um.

Se a torcida flechense, talvez incrédula, entregava-se a um arroubo retumbante, novamente a comemoração no campo foi morna. No banco, apenas Eugênio e Silvestre levantaram-se. Leite assentia repetidas vezes em silêncio, claramente aliviado, a exemplo de Cobra e Bologna.

Exultante, Fubá, ao passar por Jorjão, que rumava ao meio de campo com a bola sob o braço, murmurou-lhe uma provocação:

— Beleza de gol, hein?

O ascentino, entretanto, conteve-se ao perceber que o árbitro o observava. Os demais colegas de Fubá limitavam-se a bater palmas. Os ascentinos, por sua vez, confiantes em seu potencial, reagiram como se o Flechas tivesse marcado seu gol de honra, como se achassem que fazer os dois gols necessários para a vitória seria apenas uma conseqüência da superioridade de seu jogo.

Urias indignou-se com o gol sofrido. Em sua opinião, não fora justo, pois sua equipe vinha jogando melhor. Embora estivesse ciente de que o futebol nem sempre é justo com quem joga melhor, não conseguia conformar-se com a situação. Sua esperança era de que o time tivesse brio e fosse buscar o empate em seguida, para então virar o placar. O pior mesmo era ter de aturar a comemoração de seus vizinhos, ainda que fosse inevitável o arrepio que sentiu percorrer-lhe a espinha Não era em nada diferente do que sentia junto a seus companheiros. Para não atrair atenção, saltitou brevemente junto com o gordo apitador, o discreto múmia e o cabeludo, que desta vez não o abraçou, apenas lhe caçoou, discretamente:

— Golaço, hem? Hoje 'cês vão dançar.

Urias conteve o ímpeto de desferir-lhe um safanão na orelha. Tinha que ser prudente. Ademais, o sujeito lhe havia matado a fome. Era uma questão de gratidão, pensou. Discretamente, retorquiu:

— Não tem nada, não. A gente tem time pra detonar vocês. 'cês vão ver só.

Seis minutos. Carmo interceptou no meio-campo outro passe de rasteiro mal executado por Egon e acionou Tiziu. Deixando Cândido para trás após passar-lhe a bola por entre as pernas, o ponta adversário investiu contra Amâncio. O que se ouviu foi o arroubo da torcida diante do que se seguiu, o conhecido drible da vaca. O ascentino contornou o lateral adversário por sua direita enquanto passava a bola por sua esquerda. Pondo-se de pé, a torcida do Ascensão enlouqueceu. Na seqüência, Tiziu enfrentou Bueno, que com vigor veio dar-lhe o combate, mas acabou humilhado com uma rápida finta. Quase junto à linha de fundo, rolou um passe de gol para Clemente. Os vizinhos de Urias calaram-se: uns mordendo os lábios, outros golpeando as coxas com mãos espalmadas ou punhos cerrados. Furtivo, no centro da área flechense, desmarcado como que por mágica, o camisa dez apresentou-se para concluir.

— Pega essa, porra! — o vizinho de Urias derrubou o cachimbo.

— Ai, caralho! — o cabeludo levou a única mão possível à cabeça.

— Não! Não! Não! — o gordo emitiu um berro desesperado, esticando o braço e derrubando o rádio de pilha da mão de seu vizinho magricela.

Como que em resposta ao gol recém-sofrido, o camisa dez arrematou com frieza, por entre as pernas de Pavone, um toque sutil com o bico da chuteira. Um gol antológico para muitos. O estádio veio abaixo. E o placar voltou ao empate.

— Fodeu! — o magricela gritou, esticando o braço, tateando o chão à procura do rádio, sem tirar os olhos vítreos do campo. Descontrolado, o gordo saltava repetidamente, dirigindo-se a Pavone:

— Seu frangueiro da porra! Veado!

Dissimulando uma mescla de êxtase e alívio, impedido de manifestar-se, Urias pôs a mão no ombro do cabeludo e cochichou-lhe:

— 'cês é que tão fudido! 'cês é que vão levar um nabo hoje.

Como resposta, recebeu um olhar que brilhava de ódio. Por um instante, o ascentino imaginou que o sujeito iria delatá-lo para os demais. Engoliu em seco, impotente. Porém, a reação do cabeludo não passou de um impropério murmurado, sem maiores conseqüências enquanto sentava-se:

— Ah, vai tomar no seu cu, xará!

Enquanto o oponente festejava formando uma pirâmide humana junto à linha de fundo, Bueno e Benigno de maneira violenta discutiam com um Pavone visivelmente inconformado. Plácido esbravejava com Cândido:

— Porra, você deixou o cara passar muito fácil!

— Ele foi mais rápido que eu! Além do mais, quem deu mole foi o Amâncio!

— 'pera, aí — interveio Amâncio. — Eu não dei mole, não. Se eu derrubo ele, o juiz dá pênalti!

Amaro Leite pôs-se de pé e berrou para a equipe:

— Não pode dar moleza desse jeito, cacete!

Sua manifestação, entretanto, acabou por soar ininteligível a seus comandados, devido à manifestação da torcida rival. Como sua algo indignação não se esgotasse naquela expressão, fez gestos de inconformismo, no que era acompanhado pelos reservas, demais membros da comissão técnica, bem como Bologna e Cobra. Já Tristão, o maior interessado na derrocada do Flechas, deliciado com a bola que passara por entre as pernas de Pavone, procurava dissimular sua satisfação. Afinal, o Ascensão estava de volta ao jogo.

Sete minutos. Para reiniciar a disputa, Egon fez um passe lateral para Silva. Amâncio, cheio de brios, apresentou-se, driblou Tiziu e avançou com Fubá logo à frente buscando desmarcar-se para receber o lançamento:

— Manda pra mim! Manda pra mim!

Embora o jogo ainda não tivesse passado dos dez minutos do segundo tempo, O treinador flechense meneava a cabeça em desaprovação e gritava com a equipe:

— Não! Não! Segura! Segura a bola!

— Ai, meu Deus! Agora é que a gente vai dançar — comentou desesperado o cabeludo, diante do silêncio tranqüilo de Urias.

— Calma, gente! Só na boa! — insistia Amaro, sem conseguir se fazer ouvir.

— Do jeito que os caras tão jogando lá, só com um milagre a gente ganha — respondeu o fumador de cachimbo com uma careta.

O sujeito calado que Urias comparara a uma múmia limitou-se a olhar para os dois. Um rosto, percebeu o ascentino, que parecia ser feito de cera.

Fubá desceu pelo flanco direito da defesa adversária, driblou Coelho em velocidade, passou para Silva e correu às costas de Moura para a linha de fundo. Foi o que bastou para arrancar Urias de sua placidez e Tristão de sua satisfação. Silva não prendeu sequer a bola. Mal a recebeu e executou um passe de primeira, buscando Fubá, já dentro da área, numa triangulação perfeita. Com o vigor característico, Jorjão foi ao combate de Fubá. Sabendo do que era capaz o escorregadio e abusado atacante adversário, só restava a Urias e todos os demais ascentinos rezar para que Jorjão o detivesse a tempo. O cabeludo e todos os demais flechenses puseram-se de pé mais uma vez, como se quisessem entrar no campo. Junto à linha da grande área, o flechense recolheu-a, ensaiou um drible para a esquerda, puxou a bola para a direita, deixando o rival ligeiramente desorientado, num lance digno de tourada. Foi o que bastou para lançar a massa flechense ao delírio generalizado e a ascentina ao desespero impotente. Quando todos pensavam que Fubá iria executar o centro ou para Silva ou para Egon, ambos de prontidão na área, o camisa onze optou por uma molecagem contra seu marcador: pôs o pé sobre a bola, puxando-a para si, enquanto Jorjão se lançava com as duas pernas à frente, como um salto triplo. Com o impulso que tomara para executar aquele carrinho capaz de quebrar qualquer perna, acabou contido pelas placas de publicidade paralelas à linha de fundo num estrondo. A torcida do Flechas urrou de modo orgástico. Urias, olhos fixos, arregalados, preparou-se para o pior. Já para Tristão, talvez não fosse o momento mais propício para aquela folia; pelo contrário, fora desnecessária. Estava claro que havia dois colegas em boas condições para o arremate a gol, aproveitando-se da desarticulação da defesa rival.

Fubá fora suficientemente ágil para escapar do carrinho homicida do rival com sua jogada típica do futebol de salão, porém não esperava que Coelho fosse suficientemente rápido para alcançá-lo tão longe. Tristão, à distância, momentaneamente esquecido de seu interesse pela derrota flechense, antevendo o perigo, bradou:

— Cuidado, Fubá!

O ruivo camisa seis inimigo lançou-se à bola à moda de Jorjão. Porém, num salto que evocou João do Pulo, as duas solas eretas indicavam claramente sua intenção de acertar Fubá. E o fez. Mais precisamente no tornozelo esquerdo.

'Caralho! Que sarrafada!', assustou-se Urias.

— Não!!!!!!!! — foi a única coisa que Tristão e os demais ocupantes do banco tiveram tempo de dizer, chocados, exasperados.

Com o golpe, Fubá foi arremessado a quase dois metros de distância, terminando de derrubar a placa de publicidade já atingida por Jorjão, momentos antes. A bola ganhou a linha de fundo. E para o espanto geral, Machado Cortez, próximo ao lance sinalizou apenas escanteio.

Surpreso com a decisão de Faria, Urias assistiu divertido às manifestações coléricas dos flechenses. Aos brados, o gordo levantou-se tão desajeitadamente que quase caiu sobre outros torcedores.

— Assassino! Filho da puta! — urrou o cabeludo, imitando o gesto do gordo.

— Filho da puta! Filho da puta! — gritou o sujeito do cachimbo, puxando um coro que acabou bem-sucedido. Logo, ouviam-se milhares de vozes num xingamento que tanto se poderia dirigir ao árbitro, seu auxiliar ou Coelho.

Filho da pu-ta! Filho da pu-ta! Filho da pu-ta! Filho da pu-ta! Filho da pu-ta!

Tomado de profunda ira, Leite levantou-se exaltado, fazendo para Salomão Faria o gesto característico de que havia sido uma falta violenta: uma das mãos à semelhança de um golpe de caratê batendo na palma da outra. O doutor Adamastor e Zen dos Santos saíram em disparada para socorrer o ponta.

— Puta que pariu! — praguejou o técnico, passando a mão na testa suarenta. — Só falta a gente perder o Fubá agora!

— Só falta a gente perder o Fubá agora, caralho! — exaltou-se o cabeludo ao sentar-se, estalando um tapa na perna. Como se tivesse esquecido de que Urias não era um dos seus, disse-lhe: — Agora é que vai ser uma merda só! Tamo fudido!

Urias, por sua vez, fez-se de desentendido e permaneceu calado. Sabia que o flechense tinha razão. Se Fubá saísse naquele momento, seria praticamente a morte para o Flechas, pois tratava-se de um dos únicos jogadores lúcidos da equipe naquela tarde. Tanto melhor, avaliou ele, friamente, recuperando-se de sua breve solidariedade a Fubá.

A reação de Tristão foi a de levantar-me prontamente a fim de entrar em campo e avançar contra Coelho. No que foi acompanhado por Silvestre. Mommo e Fidélis, porém, os contiveram.

— Deixa disso, rapaz! — disse o preparador físico a Tristão. — Não vai adiantar em nada. Só vai acabar dando mais confusão.

Neguim também teve de ser contido, só que pelo árbitro reserva. Dentro do campo, somente Silva demonstrou solidariedade por Fubá:

— Seu veado! — vociferou o flechense, interpelando Coelho com uma peitada. Seu ímpeto de lhe desferir um murro acabou contido por Graúna, que agarrou-lhe o braço no momento em que o camisa nove flechense preparava o golpe.

— N-n-n-n-não, não! D-d-d-deixa disso, rapaz! — recomendou o gago zagueiro, entredentes, esquecido de que, se consumado, aquele gesto resultaria em sua expulsão, o que proporcionaria a seu time uma superioridade numérica em campo.

Salomão Faria limitou-se a advertir Coelho com um cartão amarelo.

Diante do cartão amarelo dado a Coelho, a massa revoltou-se, retomando os xingamentos ao árbitro. Urias suspirou aliviado: o camisa seis do Ascensão exercia papel fundamental na defesa.

— Filho da puta! Ladrão! — Mommo não se conteve.

— Isso aí é falta pra cartão vermelho! — gritou o magricela do rádio de pilha.

— Vai ser só amarelo?!?! — indignou-se o sujeito do cachimbo.

Tristão olhou para o lado e viu Eugênio, o substituto natural de Fubá, calado, sem qualquer traço daquele seu entusiasmo que demonstrara a caminho do vestiário. Provavelmente sentia que seu momento de entrar no jogo poderia ser aquele, caso Fubá não pudesse mais continuar em campo. Apertava os lábios e mantinha-se curvado com ambos os punhos fechados pressionados contra o estômago. Sua atenção, ao contrário da dos demais colegas de banco, não se encontrava voltada para onde Fubá se encontrava caído. Seu olhar parecia perdido no vazio.

E novamente ecoou pelo estádio um coro ensurdecedor, colérico:

Filho da pu-ta! Filho da pu-ta! Filho da pu-ta! Filho da pu-ta! Filho da pu-ta! Filho da pu-ta!

Embora mais de quinze mil pessoas entoassem a plenos pulmões aquela ofensa a Faria, Amaro Leite insistia em desafiar aquele urro ensurdecedor, berrando com as mãos em concha ao redor da boca para que a equipe segurasse a bola, tocando-a sem pressa, já que com a falta o sistema defensivo inimigo tivera tempo de reordenar-se. Também parecia clara sua intenção de manter a posse da bola até o momento em que Fubá voltasse a campo – se é que voltaria. Enquanto Fubá permanecia sob os cuidados de Magareffi, Amâncio cobrou a falta rasteiro e curto para Egon, que prendeu a bola e a conduziu até a intermediária, tocando-a para Cândido. O camisa oito recuou-a para sua intermediária, buscando Felício.

Assim, passaram-se alguns minutos até que o Flechas finalmente desse uma orientação de fato objetiva à bola. Agora, em substituição ao louvor à mãe de Salomão Faria, a torcida flechense demonstrava impaciência, silvando uma vaia implacável. O Ascensão fechava-se todo na intermediária, esperando o momento de roubar a bola e desencadear o contra-ataque. Aqueles instantes desenrolaram-se como um *replay* do que haviam sido os quinze minutos iniciais da partida.

No banco flechense, tinha-se a certeza de que os trinta e cinco minutos que ainda tinham pela frente seriam uma verdadeira estação no purgatório. 'Ou será que o inferno ainda está por vir?,' pensou Tristão, inquieto.

Dez minutos. Fubá, manquitolando, apresentou-se à lateral do campo, esperando a autorização do árbitro. Quando a bola se perdeu pela linha lateral após uma dividida entre Felício e Moura, Fubá retornou a campo, pisando o chão com cuidado extremo.

— Olha lá! Olha lá! O Fubá tá voltando! — animou-se o cabeludo com uma alegria que, para Urias, só depunha contra sua já duvidosa masculinidade.

Mais ponderado, o do cachimbo disse-lhe:

— Sei não se ele vai agüentar o tranco.

— Foi uma torção leve no tornozelo — completaram o magricela e seu rádio portátil.

Já para Urias, eram boas novas. E que assim continuassem.

Em apoio ao craque ferido, a poucos metros atrás de Urias e seus vizinhos, os torcedores do Flechas puseram-se de pé e começaram a cantar seu nome. Não demorou mais que poucos segundos até que todos os demais flechenses se juntassem à manifestação. Tristão emocionou-se com o coro intercalado com palmas, a exemplo daquele com que o camisa onze fora brindado antes do início da partida.

Fubá! Fubá! Fubá! Fubá!

Ainda sentindo dores, Fubá mancou campo adentro acompanhado pela saudação da torcida. Restaria saber até quando, ou se, ele suportaria a contusão. O doutor Adamastor sentou-se ao lado de Amaro Leite e ambos trocaram um olhar apreensivo. Igualmente tenso, Tristão viu formarem-se mais algumas dobras na testa do treinador.

— Foi feia a coisa? — Amaro indagou, já antevendo a resposta.

Magareffi assentiu, cuidadoso:

— Não foi grave, mas por precaução acho melhor ele sair.

Leite fulminou-o:

— O Fubá não sai!

— 'cê tá louco, Amaro? Assim o Fubá vai se estourar!

— Ele é pago pra isso!

— Ele é pago pra jogar bola, não pra se sacrificar desse jeito!

Tristão e os demais limitavam-se a assistir, angustiados. Mommo interveio:

— É loucura, Amaro! É melhor colocar o Eugênio! Ele está inteiro e tem fôlego de sobra!

— O Fubá não sai!

— Amaro, — exasperou-se Magareffi — que dá pra ele continuar, dá, mas se ele continuar, só vai piorar! A gente tem as duas mudanças pra fazer.

— Daqui a pouco ele esquenta de novo e não vai sentir nada.

Mommo insistiu:

— É perigoso, Amaro. Pode afetar os ligamentos. Não vai ter operação que dê jeito, se a gente não fizer nada.

— Ele vai continuar e assunto encerrado. Não dá pra abrir mão dele agora. É melhor meio Fubá que qualquer jogador inteiro.

Enquanto se desenrolava aquela troca de argumentos, Cobra e Bologna limitavam-se a assistir a tudo, impassíveis. Por sinal, exceto no momento do pênalti não assinalado, haviam permanecido assim desde o início da segunda etapa. Mommo e Magareffi, ainda que pouco afeitos um ao outro havia algum tempo, entreolharam-se numa impotência cúmplice ante a irredutibilidade de Amaro Leite.

Com o arremesso lateral, o Ascensão enfim retomou a bola. À exceção de Egon, o Flechas acabou recuando totalmente, de modo que seus jogadores de linha congestionavam a entrada da área, voltando à formação professada por Amaro Leite na preleção. A Tristão restava saber se Fubá conseguiria desempenhar o que dele tanto se esperava. O goleiro reserva tinha lá suas dúvidas, já que parecia-lhe ter-se arrefecido a determinação da equipe com a contusão de Fubá. Como conseqüência, acabaram por perder sua intermediária para o adversário mais uma vez.

Entre a linha divisória e a área rival, Carmo comandava as ações, a bola sempre colada ao pé esquerdo, estudando os espaços ocupados à sua frente, à procura de algum colega desmarcado.

Leite caminhou até a beira do campo e ordenou para que Fubá não se deslocasse tanto se não se sentisse seguro.

— Ê, não tô gostando! — disse o gordo. — A gente vai ficar na retranca, é?

— Vai ser um sufoco da porra, bicho. Te prepara — replicou o cabeludo.

— O time está congestionando a entrada da área — disse o magricela a quem quisesse ouvir, com o rádio de pilha na orelha, ares de comentarista. — Está retraído demais.

Urias, por sua vez, olhou para o lado. Constatou, já irritado, que o múmia continuava mudo. Voltava a questionar o quanto valia aquele seu sacrifício.

Era notório que jogar de igual para igual contra o Ascensão era puro e simples suicídio. Assim, era consenso entre os técnicos que a tática dos contra-ataques, que o Flechas privilegiara durante o campeonato, era a mais correta. Entretanto, havia dois fatores que atrapalhavam a equipe de Amaro Leite naquela tarde. O primeiro era que, com Cândido no lugar de Felipinho, se por um lado a equipe conseguia tomar a bola do rival com mais rapidez, por outro não sabia armar o contragolpe, dada a ineficiência gritante de Egon — e para agravar a situação ainda mais, o treinador flechense, provavelmente acomodado com o sucesso de seu esquema de jogo, não se dera ao trabalho de pensar noutras variações para quando as coisas não saíssem a contento. Não bastasse, aquele plano de jogo era mais adequado para jogos fora de casa contra as equipes interioranas, que pressionadas pela própria torcida, a despeito das próprias parcas qualidades, eram forçadas a atacar, cedendo à equipe de Jorjão o desejado contra-ataque – e contra essas mesmas equipes, jogando em sua casa, o Flechas procurava abrir o placar o mais cedo possível, a fim de passar o restante do jogo administrando a vantagem, apoiado nos contra-ataques. Entretanto, quando, em ambos os turnos, tivera de medir-se com seus rivais mais fortes, como o próprio Ascensão, o Acadêmico e o Fraternidade, equipes que contavam com elencos de melhor técnica, tivera imensas dificuldades. Tanto que as duas magras vitórias sobre estes dois últimos já no quadrangular final deveram-se muito mais ao apurado faro de gol da dupla Fubá-Silva que ao esquema tático a que Leite se aferrava.

Ainda que Tristão não tivesse do que reclamar, pois, a se julgar pelo andar da partida, a vitória do Ascensão mostrava-se inevitável, já que o rival mostrava-se mais rápido e objetivo em suas investidas do que na primeira etapa, intrigou-o o fato de o treinador flechense demorar-se tanto para substituir Egon por Silvestre, já que o segundo mostrara ser capaz de substituir Felipinho à altura. Seria conservadorismo seu, ou seria apego ao trato que mantinha com Egon e Massimo Argento?, indagou-se Tristão.

Egon apenas assistia no círculo central, como se esperasse a bola ser roubada do rival e lançada a seus pés. Contudo quando o faziam, a vagareza com que conduzia a bola revelava que preferia partir para o drible a acionar Fubá e Silva em velocidade. Assim, fazia redundar num esforço vão os avanços da dupla pelos flancos a fim de receber um lançamento. Tal situação desgastava os dois atacantes, especialmente Fubá e seu tornozelo, pois se viam forçados a recuar até a intermediária para tentar buscar a bola, apresentando-se como alternativa de passe:

Uma vez que não jogava para a frente, mas para os lados, chamando o adversário para o drible ou buscando jogadas de efeito, só fazia ajudar o Ascensão a recompor-se em sua intermediária. E quando o adversário, especialmente Moura, vinha para o combate a fim de cortar-lhe o avanço, num vigoroso corpo-a-corpo, acuando-o, Egon rodopiava com a bola e a recuava para algum colega de meio- campo – isto quando não tomavam-lhe a bola. Assim, acabava alimentando um círculo estéril. Amaro Leite levava as mãos à cabeça sem cessar, exasperado. A massa flechense retomou as vaias do primeiro tempo. Agora ensurdecedoramente.

— Solta essa bola, porra! — exaltou-se o gordo, num movimento com o braço que quase fez voar a peruca de Urias.

Os vizinhos de Urias cerravam os punhos, desferiam murros no ar, abusavam das cordas vocais.

— Fominha! Veado!

— Passa ela, ô enceradeira!

— Joga bola, zé-mané!

Assim que Egon perdia a bola que Plácido, Cândido e Felício haviam tomado, só lhes restava correr mais rápido que a bola e desferir chutões para onde o pé apontasse de modo a aliviar a pressão, ainda que temporariamente, e permitir que sua linha de defesa se recompusesse. Por estarem em vantagem numérica em relação ao meio-campo adversário, Clemente, Carmo, Jurubeba,

Caramuru e Tiziu, passando com fluidez, tocando de primeira, numa progressão que chegava a atordoar, sempre tendo alguém em boas condições para receber o passe, acabavam encontrando uma maneira de colocar pressão sobre os flechenses e seus nervos abalados. Para Urias, pareciam estar cada vez mais próximos do desempate.

— Os caras tão botando a gente na roda — comentou o sujeito do cachimbo, a voz começando soar desanimada.

— Logo, logo eles marcam outro — comentou o cabeludo. — E aí, fodeu tudo. Com essa bolinha que o Egon tá jogando, não sei não!

— Porra, tem que entrar o Silvestre! Caralho! — irritou-se o gordo, os gestos espaçosos.

Onze minutos. Quando Egon foi mais uma vez desarmado por Moura, o treinador flechense não se conteve, esbravejante:

— Ô, Egon, você é surdo, porra?!?! Toca rápido, pelamordedeus!

Jurubeba apresentou-se em velocidade para receber o passe, aproveitando-se do espaço que agora se abria na defesa rival. A menos de um metro da linha lateral, tão próximo do banco flechense que era possível escutar as imprecações que Leite dirigia a seu camisa dez, Bueno não hesitou em derrubar Jurubeba com violência como último recurso. Sabia que se o adversário levasse a melhor, iria ver-se entrando em diagonal em sua área, frente a frente com Pavone. O flechense ergueu-o a quase um metro do chão, jogando-o de encontro às placas de publicidade. Como era de se esperar, recebeu de imediato o cartão vermelho.

— Mas, mas eu fui na bola, seu juiz! — tentou justificar-se, com um tom de voz adolescente, as mãos tipicamente cruzadas às costas.

— Ah é? Na bola, né? Qual delas? — retrucou o homem de preto, sarcástico. — Você matou a jogada e só faltou matar o rapaz!

A massa ascentina urrou satisfeita, antevendo facilidades ante o adversário agora numericamente inferiorizado.

— Puta que pariu! — exasperou-se o cabeludo. — Agora fodeu tudo.

— Ladrão da porra! — o sujeito do cachimbo não se continha, apontando para o campo com o pito. — Ele foi na bola!

A torcida ascentina exultava:

Ih! Se fu-deu! Ih! Se fu-deu!

Ao coro entusiasmado com que a torcida ascentina festejava a perda adversária, Amaro Leite levantou-se do banco e protestou em vão contra a expulsão de Bueno, ao que foi ignorado por Salomão Faria. No círculo central, Fubá discutia com Coelho, que lhe sorria insolente, provocador. Jorjão, a poucos metros, também lhe fazia zombarias. Silva aproximou-se e somou-se ao bate-boca.

Bueno saiu de campo sem conseguir levar Clemente consigo, um desastre para os planos de Amaro Leite. Presumivelmente percebendo que naquele momento escapavam ao bom-senso seu apego e sua fidelidade à percentagem que recebia de Massimo Argento, o treinador flechense decidiu sacar Egon, mandando Fidélis a campo, recompondo assim sua defesa. Restava ao Flechas apenas mais uma alteração, ou seja, se quisesse substituir Fubá, Leite ainda contava com uma oportunidade.

Enquanto Fidélis passava por uma sessão de aquecimento que não durou mais do que um minuto — e que normalmente durava mais do que dois, o magricela do rádio de pilha comunicou:

— Vai entrar o Fidélis. No lugar do Egon.

O gordo replicou:

— Não, porra! Não pode! Tem que entrar o Silvestre, caralho!

O cabeludo virou-se para trás:

— Deixa de ser xarope, cara! Se a gente já tá passando um sufoco com dois zagueiros, imagina com um só! Ainda mais com um jogador a menos que eles!

Para Urias era conveniente que os vizinhos se ocupassem com os comentários. Seu desafio era permanecer incógnito, ainda que contasse com a boa vontade do cabeludo. Assim, era necessário resistir à tentação, evitando a zombaria. Invejou a capacidade de o múmia permanecer fitando o campo, mudo. Suspeitava que fosse outro ascentino infiltrado. Enquanto Fidélis fazia o sinal da Moura à beira do campo, Egon saía sob vaias.

— Vai pra casa, mascarado!

— Cuzão!

— Pipoqueiro!

— Veado!

— Corno!

— Armandinho!

Doze minutos. Caminhando rumo ao banco, o olhar vítreo de ódio, Egon arrancou a camisa e atirou-a no rosto de Amaro Leite nos seguintes termos:

— Toma, seu filha da puta!

— Eu tinha que mudar o time! Do jeito que estava, não dava pra ficar! — tentou justificar-se, as palavras soando como se estivesse diante de um superior, prestando contas.

— Vai tomar no cu! Vão tomar no cu, seus palhaços!

— Você vai se arrepender, seu moleque! — ameaçou Leite, deixando de lado a contenção com o dedo em riste.

A massa ascentina provocava:

Timinho! Timinho!

Sentado no banco, Tristão teve a impressão de que Egon fosse lembrar Seu técnico do quanto que recebia por sua manutenção no elenco. Porém, para o alívio do treinador, nada disse. Cobra e Bologna apenas assistiram à cena. Seria natural que tomassem partido de Amaro Leite, muito mais empenhado pela vitória do que Egon aparentava estar. Preocupado, tendo desperdiçado a oportunidade de trocar Egon por Silvestre – e conseqüentemente a de conquistar o tão ansiado título com uma vitória –, chamou Cândido à beira do campo enquanto o camisa dez descia para os vestiários sob vaias ensurdecedoras. Designou-lhe então uma tarefa nova, porém vital. Continuaria tendo que juntar-se a Plácido e Felício no combate ao ataque rival, mas agora teria que assumir o que Egon jamais chegara a fazer: iniciar os contra-golpes. Agora, enfrentando um adversário de poder de fogo tão respeitável com um jogador a menos, restava-lhe o risco de segurar o empate pelos próximos trinta e três minutos.

Cândido não podia ser considerado craque. Tinha melhor condição técnica do que Plácido e Felício. De fato, sabia o que fazer com e sem a bola, mas era simplesmente o que caracteriza um jogador moderno: marcava de forma vigorosa e incansável, corria com disposição invejável, passava a bola objetiva e eficazmente sabendo quando e a quem fazê-lo — mas não com a criatividade de quem é capaz de virar o jogo ou marcar o gol da vitória num lampejo de pura inspiração, ou minar os nervos de uma defesa com uma jogada de gênio abrindo toda a retaguarda adversária com um só toque na bola – a exemplo do que Egon fizera em melhores dias. Era, contudo, um jogador que nenhuma equipe poderia dar-se ao luxo de ignorar. Tanto que também no Ascensão havia uma contraparte sua, o camisa cinco Moura. Ambos tinham a expressão e a garra necessárias para aquela função. Ademais, tinham em comum compleição física suficiente para desencorajar jogadores como Egon. E mesmo em seus pontos positivos e negativos os se equilibravam sob a perspectiva do futebol moderno: Cândido fazia a diferença ao superar o rival com seus passes de maior precisão e rapidez, ao passo que Moura, com seu ar calado e sua cara de mau, tinha maior autocontrole, marcava mais duro e não era dado a brincadeiras ou sorrisos em campo. Assim, não era nada mais do que natural que naquela tarde ambos estivessem tendo trabalho como nunca.

Vendo-se ansioso pela derrocada de sua própria equipe, Tristão ergueu a vista para o cronômetro existente no placar eletrônico, no que foi imitado pelos demais companheiros de banco, que engoliam em seco diante da eternidade que os separava do título estadual. Já Leite, sentindo que os nervos de seus comandados começavam a fraquejar, enfiava os dedos da mão direita nos cabelos brancos. A metros dali, Hércules, que gesticulava de pé diante de seu banco de reservas, com os punhos cerrados, exigindo que seus comandados sufocassem ainda mais impiedosamente o adversário.

Entre os flechenses havia a preocupação generalizada com o ataque adversário, que com toda a certeza tentaria aproveitar-se ao máximo de suas deficiências defensivas, agora agravadas com a saída de Bueno. Já Hércules ordenava a Jurubeba que ele e seus colegas partissem com a bola dominada, explorando Fidélis, evitando os cruzamentos pelo alto, notórias que eram suas qualidades no jogo pelo alto e sua vulnerabilidade nas jogadas rasteiras.

Hércules sabia que essa sua limitação o fazia recorrer às faltas, aumentando assim as possibilidades de haver cobranças de faltas na entrada de sua área bem ao gosto de Carmo. Ademais, tais infrações poderiam levá-lo a ser advertido primeiro com cartão amarelo. E com um amarelo nas costas, ou passaria a jogar com menos dureza, facilitando as coisas para o inimigo, ou prosseguiria cometendo faltas até que Faria achasse necessário expulsá-lo. E em poucos minutos a estratégia acabaria por dar frutos: na terceira falta que cometeu, ao puxar Carmo pela camisa, recebeu o cartão amarelo.

Agachado junto ao banco flechense, estava um repórter de rádio anotando o total de faltas cometidas até aquele momento a fim de comunicá-las a seu colega narrador. Tristão decidiu perguntar-lhe como estava a situação. Ele meneou a cabeça criticamente e relatou 49 faltas cometidas, bem como 6 cartões amarelos e um vermelho recebidos pelo Flechas, ao passo que o adversário cometera 13 faltas e recebera 2 amarelos.

Quatorze minutos. Tristão procurava avaliar o quanto aqueles números poderiam no final das contas prejudicar o Flechas quando ouviu a torcida adversária manifestar-se num arroubo de excitação. Voltou a vista para o campo a fim de assistir à triangulação que Tiziu executou com Carmo. Chegando à linha de fundo, o lépido atacante do Flechas viu-se diante de apenas um adversário e, percebendo Caramuru avançar pelo meio da área rival, executou o cruzamento. A curva que a bola acabou ganhando fez com que se afastasse da pequena área, iludindo Pavone e chamando Caramuru para o cabeceio. Percebendo que Fidélis jamais chegaria a tempo para antecipar-se ao atacante rival, o arqueiro titular lançou-se à frente, num vôo cego para fora da pequena área, uma dividida de alto risco.

E como dois aviões colidindo em pleno ar, Pavone e Caramuru chocaram-se cabeça contra cabeça. A testa alta do crioulo contra a têmpora do goleiro, que, colhido em cheio, a cabeça estremecida por uma explosão de dor, emitiu um grito lancinante. Na seqüência, a bola, por um instante deixando de ser o centro das atenções, errou na boca do gol até que Fidélis a despachasse com um peixinho pela linha de fundo, por sobre o gol, concedendo aos rivais mais um escanteio – uma vez que Salomão Faria não considerou faltosa a ação de Caramuru sobre Pavone, como queriam seus colegas.

Em meio ao emudecimento de seus vizinhos, o gordo, como se tivesse sofrido a pancada, gemeu:

— Ai, porra!

Embora parecesse tonto devido ao choque, Caramuru levantou-se logo, pois claramente tivera menor prejuízo na disputa com Pavone, que, caído, imóvel, aparentava grave contusão – o que fez Tristão engolir em seco, apavorando-se. Dr. Adamastor e Zen, dispararam cancha adentro. E assim que à distância o médico meneou a cabeça negativamente, comunicando a Amaro Leite que o goleiro titular estava fora de combate, o arqueiro reserva sentiu o coração saltar-lhe no peito; a boca ficou seca, com a confirmação de seus temores. Lá estava a oportunidade que tanto aguardara meses a fio. Porém, não podia ter chegado num momento pior. Ele e Leite entreolharam-se, mal conseguindo disfarçar cada um seu medo. Naquele momento estava claro que seu temor agora se devia à hipótese que, teimoso, afastara durante o fim de semana até aquele momento do jogo, e que agravara suas divergências com seu Guido. A entrada de Tristão apresentava-se inescapável, uma ironia cruel. Limitou-se a dizer, pousando-lhe a mão no ombro:

— Não vai decepcionar a gente, menino.

Como se até aquele momento torcera secretamente pela derrota da própria equipe, sentia-se esvaziado de qualquer motivação. Mesmo contrariado, achou por bem não aparentar hesitação. Assim, estufou o peito e assentiu com um semblante sério, procurando transmitir-lhe alguma autoconfiança com aquele gesto. O que, no entanto, não pareceu convencê-lo.

Urias mantinha-se calado, acalentando esperanças. Tinha plena certeza de que outros gols do Ascensão viriam com a entrada do goleiro reserva, o que gerava preocupação entre os flechenses em geral. O magricela do rádio de pilha manifestou-se temeroso:

— Ai, fodeu! Vai ter que sair o Pavone! Ele arrebentou com a cabeça!

O cabeludo coçou a testa:

— Ih, vai entrar o reserva. Dizem que é fraquinho, ele.

— Tá na cara que ele vai tremer — comentou desconsolado o cachimbador. — Mas também, o Pavone só deu susto na gente hoje.

Amaro Leite nada mais disse enquanto Pavone saía de campo a bordo de uma maca, como que um herói ferido em combate, as duas mãos na cabeça. Num primeiro momento, enquanto alongava os músculos da coxa, Tristão pensou que o titular saía sob aplausos. Todavia, para sua surpresa, e satisfação, eram vaias o que a torcida, inconstante, endereçava-lhe, sem conseguir esquecer os sustos que lhes havia proporcionado.

— Vai embora, frangueiro! — urrou o do cachimbo, esquecido da entrada do goleiro reserva.

— Já vai tarde, nó cego! — juntou-se a ele o gordo.

— Vai embora, cu de burro! — bradou uma voz anônima às costas de Urias.

Eram vaias generalizadas. Chegavam a doer nos ouvidos. Mas não nos de Urias. Sabia que a vitória de seu Ascensão era apenas uma questão de tempo. 'Água mole em pedra dura...,' sorriu-se ele, otimista. Assim, já não sentia qualquer inquietação em relação ao múmia e sua imobilidade. Permitiu-se até mesmo a uma especulação divertida: 'Vai ver que o cara morreu. Sentado e de olho aberto!'

Dezesseis minutos. Após uma breve sessão de alongamentos à beira do campo e a obrigatória assinatura na súmula, Tristão foi acompanhado por

Mommo até a linha lateral, postando-se junto ao sujeito que ergueu duas placas numeradas para anunciar a substituição. À lateral do campo, de forma previsível, estacou. Relutava tanto em entrar que Mommo teve de empurrá-lo de leve.

— Vai, rapaz! — apressaram-no o sujeito das placas e Mommo.

Tristão entrou em campo num trote quase indolente, claramente fora de sintonia com a partida, alheio ao pulso flechense. Sentia que não apenas seu ansiar pela vitória do Ascensão, como também a remota probabilidade de entrar em campo que vivera desde o momento em que Fubá lhe comunicara a escalação de Pavone, haviam acabado por lhe afrouxar o ânimo quase que por completo. Tinha ciência de que, entrando em campo em tais condições, sem confiança, sabia ser grande a probabilidade de cometer um erro grave. Engoliu em seco, ante a ideia de ser responsabilizado por uma derrota que tanto significava a frustração do sonho flechense quanto a quinta derrota consecutiva para o Ascensão em finais do campeonato estadual. Sentindo-se como qualquer jogador reserva em situação semelhante, as pernas lhe tremiam. Entretanto, o jovem arqueiro por instantes deixou de lado aquela sensação quando, ao encaminhar-se para a meta, cruzou com a maca que transportava Pavone. Com o rosto parcialmente coberto por uma toalha, o titular gemia:

— Ai, como dói. Ai, como dói.

Tristão então calçou as luvas em seu trote até a meta, voltando sentir em cada músculo de suas pernas a tremedeira que instantes antes já se manifestara. Só que agora era acompanhada por uma vontade súbita de urinar que lhe comprimia a bexiga. Em vez de saudação ou cantoria com seu nome, a torcida o recebeu com um silêncio previsivelmente cético, ao que deu de ombros, raciocinando não haver torcedor que se comportasse de outra forma ao ver o intocável goleiro titular ser substituído por seu obscuro reserva. Ao longo do campeonato até aquela partida, Pavone desempenhara de modo soberbo, tendo sido traído pelos nervos e pela insegurança somente naquela tarde. Quanto a Tristão, era a segunda vez que iria jogar pela equipe, a primeira diante de sua torcida, numa situação, porém, ainda mais difícil, visto que, por mais empenho com que disputassem cada jogada, os flechenses encontravam-se sob constante fogo cerrado – talvez até prestes a ceder à pressão. Afinal, o Ascensão, sabia ele, tinha jogo de sobra para derrubar o Flechas a qualquer momento.

Tristão lembrou-se de seu pai. Se costumava sentar-se teso diante da televisão em jogos finais, fossem quais fossem as equipes envolvidas, como estaria se sentindo agora ao ver o filho entrar em campo num momento tão crítico, como que jogado às feras? Veio-lhe à mente a imagem de sua mãe sentindo calafrios, embora se recusasse a admiti-lo, enquanto, como era de seu costume aos domingos, preferia passar roupa; talvez se visse com o cabo do ferro elétrico a escorregar entre seus dedos agora suarentos. O jovem arqueiro então cerrou olhos, punhos e dentes, pensando em seu pai e seu Guido. Procurou prometer a si mesmo que iria tentar fazer naqueles cerca de 30 minutos restantes o melhor que podia para não decepcioná-los.

A verdade é que não sentiu muita convicção naquilo – e convicção significava auto-confiança. Não até lembrar-se da frieza com que Pavone sempre o tratara. Foi então que sentiu uma pulsão um tanto inédita, como se um sentimento até então um tanto indefinido agora se revelasse ódio cristalino. Foi algo como um combustível. Ademais, era uma belíssima oportunidade de mostrar serviço. Dada a preferência de Leite, só lhe restava chamar a atenção de outros clubes. Também seria uma oportunidade de mostrar a Hércules o erro que cometera anos antes ao rejeitá-lo na peneira do Ascensão – se é que se lembraria dele.

O céu tornara-se nublado novamente. E agora caía a garoa da tarde, agourenta.

Quando o arqueiro reserva, trajando preto dos pés à cabeça, apresentou-se com um aceno breve, todos ao redor de Urias roíam as unhas, aflitos, desconfiados. Tanto para Urias quanto para os demais, goleiro reserva era sempre digno de pouca confiança, ainda mais sob tanta pressão. Quando conseguiu ver-lhe o rosto com clareza pela primeira vez, intrigou-se, tendo a impressão de que o já vira antes. Especialmente pelo cabelo loiro, encaracolado, o rosto de traços angelicais. Foi quando o gordo comentou com o magricela do rádio:

— Esse aí é o tal do Tristão. Já entregou o jogo umas duas vezes nos aspirantes. É fraquinho, ele.

Foi como se na mente de Urias tivesse ocorrido um estalo. A memória clareou-se notavelmente. 'Cacete! A gente foi colega de escola! Tristão cuzão, era assim que a gente chamava ele! Ele sempre fugia do pau! Era devagar, mas era gente boa. E era um espinhudo da porra. Tinha espinha que não acabava mais. Era na cara, na testa. Era o maior punheteiro da classe', riu-se. 'E bem que ele jogava futebol de salão. Sempre no gol. Até que jogava bem. Só não gostava de cair no chão. Era só chutar rasteiro que a bola entrava. O que ele gostava mesmo era de fazer defesa voadora, fazer ponte, que nem a gente vê na televisão.'

As reminiscências prosseguiram: lembrou-se de que entraram juntos na Ascendente, bem como de tê-lo visto pela última vez logo após terem saído do juizado de menores, dias antes da extinção daquela torcida organizada. Estava surpreso com o quanto Tristão havia mudado naqueles anos: estava agora mais forte e mais alto, com um porte tão respeitável quanto o de seu colega Chicão. Suspeitou que estivesse levantando pesos. Porém, o que mais o surpreendia era o fato de ter-se tornado goleiro profissional. E logo pelo Flechas! 'Bem que ele tinha jeito de traíra! Eu sabia! Naquela época já dava pra notar!' Porém, com evidente orgulho, cutucou o cabeludo com o cotovelo, apontando para Tristão, num cochicho:

— A gente foi na escola junto. Era chegado meu.

O cabeludo, tenso, limitou-se ao seguinte comentário, os lábios deformados de desprezo:

— Parabéns.

Urias teve de conter a gana de desfechar-lhe um certeiro no rosto, pois era arriscado. Sabia que o bom malandro espera sempre para agir na hora mais conveniente. Agredido, o cabeludo o delataria de imediato. E, pensando bem, ele estava ali até o momento somente graças à boa vontade do vizinho.

'Calma, Urias', disse a si mesmo.

Dezessete minutos. Tiziu cobrou o escanteio a partir da esquerda, aberto, fazendo-o pousar sobre a marca do pênalti, onde estava Benigno, que a rechaçou de cabeça. Em busca do rebote na meia-lua, Carmo entrou em dividida com Felício, vencendo a disputa, para então passar a bola para Clemente. Pela meia-esquerda, pouco antes da entrada da área, o número dez do Ascensão recebeu o toque de primeira que passou entre Cândido e Fidélis. Foi um drible humilhante o que o camisa dez na seqüência aplicou em Plácido, que num carrinho já lhe vinha dar combate. Foi então que Clemente arrematou a gol, de canhota, cruzado. A bola pipocou no gramado alguns metros diante de Tristão, que se agachou para encaixá-la no peito. Entretanto, por ainda estar frio, não conseguiu agarrá-la.

— Ai, cacete! — o cabeludo pôs-se de pé, imitado pelos demais.

A bola encontrou primeiro o antebraço de Tristão e, como se rolasse rampa acima, seu peito, ricocheteando para o meio da grande área.

Ao atrapalhar-se com a bola, Tristão ouviu um vozerio ensurdecedor:

Uuuuuuuuuuuuuuuuuuuuuuuuuuuuuuuuuuuuuu!!!!!!!!!!

Entre os vizinhos de Urias, era mais um susto a arrancar-lhes exclamações perplexas, exasperadas:

— Puta merda!

— Ai, fudeu!

Houve o rebote. Vendo Caramuru disparar a fim de aproveitar o rebote, Urias sentiu uma pontada no coração, como que um êxtase premonitório. O gol iminente. Todavia, antes que Jurubeba ou Carmo conseguissem alcançá-lo, Benigno apareceu para descarregá-lo prontamente pela linha lateral. Urias sentiu murchar-se seu ânimo. Tristão exalou aliviado um longo suspiro.

— Ô, bicho. Tá querendo entregar o ouro pra eles, é? — vociferou Benigno a seu colega de quarto. — Fica ligado, porra!

— Ih, esse seu amigo aí vai acabar fazendo cagada — disse o cabeludo a Urias, coçando a cabeça, enquanto o cachimbador, cansado de seu instrumento de conforto, agora roía as unhas incontrolavelmente. Já o múmia permanecia sem mover um músculo sequer. Não fosse pelo piscar dos olhos, Urias tinha a impressão de que estava de fato morto.

O gordo e o magricela não se continham:

— Joga direito, porra!

— Frangueiro do caralho!

— Veado!

Não apenas o lance em si, como também as ofensas que vinham da arquibancada às suas costas, aborreceram Tristão. Ainda que procurasse aparentar serenidade, o que era obrigatório naquele momento, as mãos na cintura e o queixo erguido, encontrava-se à beira do pânico: mal havia entrado em campo e quase já havia posto tudo a perder. 'Não é bom começar assim,' pensou ele. Aquilo servira somente para minar-lhe a autoconfiança. Assim, para que os nervos voltassem ao lugar e a torcida se aquietasse, sabia que na próxima investida adversária teria de executar uma defesa no mínimo convincente. Afinal, com aquela demonstração de insegurança, o rival passaria a tentar explorá-la com arremates das mais variadas distâncias.

Dezoito minutos. Moura encarregou-se do arremesso lateral e acionou Tiziu. Com habilidade impressionante, o ponteiro passou o pé sobre a bola ao mesmo tempo que Amâncio emparelhava-se, esticando a perna para fazer o corte. Mais leve e rápido do que seu marcador, o atacante tocou-a com mais força rumo à linha de fundo com a certeza de que a alcançaria primeiro. O cruzamento foi perfeito: nem muito alta, tampouco à meia altura. Caramuru e Jurubeba invadiram a área, superando Fidélis e Felício. Antevendo que Caramuru chegaria à bola a tempo, numa fração de segundos, seguro com a presença de Benigno no primeiro pau, Tristão calculou sua trajetória e antecipou-se ao rival num salto elástico, digno de álbuns de figurinhas de futebol. Ao chegar o chão, com a bola já firme contra o peito, Tristão pôde respirar aliviado. E com a aprovação da torcida.

— Valeu, Tristão! — vibrou o cabeludo.

— Boa! Boa! — o gordo, também de pé, fez soar outra apitada aguda. Para Urias, soava como um prego penetrando-lhe o ouvido. O fumador de cachimbo bateu palmas. Alguns mais apressados também aprovavam:

— Goleirão!

Aproveitando-se para tentar esfriar um pouco o ímpeto adversário, mas também para desfrutar dos aplausos daquela gente comprimida atrás da meta que defendia, Tristão manteve-se no chão, abraçado à bola sobre a linha frontal da pequena área, o coração agora pulsando um pouco mais agitadamente. Sabia que as mesmas vozes que o haviam insultado agora lhe gritavam incentivos e entusiasmos. Sentiu-se de tal forma mais confiante que parecia nunca ter herdado a natureza pacata de seu pai. Num instante de inspiração belicosa, cerrou os dentes. Finalmente, veio-lhe a sensação de que *aquela* era a sua grande oportunidade. E que não a deixaria escapar tão facilmente. Se o Ascensão tivesse que ganhar o jogo, que viesse com o que tinha de melhor.

No plano coletivo, porém, a equipe flechense via-se saindo dos trilhos, pouco a pouco, num descompasso preocupante. Enfim, um convite para o ataque do Ascensão, que já deixava de insistir tanto nas tabelas pelo meio da área, executando suas investidas pelas pontas com rapidez atordoante. Restava-lhes recorrer à garra que lhes era característica a fim de compensar a superioridade do rival.

Dezenove minutos. Ao executar uma bela jogada pela direita, livrando-se de Plácido e Américo com apenas um toque, o craque Clemente sofreu uma falta grave de Cândido, um carrinho frenético em forma de alicate que lhe travou as pernas. O atacante desabou e rolou no solo, atingido no tornozelo, enquanto a bola se perdia pela linha de fundo. Por um instante, Tristão pensou que estava tudo perdido, tamanha era sua certeza de que o árbitro iria expulsar o camisa oito ante aquela falta grotesca.

— Caralho! Agora é que ele vai pra fora! — lamentou-se o vizinho de Urias, enfiando os dedos na cabeleira. — Ele já tava abusando mesmo.

— Tem que quebrar esses veados mesmo! — bravateou o gordo, desferindo um soco na palma da mão. — Não pode dar moleza, não!

Cândido levantou-se e, fingindo desculpar-se ao rival, premeditadamente largou-lhe sobre a mão sua chuteira equipada com travas de metal. Para a sorte de Clemente, o rival errou o alvo por milímetros. Assim como para a sorte dos flechenses, faltaram a Clemente a presteza e a malícia necessárias para uma encenação que com certeza resultaria na expulsão de Cândido.

— Olha lá! Olha lá! Pisou na mão do cara! — apontou o cabeludo, agitado.

— Não fala merda, bicho. Foi sem querer — irritou-se o cachimbador.

— Sem querer o caralho! Foi um pisão descarado! Foi pra machucar! — retrucou o magricela sem largar seu rádio de pilha.

Foi então que Urias, por um breve instante, esqueceu-se de seu ódio por Cândido ao presenciar o que considerou um milagre: o múmia, mesmo não parecendo compartilhar da tensão, mexera-se, passando a mão no cabelo, ajeitando-o.

A agressão, todavia, não havia passado despercebida por ninguém, exceto por Itamar Amado, que procurava desvencilhar-se do sem-número de objetos que lhe atiravam os ascentinos, e pelo próprio árbitro, que, de costas para o acontecimento, dirigia-se ao agitado Caramuru:

— Ó, Caramuru, você já tá me enchendo o saco! Se continuar assim, te mando pro chuveiro mais cedo! Tô avisando!

Todos os ocupantes do banco de reservas do Ascensão, tendo assistido a tudo a metros de distância, levantaram-se, prestes a invadir a cancha. Detiveram-se, porém, quando, ao protestar junto a Faria, este, ríspido, ameaçou-os:

— E vocês também! Se não parar de encher o saco, eu boto pra fora!

Talvez como desencargo de consciência, caminhou até Itamar Amado.

— 'cê viu alguma coisa, Itamar?

Como resposta, obteve apenas um meneio de cabeça

'Juizinho filho da puta, esse,' indignou-se Urias.

— O bandeirinha lá amarelou, hem? — comentou o cachimbador.

— Ele se acovardou — interveio o magricela, repetindo o que ouvira no rádio.

— Também, eles já garfaram um pênalti da gente. Tá mais que justo. Fica elas por elas — interveio o cabeludo, parecendo querer encerrar o assunto.

Havia tempos que Urias não se irritava com a violência e o anti-jogo de um adversário – talvez porque havia tempo que um adversário não resistia tão aguerridamente ao Ascensão como fazia o Flechas naquela tarde. Se Tristão sentia-se envergonhado, Benigno era todo júbilo. Salomão Faria acabou por assinalar apenas o escanteio, alegando ter havido vantagem no lance a favor do Ascensão. Transtornado Caramuru, discutia asperamente com Plácido, quase às peitadas:

— Isso não vai ficar assim!

— Ah, vai à merda, vai! — retrucou o flechense.

Carmo aproximou-se e apartou-os com dificuldade:

— Pára com isso, porra! ´cês tão parecendo criança!

O cabeludo falou, coçando o queixo, preocupado:

— Sei não. Acho que aqueles dois vão sair na porrada logo, logo.

Vinte minutos. Tiziu apresentou-se para o escanteio pela direita, enquanto Graúna, cabeceador temido, já rondava a área flechense, tendo marcado três gols daquela forma correr do campeonato, como que elemento-surpresa, ainda que todos os adversários já conhecessem aquela manobra. Por precaução, Tristão chamou a atenção de Amâncio:

— Fica de olho nesse cara que ele fatura todas de cabeça.

— Deixa comigo — respondeu o lateral, abrindo-lhe um sorriso ardiloso que de imediato interpretou como pura e simples trapaça.

A bola sobrevoou a grande área, como que à procura de Graúna. Já no ar, a meio caminho da cabeçada, o perigoso cabeceador foi surpreendido por Amâncio, que meteu-lhe o indicador no cu, arrancando-lhe um incrédulo e indignado gemido de susto. Perdido o lance, a bola acabou expelida da área flechense noutro chutão de Fidélis.

Graúna chamou Amâncio às falas, como que grasnando, empurrando-o:

— S-seu f-filho d-da p-pu-t-ta!

Amâncio, conhecido pelo pavio curto, desfechou-lhe uma cabeçada no supercílio, que de imediato abriu-se num talho sangrento, empapando-lhe uma das grossas sobrancelhas negras. E levando-o ao solo de imediato, qual um boxeador nocauteado.

— Ih, o pau vai comer feio, cacete! — agitou-se o cabeludo, incerto entre o riso e a preocupação.

— Tem que bater mesmo! — conclamou o gordo, irrequieto.

— Mata! Mata! Mata! — soavam vozes incontáveis às costas de Urias, que limitava-se a menear a cabeça em desaprovação. Sabia que ao fim daquela rusga, o árbitro iria expulsar de campo, no mínimo, um jogador de cada equipe

Por conta da agressão, Carmo peitou o agressor:

— Que é isso, Amâncio??

Como resposta, celerado, o flechense desferiu-lhe um murro na boca – insuficiente, porém, para derrubá-lo. Sem hesitar, Faria, só então se apercebendo do que se passava, sacou o cartão vermelho para o defensor do Flechas, teatral:

— Fora! Já pra fora!

Não contentes com a expulsão de Amâncio, os oponentes precipitaram-se contra o rival.

— Pega esse filho da puta! Pega!

Todavia, num rompante de solidariedade que só poderia ser instintivo, todos esquecidos de suas diferenças, todos os flechenses em campo, à exceção de Tristão, investiram contra os rivais em socorro ao colega. Houve empurrões, murros, tapas, pernadas. Com um pontapé certeiro numa das nádegas, Jurubeba atingiu Fidélis, que, colocado entre o adversário e Amâncio, mundanamente contragolpeou da mesma forma. Clemente e Carmo, este cuspindo sangue, ensaiaram uma nova corrida no encalço de Amâncio, que nesse momento já se encaminhava para o vestiário, acenando zombarias para a torcida adversária, ao mesmo tempo que era alvo de uma chuva de objetos dos mais diversos, sem perceber que os adversários o perseguiam:

— Vamo, seus corno! Pode jogar mais, joga!

Benigno e Cândido, em carreira desabalada anteciparam-se ao rivais, barrando-os:

— Chega, gente! Chega!

— Parou! Parou!

Américo tentava a muito custo conter Caramuru, o mais alterado entre os rivais:

— Eu te mato, Amâncio! Eu te mato!

Entretanto, o rival repentinamente desvencilhou-se e partiu em disparada a fim de alcançar Amâncio. Como estivesse em seu caminho, Tristão chegou a agarrar-lhe o braço, mas não o suficiente para detê-lo. Por reflexo, com o mesmo braço que o goleiro agarrara, o ascentino destinou-lhe um murro. Milagrosamente, o golpe zuniu a milímetros de seu olho. E de tal forma Tristão desviou o rosto que perdeu o equilíbrio, caindo ao chão. Instintivamente, levou as mãos ao rosto, como se de fato houvesse sido agredido. Foi o que bastou para induzir Salomão Faria a sacar-lhe o cartão vermelho sumariamente.

O atacante foi enfim contido por três policiais à beira do campo. Ao voltar-se para o juiz, dando-se conta de seu gesto, diante do cartão vermelho, não conteve o ar quase que choroso que tomou-lhe o rosto pitorescamente amiudado entre a barba e o bigode espessos e sua cabeleira *black power*.

Em meio à algazarra, Urias assistia a tudo impotente. Só lhe restava represar aquele ódio que se aplicava a tudo: ao jogo, à expulsão de Caramuru, à violência adversária, aos vizinhos na arquibancada, aos colegas da Força Bruta. Olhou para os lados, decidido a abrir mão daquela tolice em que se metera. Contudo, constatando que em ambas as saídas havia gente da Força Bruta, braços cruzados, como que donos do pedaço, achou melhor aquietar-se.

— Vai embora, cafajeste! — gritou o gordo, levando o apito à boca para tornar tudo ainda mais infernal para Urias.

— Beleza, beleza! — festejava o cabeludo, saltitante.

— Pelo menos eles não vão ficar com dois a mais — anunciou o magricela.

Caído e ainda simulando contusão, cobrindo o rosto com as luvas, Tristão sentiu um calafrio de apreensão. Era o desassossego, embora não fosse maior do que o de Amaro Leite, junto à linha lateral, as mãos enterradas nos bolsos, diante da perspectiva do desemprego. Sabiam ambos que agora Tiziu naturalmente passaria a investir sem trégua sobre a lateral direita do Flechas. Assim, mesmo tendo tudo a perder, inclusive Fubá, caso sua contusão se agravasse, foi uma decisão natural a de Amaro Leite substituir Felício por Neguim, quatorze às costas, ordenando-lhe que reforçasse a defesa. A ideia era inibir quaisquer avanços de Tiziu, ainda que parte da torcida, ao ver o zagueiro em pleno aquecimento, desaprovasse sua decisão da seguinte forma:

Burro! Burro! Burro!

Vinte e dois minutos. O treinador flechense chamou Cândido até a beira do campo a fim de passar-lhe algumas instruções, um fardo adicional sobre seus ombros:

— Cândido, é o seguinte: 'cê vai ficar encarregado de marcar o Jurubeba, o Carmo, qualquer um que chegar pra apoiar o Tiziu, tá OK? Não pode deixar a bola chegar pra ele. Tá entendido?

Ainda que confuso, o camisa oito limitou-se a menear a cabeça afirmativamente.

De qualquer forma, com Caramuru expulso, por obra de Tristão, a situação não estava tão ruim quanto poderia ter ficado. O embate agora envolvia dez ascentinos contra nove flechenses.

— Vai entrar o Neguim — anunciou o magricela do rádio.

— No lugar de quem? — disse o cabeludo.

— Do Felício.

— Não, porra! Tem que entrar o Eugênio! Esse Amaro é um burro! — alterou-se novamente o gordo.

— E parece que o Tristão levou uma porrada de jeito — comentou o cabeludo, coçando o lóbulo em que trazia seu brinco de ouro.

— Acho que foi no olho — disse Urias, como que automaticamente, após alguns minutos em silêncio.

Indignada, a torcida do Flechas prosseguia entoando, ruidosa, aquele coro ofensivo à inteligência de Amaro Leite. A indignação geral contagiou o cabeludo, o gordo, o magricela, o cachimbador. De pé, somados a milhares de outros flechenses esmurravam o ar. Se não era inovadora, a palavra escolhida pela massa era sem dúvida a mais dolorosa para o orgulho de qualquer treinador:

Burro! Burro! Burro!

Incomodado com as ofensas recebidas, Leite acendeu mais um cigarro enquanto o Dr. Adamastor e Zen dos Santos abalaram-se para, enfim, atender Tristão. Para o alívio deste, chegaram antes de Salomão Faria. A primeira coisa a fazer foi debruçar-se sobre o arqueiro para evitar que o árbitro o observasse muito de perto.

— Ele te acertou mesmo? — indagou-me o doutor, mal mexendo os lábios.

— Não, não — respondi da mesma forma. — Foi só pra cavar a expulsão dele.

— Muito bom, rapaz. Zen, manda ver na pomada.

Zen dos Santos aplicou-lhe um pouco da tal pomada avermelhada, de uso exclusivo do Flechas, pouco acima do olho direito, esfregando-a.

— Vamos — disse o juiz. — Levanta. 'cê já descansou bastante. Tô descontando o tempo.

— Calma aí, seu Salomão. Ele machucou de verdade — disse o doutor, apontando para a mancha vermelha no rosto do arqueiro.

Tendo pouquíssimo a perder, ciente de que para sua equipe aquele momento era do tudo-ou-nada, Hércules sacou o lateral Carneiro e pôs em campo Sañudo, um centroavante argentino, um homem de área, ainda mais perigoso do que Caramuru. De modo que sua formação defensiva agora contava somente com Jorjão, um Graúna ainda atonteado, Coelho e Moura.

A entrada de Sañudo deixava claro que a disposição de Hércules era vencer o jogo de qualquer maneira, talvez por estar farto de ver seu time penar para superar o rival limpamente. Chegara a hora de equilibrar as coisas até mesmo no que ocorria fora do lance. Nesse aspecto, até aquele momento seu time só havia contado, e com pouca eficiência, com Caramuru. Já com o argentino em campo, os flechenses sabiam bem o que teriam pela frente.

Urias sorriu discretamente ao ver de longe um cabeludo à beira do campo. 'Agora é que eles vão se foder. Vão pisar miudinho. Esse Sañudo é foda,' comemorou em silêncio, animando-se.

O magricela comunicou aos demais:

— Vai entrar o Sañudo.

— Ai, cacete! Esse uruguaio é foda! — inquietou-se o do cachimbo.

— É argentino, cara. Se liga! — corrigiu-o o cabeludo.

Ao que seu colega retorquiu, com uma careta:

— Ih, é tudo a mesma merda! Uruguaio, paraguaio, boliviano, mexicano. É tudo grosso, botinudo.

Nem alto, nem baixo, Sañudo tinha cabelos crespos, longos e desgrenhados, presos num rabo-de-cavalo. O nariz adunco e a boca quase sempre armada num esgar vagamente luciferino. O rosto impecavelmente escanhoado era compensado pelo cavanhaque de quatro dedos, negro e espesso, que lhe crescia do queixo.

Havia sido contratado meses antes. Sua antiga equipe, típica representante do futebol-força uruguaio, viera participar de um torneio quadrangular, enfrentando o campeão argentino, o Ascensão e o campeão mineiro. Sañudo foi o grande destaque, levando seu clube ao título com uma média de dois gols por partida. Os três que aplicou no Ascensão, deixando sua sempre frágil defesa de pernas para o ar com seu oportunismo e sua frieza no interior da área, garantiram-lhe a contratação, um gordo salário e uma recepção calorosa.

Todavia, até aquela partida decisiva não havia marcado mais do que quatro gols, uma vez que Caramuru, sentindo-se ameaçado com sua chegada, tratara de manter sua posição, aprimorando de forma impressionante seus dotes de artilheiro, de sorte que, com a inalcançável marca de 14 gols, sem contar os 4 que marcara até então no quadrangular final, já se havia consagrado o grande artilheiro do campeonato, o suficiente para fazer a torcida esquecer rapidamente a chegada de Sañudo.

Ficara claro que quando da chegada do argentino, Hércules teria ficado muito mais agradecido se lhe tivessem trazido um bom e vigoroso zagueiro argentino ou uruguaio, em vez de um atacante, pois sabia muito bem que defender-se com eficiência era fundamental, precária que era sua equipe nesse quesito, embora a imprensa defendesse a entrada de mais um atacante. Essa ideia de escalar mais atacantes do que os que já tinha lhe causava riso, levando-o a ironizar os conhecimentos da mesma crônica esportiva que agora incensava as qualidades de sua equipe, chamando-a de *máquina, furacão, arrasa-quarteirão*, entre outros sinônimos. Acreditava estar a equipe já bem servida de atacantes: além de Caramuru e Carmo em grande fase, tinha os perigosos e rápidos Jurubeba e Tiziu; também havia Clemente, que era capaz de desequilibrar o jogo, e Fukuda, recém-chegado do Paraná, um ponta que diziam ser dos mais encardidos, além de Zezé, um centroavante do tipo matador. Hércules, entretanto, não sendo tolo a ponto de desprezar Sañudo, geralmente colocava o argentino em campo na metade do segundo tempo para que pudesse aproveitar-se, com êxito na maioria das vezes, do desgaste físico do rival. Tanto que acabara apelidado pela imprensa de *arma secreta*.

A astúcia do argentino não se limitava a seu trato da bola em situações de gol, mas também à forma como provocava os zagueiros adversários. Assim, nem mesmo o Flechas, eficiente nesse quesito e no da intimidação, não conseguia equiparar-se a Sañudo e seus métodos. Sempre que a bola estava para ser alçada na área, fosse em cobrança de falta, fosse em escanteio, puxava os adversários pela camisa, puxava-lhes os cabelos, as orelhas, chutava-lhes as canelas ou os calcanhares, sempre de forma que o árbitro jamais percebesse — até então não fora flagrado, tão convincente era a expressão que punha no rosto enquanto fazia das suas. Entre os boleiros, porém, sua fama já se consolidara.

Tristão sabia que vários dos gols que o Ascensão marcara ao longo do campeonato haviam contado com o anti-jogo de Sañudo, o que em absoluto não significava que não tivesse qualidades. Tanto as tinha que no empate de 2 a 2 entre o próprio Flechas e o Ascensão no primeiro turno, marcara dois gols – infalível, implacável, diferente da maioria dos atacantes brasileiros, que na mesma situação, diante do goleiro ou na iminência do desarme pelo zagueiro adversário, queriam o gol no máximo requinte possível, com o toque sutil dado com o lado ou com o peito do pé, dando aos inimigos tempo de agir e evitar o gol; seu arremate, no momento de buscar a rede, mostrava-se sempre fulminante, preciso. Tal excelência acabara levando o Flechas a preparar-lhe marcação tenaz quando do confronto com o Ascensão no segundo turno – que acabaria empatado em 3 a 3. Foi então que o argentino, anulado pelos defensores rivais, mostrou-se pródigo em recursos nada esportivos. No segundo gol, com uma joelhada certeira na parte posterior da coxa de Bueno, o argentino anulara sua ação, para que Jurubeba cabeceasse desmarcado para o gol. No terceiro, numa cobrança de escanteio, manteve o pé de Felipinho preso sob o seu, impedindo-o de apanhar o rebote, a fim de que Carmo disparasse um belo chute de primeira da entrada da área, acertando o ângulo esquerdo de Pavone.

Obviamente, como já se vira até então, não havia bons samaritanos entre os flechenses. Quando o Ascensão tinha escanteio a cobrar, todos faziam o máximo para atrapalhar os oponentes, puxando-os pela camisa ou limitando sua movimentação com o corpo à frente, emparedando-os, andando para trás, afastando-os da bola — quando não recorriam às cotoveladas. Até mesmo Fidélis permitia-se algumas malandragens, sempre, é claro, com o cuidado de pedir desculpas, como bom cristão.

Vinte e quatro minutos. Sañudo, porém, dono de repertório ainda mais diversificado, correspondeu à expectativa: em sua primeira incursão pela área flechense. À espera de mais um escanteio, chutou o calcanhar de Américo. Foi infrutífera sua estratégia, porém, uma vez que encontrava-se próximo ao segundo pau, ao passo que a bola acabou lançada junto ao primeiro. Sem hesitação, Fidélis testou-a linha de fundo afora, proporcionando mais um escanteio ao adversário, para a irritação de Urias, ante a ineficiência do ataque ascentino, e a de Tristão:

— Ô, Fidélis, não dava pra mandar ela pra lateral, não? Qualquer hora eles acertam um escanteio e a gente vai acabar dançando!

Dirigindo-lhe um olhar inexpressivo, camisa treze ignorou o comentário do colega.

O novo escanteio foi cobrado de imediato, desta vez com a bola chegando à entrada da pequena área.

— Tira essa porra daí! — gritou o cabeludo, desapercebido de que o fizera muito próximo ao ouvido de Urias, que se limitou a torcer os lábios num esgar de desagrado.

Fazendo bom uso da estatura, Tristão saltou absoluto no lance, agarrando firme o tiro, uma vez que por perto se encontravam apenas Jurubeba e o argentino, que por serem mais baixos, sequer animaram-se a entrar na disputa. Assim, Sañudo, na falta de cabelos para puxar, uma vez que toda a crioulada que formava a zaga flechense tinha as carapinhas cortadas rente, contentou-se em tentar pespegar uma dentada no lóbulo esquerdo de Plácido. Mesmo não tendo tido êxito, recebeu um olhar homicida do rival, que agora observado por Amado, limitou-se a dizer entredentes:

— Olha que eu te quebro no meio!

De imediato, Neguim e Plácido, indignados, aproximaram-se de Salomão Faria:

— Ô, seu Salomão! Ele quase arrancou a minha orelha!

— Esse cara é doido! O senhor precisa tomar uma providência.

— Eu só tenho dois olhos, rapaz — retrucou o árbitro, dando de ombros. — Se eu vejo, eu marco em cima. Se o bandeirinha não me sinalizou, então não teve nada.

Pelo canto do olho, Urias percebeu já haver junto às duas entradas mais próximas mais membros da Alvi-Rubra do que antes. Exalando um suspiro preocupado, estava ciente de que talvez já fosse tarde demais para sair dali. Se tentasse procurar outro lugar para sentar-se, certamente acabaria assistindo ao restante do jogo de pé, tão apinhada que encontrava-se a arquibancada. Ademais, o ato de levantar-se e mover-se em meio à torcida motivaria protestos dos já acomodados, o que certamente chamaria a atenção dos inimigos. Sabia que para eles, de braços cruzados, o peito estufado, a partida que se desenrolava era coisa secundária. Estava clara sua intenção de postar-se próximo à torcida inimiga a fim de lhe atirar bombas caseiras. Estavam à espera de algum descuido dos policiais. Quanto ao múmia, permanecia imóvel, impassível.

Sem maiores cerimônias, Urias pediu cigarro e fogo ao cabeludo, que fez-lhe o favor um tanto a contragosto. 'Cara espaçoso, esse', pensou ele, levando o isqueiro descartável ao cigarro cedido. Urias deu baforadas nervosas.

— Esse goleirinho até que tá segurando as pontas — comentou o gordo, dirigindo-se ao magricela, que lhe respondeu, sem descolar a orelha do rádio de pilha: — Tá melhor que o Pavone.

No campo, já tendo recolocado a bola em jogo, Tristão constatava que a tática de sua equipe, ou o que havia restado dela, não mais fazia sentido. Em seu entender, Leite deveria ter colocado Silvestre em campo. Assim, teriam um bom passador como Cândido para municiar aquele jovem abusado e criativo, ansioso para mostrar serviço. Afinal, pensou ele, se o papel de Amâncio fora somente barrar os avanços de Tiziu pela sua direita, abrindo mão de seu apoio ao ataque, por que utilizar um lateral especialista? Como fosse tão pegador quanto Amâncio, Plácido, deslocado para a lateral, poderia fazer o serviço igualmente bem. Entretanto, sabia que o cauteloso Amaro Leite preferia uma linha de defensores improvisada, na esperança de contar com algum contra-ataque acidental, a surpreender a frágil defesa adversária com uma eficiente linha de atacantes formada por Silva, Silvestre e Fubá, que surpreendentemente demonstrava agora uma animadora desenvoltura em seus deslocamentos pelo campo.

Decidido a reorganizar a defesa, Tristão passou a berrar ainda mais exasperada e pateticamente com seus colegas, que porém não pareciam ouvir. O que se via era a entrada da área congestionada por uma defesa aparentemente sólida que, na verdade, tendia a desconjuntar-se mesmo com um passe menos óbvio ou uma jogada de ataque mais criativa – ainda que seus membros, sem exceção, enfrentassem as investidas inimigas com valentia impressionante.

Vinte e cinco minutos. Carmo, recuperado do golpe recebido, pela meia-esquerda driblou Fidélis, mas acabou atropelado por Benigno, em plena meia-lua.

A irritação de Urias traduziu-se num esgar, embora soubesse que com Sañudo em campo o troco seria sempre dado à altura. Ademais, sentiu mais que um alento, uma sorridente esperança, pois seu time teria uma excelente oportunidade de gol nos pés de Carmo.

— É isso aí! Mete a bota! Quebra esse porra! Preto filho da puta! — vibrou o gordo, soprando seu apito novamente, a plenos pulmões.

— É, mas nessa brincadeira, a gente vai acabar dançando — retrucou o cabeludo, apontando para o campo com o polegar por sobre o ombro. — Olha só quem vai bater.

— Puta que pariu! Tamo fudido! — choramingou o cachimbador.

— Não dá! Não dá! Não é possível! — prosseguiu o cabeludo, indignado, estapeando uma das coxas. — Eles tão pedindo pra levar gol.

Com a intenção de ser levado a sério, notando que o controle da partida já lhe escapava das mãos, Faria vociferou uma ameaça ao zagueiro flechense:

— Te boto pra fora na próxima e não vai ter nem conversa! Tá ouvindo?

Um verdadeiro ás nas cobranças de falta, às vezes comparado a Zico, Carmo preparou a bola. A massa ascentina levantou-se num só gesto para comemorar o gol que considerava iminente, como bem sabia Urias. Posicionando com muito cuidado a barreira, Tristão pediu 5 homens para formá-la, lembrando-se do gol que sofrera na semifinal contra o Clube Esperança no ano anterior e que quase desclassificara sua equipe de aspirantes – para sua sorte, o Flechas acabara classificando-se graças a um gol-contra cometido por um dos zagueiros adversários nos descontos, garantindo-lhes o empate salvador. Também lembrou-se do que ocorrera logo nos instantes iniciais da partida, com a bola encontrando o travessão sob o olhar de Pavone. Tristão sentiu novo calafrio, embora tentasse manter a autoconfiança que vinha conquistando.

Desta vez, sem que os flechenses tivessem se lembrado de reeditar o anti-jogo exibido nos segundos iniciais da partida, Carmo executou um tiro de precisão rumo ao canto direito de Tristão, que, exasperado, saltou, resmungando um palavrão. À medida em que o chute de efeito abria o ar numa curva caprichosa, buscando o ângulo guardado pela barreira, fugindo-lhe mais e mais do alcance, mais, mais e mais à direita, Tristão esticava-se todo: pernas, torso, braços. E com notável tempo de bola, conseguiu desviá-la para escanteio com a ponta dos dedos, de mão trocada.

Naturalmente mais preocupado em evitar o gol adversário que com a queda, Tristão executara um salto de quase dois metros de altura. Afinal, para o goleiro, a exemplo do judoca, saber cair bem era um fundamento. Quando chegou ao chão, com o coração pulsando acelerado, sorriu satisfeito, notando que sua torcida parecia ter recuperado o entusiasmo. Esperava que a partir de sua intervenção ela quem sabe lhe dedicasse um pouco mais de respeito. Às suas costas notou um breve pipocar de *flashes*. Em caso de vitória, sabia que alguma foto sua poderia estampar as manchetes do dia seguinte.

Aliviado, Plácido, aproximou-se do arqueiro e saudou-o com uma palmada amistosa no ombro:

— Boa, anjinho! Boa!

Satisfeito, Tristão retribuiu o gesto com um sinal de positivo.

— Caralho! — exclamou o cabeludo, incrédulo.

— Fodido o cara, hem? — concordou o cachimbador.

Urias viu-se forçado a admitir que Tristão começava a destacar-se. Jamais podia imaginar que no caminho de seu time ao título estadual estava seu antigo colega de classe, um ex-torcedor do Ascensão. Entretanto, algo lhe dizia que seu Ascensão sairia vencedor. Apesar da promissora atuação de seu ex-colega, sabia que cedo ou tarde o ataque ascentino o superaria.

A vários degraus acima, os flechenses já se manifestavam numa mescla de cantos e batuques:

Tristão! Tristão! Tristão! Tristão! !

Vinte e seis minutos. Tristão viu Hércules sinalizar para que Tiziu evitasse as bolas altas, já tendo percebido que agora eram menores as facilidades no jogo aéreo do que as oferecidas por Pavone, como se vira no primeiro gol ascentino. Assim, e também porque o tempo fosse aliado flechense, Tiziu cobrou apressado o escanteio pela esquerda, rasteiro, para o bico da grande área. Aproveitando que Américo, desatento, deixara algum espaço a suas costas, Coelho chegou como elemento-surpresa, executando um arremate que, entretanto, encontrou no meio de sua trajetória o peito de Fidélis, ricocheteando para a entrada da área. Cândido, que naquele momento recuara para compor com Neguim, Benigno, Fidélis e Plácido o nó da retranca flechense, investiu contra o infatigável Clemente a fim de impedir que a dominasse. Com rapidez desconcertante, entretanto, acabou driblado pelo camisa dez ascentino. O surpreendente passe de trivela que então executou, de três dedos, encontrou Jurubeba inacreditavelmente desmarcado pela direita, frente-a-frente com Tristão. O coração de Urias disparou ante a iminência do gol, sabendo que Jurubeba raramente perdia um gol como aquele. Tristão deu um passo à frente para fechar-lhe o ângulo, o que fez o rival hesitar, dando-lhe tempo suficiente para que conseguisse arrojar-se a seus pés sem pensar muito, agarrando a bola, percebendo que Sañudo o acompanhava de perto.

'Caralho! Esse gol tá de rosca! Tá demorando muito! Esse veado do Tristão tá fechando o gol!', irritou-se Urias, calado, cerrando os punhos.

— Goleirão — exultou o cabeludo, pondo-se de pé, batendo palmas desajeitadas.

Enquanto Tristão se punha em pé, apertando a bola contra o peito, as mãos suarentas dentro das luvas, o coração ainda pulsando forte de alívio e confiança, sua torcida então manifestou-se aliviada como qualquer torcida, irrompendo num canto entusiasmado, cantando seu nome a plenos pulmões:

Tristão, Tristão!

O cachimbador esfregou as mãos, numa gargalhada sardônica, dirigindo-se a Urias e ao cabeludo:

— Olha que quem não faz, toma!

Para Urias, estavam ambos rindo à toa demais. Como idiotas. Mas não perdiam por esperar. Confiava em seu time.

— Beleza, cara! — animou-se Benigno, batendo palmas, demonstrando-lhe algum respeito pela primeira vez em todos aqueles meses de convivência. Neguim, surpreendentemente, aproximou-se e deitou-lhe um tapa amistoso no ombro. Cândido fez-lhe um sinal de positivo.

Mais uma vez, a aflição que franzia as feições de seus companheiros cedeu ao alívio. Um alívio, porém, que somente duraria até a próxima investida adversária, certa e impiedosa. Sentia que tudo tendia a se tornar cada vez mais catastrófico à medida que o relógio avançava, aguçando não só a perturbadora e aflitiva urgência de gol do rival, como também a expectativa de que sua torcida padecia, respirando fé a cada estocada e sentindo os pulmões esvaziados a cada gol evitado.

Tristão permanecia cético quanto à resistência daquela defesa improvisada, embora aparentemente reforçada, à pressão inimiga nos pouco menos de vinte minutos restantes. Já ficara demonstrado que desconjuntavase facilmente, deixando o ataque rival à vontade sempre que a bola era bem manobrada entre o meio-campo e o ataque, especialmente agora com menos homens em campo e conseqüentemente mais espaços para as jogadas. 'Água mole em pedra dura...,' disse o arqueiro de si para si, sombrio. Era urgente tomar alguma providência. Como era possível, pensava ele, que seis homens perdessem o duelo contra cinco atacantes, por mais habilidosos que fossem?

O gesto amistoso que partira de Neguim encorajou-o a dirigir-lhe a palavra, ainda que a mais profissional possível, já que esbanjava vigor para executar o que pretendia lhe sugerir:

— Eu acho que é uma boa você ficar aqui atrás na sobra. Tem gente demais lá na frente entrando na roda e ninguém aqui atrás pra chegar junto e meter o chutão pra longe.

Por um instante, o jovem arqueiro esperou uma reação melindrada. Porém, o colega assentiu:

— Acho que é uma boa. O home lá não falou nada disso, mas a gente aqui dentro é que tá vendo a coisa complicar. E acho que é melhor a gente se adiantar um pouco mais pra cima da meia-lua. E a bola alta é com você, combinado?

— Combinado — Tristão fez-lhe um sinal de positivo.

Neguim então gesticulou, instruindo os demais defensores, que acabaram por aprovar a medida, enquanto Tristão repunha a bola em jogo, chutando-a num balão endereçado à intermediária adversária. Na disputa entre Fubá, Jorjão e Moura, o zagueiro saiu-se melhor, já que Silva se encontrava longe, impossibilitado de auxiliar o companheiro na disputa, e o restante da equipe se concentrava em sua intermediária. Impotente, visto que Leite já efetuara as duas substituições a que tinha direito, mais a do goleiro, que era novidade do regulamento naquele campeonato, só restou à torcida flechense expressar seu inconformismo, passando a bradar o nome de Silvestre, pedindo sua entrada. Era sua forma de mostrar a Amaro Leite o quanto julgava infelizes as decisões tomara a até então.

A fim de juntar-se à manifestação, o cabeludo e o cachimbador puseram-se de pé, diante de Urias, impedindo-lhe a visão. O intruso pediu para que se sentassem, no que foi ignorado. Porém, bastou nova investida do Ascensão para que retomassem seus assentos sem demora.

Vinte e sete minutos. Tiziu, um dos grandes ídolos da nação ascentina, escapou pela direita. Em seu caminho apresentou-se Plácido. Driblado com facilidade, seu recurso derradeiro foi aplicar-lhe um violento carrinho por trás, a fim de impedir sua progressão rumo à linha de fundo.

— Ih, nessa o Plácido apelou — preocupou-se o cabeludo. — Eu acho que o juiz vai botar ele pra fora.

— Mas tem que baixar o cacete mesmo! — retrucou o gordo.

'Juiz cuzão! Não é possível! Tem que botar um cabeça-de-bagre desses pra fora!', exasperou-se Urias em silêncio.

Se Faria tivesse de fato desejado tomar uma posição, teria expulsado o volante flechense, porém a impressão geral foi de que simplesmente acovardara-se, limitando-se a ameaçá-lo de expulsão na próxima vez, no momento em que o ponta inimigo era retirado de campo sobre uma maca – para não mais voltar. Hércules, sem pestanejar, voltou-se para seus comandados e designou o substituto, o sansei recém-chegado do Paraná.

— O Tiziu vai ter que ser substituído — anunciaram o magricela e seu rádio.

Chamava-se Fukuda. Outro ponta para agora explorar o flanco esquerdo flechense. Diziam que se tratava de um ponta legítimo, mesmo quando se julgavam extintos os discípulos de Garrincha e Canhoteiro — tendo sido o são-paulino Zé Sérgio o último da espécie, uma década antes.

À distância, Urias conseguiu enxergar as costas de um japonês. Voluntarioso e hábil que era aquele atacante, Urias teve a certeza de que o Flechas ruiria de uma vez por todas.

— Vai entrar um japonês! — riu-se o magricela.

—Japonês? — indagou cabeludo, intrigado.

— É, o cara que vai entrar é um tal de Fukuda.

— Vai lá, kung fu! — zombou o cachimbador, desferindo no ar um golpe de caratê. — Pasteleiro do caralho!

— Vê se pode: um japonês jogando bola aqui no Brasil — zombou o cabeludo.

'Ah, é? Espera só o nó que ele vai dar em vocês!', riu-se Urias, outra vez com o ânimo revigorado.

Américo, seu marcador natural, riu-se, presumivelmente acreditando que os brasileiros continuavam sendo os únicos no mundo com aptidão inata para o futebol:

— Ha, boleiro japonês? Olha só!

Para sua surpresa, assim que Fukuda foi acionado pela ponta em sua primeira jogada, o flechense viu sua teoria desabar, juntamente com o próprio corpanzil, devido aos dois dribles desconcertante que o sansei lhe aplicara.

Fukuda, entretanto, tendo ido com sede demais à linha de fundo, empolgado por levar o adversário ao chão duas vezes, foi incapaz de evitar que a bola lhe escapasse. O que não impediu Américo, ainda sentado, incrédulo, de desferir um murro na grama, praguejando pateticamente. Com um semblante homicida a retorcer-lhe as feições, aproximou-se do sansei e sem alarde cumprimentou-o pela jogada:

— Se você continuar com gracinha, eu te quebro a perna! Tá achando que é Garrincha?

Fukuda, sabiamente evitando aceitar a provocação do rival, nada respondeu, preferindo ignorá-lo.

A torcida ascentina, por sua vez, exultava, deleitada com a perspectiva do que estava por vir.

— Quebra esse veado! Quebra ele! — urrou o gordo, agora sem qualquer motivo para assoprar seu apito.

— Vai lá, caralho! — emitiu o magricela um grito afeminado. E tamanha foi sua ira que sua dentadura desprendeu-se da boca larga, caindo sobre a cabeleira do vizinho de Urias.

Assustado, o cabeludo emitiu um grito igualmente afeminado. Olhando para trás, já segurando a dentadura coberta de baba na ponta dos dedos, com os lábios retorcidos de nojo, esbravejou com o colega, atirando-lhe o objeto:

— Porra, bicho! Bota um corega aí, caralho!

Em meio ao riso generalizado, o cachimbador não conseguiu conter a zombaria:

— Ô, magrão! Tá caindo de boca no rapaz? Vai com calma!

O magricela reagiu inofensivo:

— Ah, vai tomar no cu, vai.

O cabeludo permanecia profundamente enojado.

Trinta e um minutos. Graças à imprudência de Américo, outra investida devastadora precipitou-se sobre os flechenses. Pois, acreditando-se capaz de superar o perigo amarelo, Américo precipitara-se flanco abaixo, desobedecendo às ordens de Amaro Leite, fazendo com que seus colegas da linha de zaga, talvez inconscientemente, se adiantassem ainda mais. Ao receber um lançamento executado por Cândido, porém, sentiu a energia faltar-lhe justamente quando tentou driblar Fukuda, que com fôlego de sobra tinha o papel de recuar até sua intermediária a fim de ser acionado. Desarmado na disputa, o flechense viu o adversário já disparar rumo ao ataque, acionando Carmo numa triangulação das mais velozes, explorando o espaço que deixara às suas costas.

O cabeludo levou a mão à testa:

— Xi, esse bosta aí já ficou na saudade.

— E o japa tá com o gás aberto — resmungou o do cachimbo.

Carmo então armou o contra-ataque avassalador com um passe de cerca de 20 metros. Percebendo que faltaram pernas a Américo para acompanhar o sansei pela direita e que este estava a ponto de vencê-los na corrida, Fidélis e Benigno deram um largo passo à frente, procurando executar a famosa linha de impedimento. Estacando e levantando o braço de modo típico a fim de tapear Faria e Amado, esqueceram-se, porém, de que Neguim encontrava-se posicionado às suas costas.

Numa carreira que lhe fazia a discreta pança balançar, procurando acompanhar o lance de perto, Salomão Faria meneou a cabeça negativamente, gesticulando um não com as duas mãos, sem aceitar aquela tentativa de malandragem — mesmo com a jogada desenrolando-se numa velocidade insana, mas toda dentro da lei. Fukuda avançou contra Neguim, aplicando-lhe um chapéu, o que fez sua torcida levantar-se de vez na iminência do desempate, arrancando dela um urro tão ruidoso quanto um grito de gol. Livre de marcação, foi ao encontro de Tristão.

— Esse cara no mano-a-mano é difícil de segurar — gemeu o do cachimbo; o cabeludo e os demais compartilhavam um silêncio apavorado.

Urias, também em silêncio, mas em estado de espírito oposto ansiava para si mesmo: 'Mete a bola no meio das pernas dele, pra humilhar!'

Sem pestanejar, Tristão abandonou a grande área a fim de combatê-lo, derrubá-lo, ou que fosse. Ao notar a aproximação do goleiro para fechar-lhe o ângulo, o sansei freou a investida de súbito e ameaçou arrematar com o peito do pé. Aquilo fez o flechense deter-se de imediato, dando-lhe certa distância. Com impressionante frieza, bateu embaixo da bola, com o lado do pé, dando-lhe altura. Mesmo esticando-se, Tristão viu-se batido pelo chute por cobertura.

Com a bola rumo ao gol, Urias sorriu discretamente, sabendo que o gol era certo. Só lhe restava comemorar à distância, consigo mesmo, deixando o êxtase do desempate para seus companheiros da Força Bruta.

A bola rumava tão certeira para o gol que o japonês já erguia os braços de modo triunfante para a torcida, dando um ou dois passos em direção ao banco de sua equipe para comemorar com seus colegas. A torcida já vibrava com um urro orgásmico.

— Caralho! — berrou o cabeludo, decididamente afeminado, as mãos na cabeça.

— Fodeu! — lamuriou-se o gordo, a ponto de cair pra trás.

— Puta que pariu! — desesperou-se o magricela.

— Ai, meu Deus! — imitou-o o do cachimbo quase engolindo seu companheiro fumarento.

Todavia, o estiloso arremate do sansei, uma jóia do chamado futebol-arte, mesmo perdendo altura no momento exato, por centímetros acabou por encontrar a face superior do travessão flechense, ganhando então a linha de fundo, o que arrancou de Fukuda, seus colegas e torcida um urro que mesclava incredulidade e frustração:

Uuuuuuuuuuuuuuuuuuuuuuuuuuuuuuuuuuuuuuuuuuuuuuuuuuuuuuuhhhhhhhhhhhhhhhh!!!!!!!!!!!!!!

Ao que a massa flechense, também mesclando sentimentos, alívio e sarcasmo, retrucou repetidamente:

Uuuhhhhhh!!!! Uuuhhhhhh!!!! Uuuhhhhhh!!!! Uuuhhhhhh!!!! Uuuhhhhhh!!!!

Imóvel, a poucos passos da meia-lua, ainda incapaz de acreditar na sorte que o Flechas tivera naquele lance, Tristão não compartilhava do humor da torcida. Daquela vez, por um triz, haviam conseguido safar-se, mas será que aquilo iria se repetir na próxima investida inimiga? Se a equipe não se acertasse em campo logo, fatalmente o Ascensão, dadas sua insistência e suas inegáveis qualidades, conseguiria trazer o placar para seu lado. E, considerando-se a ineficiência ofensiva apresentada pelo Flechas naquela tarde, seria-lhes praticamente impossível reverter a desvantagem.

Sabia ele que a sorte e o azar não existiam. Eram simplesmente uma questão de autoconfiança. Bom jogador no prosaico pingue-pongue, empiricamente concluíra certo dia que bastava uma jogada bem-sucedida para que se sentisse confiante, o que, por sua vez, proporcionava outras boas jogadas. Era aquele um ciclo que só era quebrado pelo excesso de autoconfiança, o que largamente se denominava displicência. Por outro lado, a ansiedade gerada pela desvantagem no placar juntamente com sucessivos êxitos do rival, só faziam provocar o erro. No futebol, em sua visão, ocorria o mesmo. Um jogador autoconfiante tinha infinitamente muito mais chances de acertar a bola em cheio num disparo decisivo, equilibrando força e direção, do que um jogador pressionado pelo placar, pois o desespero, o destempero e quetais eram decisivos para que a força superasse a direção e vice-versa. Fukuda, diante um gol que provavelmente julgara tão fácil de fazer, deixara-se levar ou pela ânsia de fazê-lo, ou pelo excesso de confiança.

Ao redor de Urias, deliciados, todos engrossavam aquele coro: *Uuuhhhhh!!!! Uuuhhhhh!!!! Uuuhhhhh!!!! Uuuhhhhh!!!! Uuuhhhhh!!!!*

— Caralho! — o vizinho de enfiou os dedos da mão boa nos cabelos fartos. — Essa foi por pouco!

Colocando-se de pé, o do cachimbo comentou, com o cachimbo preso num dos cantos da boca:

— Tô falando pra vocês: quem não faz, toma! Quem não faz, *toma!* — ilustrou ele essa última palavra arremetendo os quadris para frente, enquanto deslocava na direção oposta os braços flexionados e os punhos cerrados, aquela estilizada e consagrada representação do ato sexual.

Seu contentamento deu a Urias ímpetos de acertar-lhe um direto na boca, de fazê-lo engolir aquele cachimbo aceso. Para o ascentino, sua equipe já estava demorando demasiado para desempatar a partida. Havia algo de muito errado, pois nos dois jogos anteriores o Ascensão empreendera goleadas categóricas.

Benigno e Fidélis mostravam-se impassíveis, como se nada houvesse ocorrido. Indignado, Tristão aproximou-se:

— Quando é que vocês vão parar com essa mania de ficar pedindo impedimento, hein, seus veados! Vocês não viram o Neguim atrás de vocês? — vociferou.

— Ah, vai tomar no cu, Tristão! — reagiu Fidélis.

— É isso aí, anjinho. Vai tomar no cu, vai! —imitou-o Benigno

Contrariado, o arqueiro teve ganas de avançar contra os dois colegas de imediato. Porém, teve de deixar passar quando o árbitro aproximou-se, ameaçando, com um levantar de sobrancelhas e dois dedos enfiados em seu bolso, adverti-lo com cartão amarelo. Só lhe restou xingá-los. Porém, como já lhe haviam dado as costas, não o ouviram.

O jogo recomeçou com o tiro de meta batido por Tristão. Hércules, que havia começado o jogo calmamente sentado no banco, agora mantinha-se de pé, visivelmente inquieto, incomodado com a resistência do Flechas, ainda que tivesse firme esperança de vitória. Sem ser molestado pelo fiscal da Federação em nenhum momento, aproveitara a interrupção da partida para passar algumas instruções a seus comandados. Agora, só lhe restava esperar que fossem atendidas.

Trinta e três minutos. Américo, avançando e antevendo um lançamento longo que partiu dos pés de Moura na meia-lua de sua área para Fukuda, partiu no encalço do ponta adversário. Agora junto à linha intermediária o sansei deu-lhe as costas. Enquanto o flechense puxava o rival pela camisa, derrubou-o com um pontapé, tomando-lhe assim a bola. Mesmo diante do lance grosseiro, o Salomão Faria não apontou a falta. Carmo, entretanto, na seqüência do lance, tomou o passe mal feito endereçado a Fubá em sua intermediária. O veterano chegou a receber o combate de Silva, de quem, entretanto, livrou-se com facilidade, para então cruzar o círculo central a passadas largas e ligeiras, avançando para a esquerda, demonstrando sua intenção de acionar Clemente ou Coelho pela direita, assim levando Cândido e Plácido a guarnecer aquele lado. Com mais fôlego do que Benigno, Neguim agora tentava dar combate ao inimigo, tendo deixado que o titular atuasse na sobra, guardando a entrada da área flechense.

Foi a senha para que Fukuda se lançasse rumo à área rival Próximo à linha intermediária, Carmo, exímio na dissimulação, disparou um surpreendente lançamento de 30 metros em diagonal para o flanco oposto. À primeira vista, o lançamento pareceu viajar a esmo, fazendo com que Benigno, postado na meia-lua, e Fidélis, no meio do caminho, não se preocupassem em posicionar-se para interceptá-la. Com a defesa adversária pega no contrapé, Fukuda, sem ninguém ao seu encalço, pela direita buscava o encontro com a bola logo adiante. Ao perceber o avanço de Fukuda, Tristão gritou para Benigno:

— É sua! Vai nela!

Entretanto, já se fizera tarde para saltar tentando o cabeceio. Como era de se esperar em tal circunstância, apesar do esforço do zagueiro do Flechas, a bola encobriu-o.

A grama na boca da pequena área encontrava-se escorregadia com a garoa que caía, de sorte que quando Tristão abandonou sua meta a fim de ir ao encontro da bola, escorregou ligeiramente, perdendo porém tempo precioso. Assim, ao arqueiro só foi possível praguejar ao ver a bola quicar entre a marca do pênalti e o bico de sua grande área. Para seu o azar, a grama úmida amorteceu a bola, o que permitiu a Fukuda alcançá-la, já em condições de arrematar. Os milhares de olhos presentes viram o ascentino dominar a bola e levantar a cabeça a fim de decidir o que fazer a seguir, o que proporcionou a Tristão tempo suficiente para que, corpulento, crescesse à sua frente, impedindo que arrematasse por cobertura ou de qualquer outra forma, tão hermeticamente que lhe fechara os ângulos. Assim, restou-lhe evitar o corpo-a-corpo. Ágil, avançou rumo à linha de fundo numa arrancada curta, abrindo certa dianteira diante de Tristão, cerca de meio metro. Tristão cerrou os dentes, retesado dos pés à cabeça, as mãos esticando-se dolorosamente e saltou, na intenção de frustrar o chute do rival. Girando o corpo, o sansei, rente à linha de fundo, percebendo a chegada de Jurubeba pelo meio, ganhou a disputa executando o centro para o miolo da pequena área. Como que em câmara lenta, a bola rondou a boca do gol, paralela à linha, a três palmos do solo, enquanto Benigno e Fidélis, com a companhia de Jurubeba, chegaram para disputá-la. Vinham os três emparelhados, como que três cavalos num galope à toda velocidade na disputa pelo disco final. A bola, a menos de meio metro da linha, parecia esperar o desfecho.

— Ai, caralho! — desesperaram-se os vizinhos de Urias, como que num coral.

Já Urias antevia o desempate. Assim, como milhares de ascentinos, sentia o sangue subir à cabeça, rumo ao êxtase.

Com uma das pernas esticadas à beira da câimbra, Jurubeba alcançou a bola. A torcida adversária levantou-se de imediato com um grito de gol preparado nas gargantas molhadas de cerveja. A cidadela flechense estava por ruir. A Tristão, restava somente assistir ao desastre iminente com as mãos na cabeça.

Jurubeba alcançou o cruzamento com o peito do pé, empurrando-a de baixo para cima. Foi um gol que o adversário não teria perdido se a bola lhe tivesse chegado rente ao chão. Num vôo um tanto quanto preguiçoso, num ângulo de pouco mais de 90 graus, ela ganhou altura para então finalmente pousar bem sobre a rede, paralela ao travessão. E ali ficou, como se dona de arbítrio.

Urias, punhos e dentes cerrados, pensava, febril: 'Puta merda. De novo, não.'

— Se fodeu! — exultava aliviado o gordo, saltitante, batendo a palma da mão sobre a outra mão formada em círculo. — Se fodeu!

— Grosso! — gritou o do cachimbo, numa excitação incontida.

— Caralho! Essa foi por pouco! — exclamou incrédulo o cabeludo, o coração em disparada. Tão incrédulo quanto Urias.

Tristão tinha a impressão de que seu coração saltara do peito e alojara-se na garganta. Contudo, ao levantar-se não conseguiu conter um riso satisfeito, o peito leve, tamanho seu alívio, enquanto Jurubeba esmurrava o chão inconformado. Já de pé, irritado ante o alívio incrédulo de Tristão, Benigno e Fidélis, Fukuda apontou o dedo em riste para o arqueiro rival:

— A sua sorte vai virar logo, logo, cara.

O flechense retribuiu o comentário com um sorriso de escárnio. Porém, sem conseguir pensar em qualquer ironia, simplesmente disse-lhe:

— Ah, vai se foder, vai!

Para acompanhar suas palavras, o flechense afastou-lhe o indicador em riste com um tapa. Nada nipônico, lançou-lhe ao rosto uma cusparada, que acabou apenas acertando-lhe o ombro. Como percebera que Salomão Faria os observava, Tristão achou prudente não revidar a agressão, ainda que com muito custo. O gesto de ter-se contido ante a agressão acabou por render-lhe bom lucro, pois o árbitro sem hesitar exibiu o cartão amarelo para o sansei.

— Beleza! Beleza pura! — festejou o magricela.

— Expulsa esse veado de uma vez, caralho! — protestou, por sua vez o gordo seu vizinho.

— Com aquela mãozona ali, era só o Tristão dar um peteleco no japa que a cabeça dele caía — divertiu-se o cabeludo, virando-se para o amuado Urias.

— Imagina só que cola-brinco ia ser! — deliciou-se o cachimbador.

Para a surpresa dos flechenses, Faria, que somente aparentava ter o jogo sob controle, confuso, assinalou um escanteio inexistente.

— Porra, se escanteio ganhasse jogo, os caras já tinham ganhado da gente! — exclamou o do cachimbo.

— Ô, juizinho que gosta de escanteio! Numa dessas a gente se fode! — indignou-se o cabeludo.

O fato é que Jurubeba havia sido o único a tocar na bola, já que havia superado Benigno e Fidélis por centímetros. Tanto que sua primeira atitude fora dar as costas à meta adversária a fim de retomar sua posição.

— O juiz errou! — disse o magricela ecoando seu rádio de pilhas portátil. — Era pra ser tiro de meta.

Já à dupla de zagueiros flechense, já tendo desistido de reclamar da marcação de Faria, restou apenas posicionar-se para o escanteio. Convencido de que o árbitro somente assinalara o escanteio por não acreditar que aquele gol feito havia sido perdido tão inacreditavelmente, Tristão esboçou um protesto, mas calou-se, temendo cartão amarelo. Enquanto Fukuda discutia com o técnico de uma rádio por causa do grosso feixe de cabos que havia deixado junto ao arco de escanteio, atrapalhando-lhe a ação, Benigno, com requintes de crueldade, aproveitou-se de sua maior estatura e do vão entre o pescoço e a gola da camisa de Sañudo para despejar-lhe uma grossa cusparada na nuca. Desconcentrado, o argentino subiu ao cabeceio com pouca convicção. Entretanto, numa curva rápida, a bola acabou longe do alcance de Tristão e em seguida de Benigno. Pela esquerda, Jurubeba apresentou-se, ajeitando-a de cabeça para o arremate rasteiro, de primeira executado por Carmo. Atento, Fidélis esticou a perna no meio da trajetória da bola, que novamente ganhou a linha de fundo, por sobre o gol.

— Porra, mais um escanteio! Assim não dá, cacete! — indignou-se o do cachimbo, o que inspirou os demais a segui-lo:

— Essa de jogar na retranca já tá enchendo o saco! — disse o cabeludo, dirigindo-se ao gordo, que devolveu:

— Tá que nem time pequeno, porra!

— Esse Amaro é um mané mesmo! É nisso que dá contratar técnico de time pequeno! Só serve pro time cair fora do rebaixamento!

— É, mas 'cê acha que dá pra encarar os caras lá no mano-a-mano? — disse o magricela com ares de sabedoria futebolística.

Urias preferiu-se manter-se alheio àquele arremedo de mesa redonda.

Trinta e quatro minutos. Fukuda novamente discutia com técnico da rádio quando Sañudo se aproximou furtivo, às costas de Tristão e, procurando atrapalhar suas intervenções pelo alto, acertou-lhe um murro nas costas, mais precisamente no rim direito.

— Olha só que filho da puta! — exclamou o cabeludo, testemunha do fato.

— Corno! Safado! — exasperou-se gordo também testemunha. — Esse cara tá apelando! Tá batendo pra caralho!

Tristão ainda manteve-se de pé por mais alguns instante. Para sua sorte, o escanteio fora desperdiçado pelo inimigo numa inócua curva sobre o gol. Só então Tristão permitiu-se ceder à dor lancinante, desabando como uma pilha de tijolos. O árbitro, com a visão encoberta pelo congestionamento humano que se espalhava pela área, nada vira. Contudo, ao vê-lo no chão novamente, abalou-se até ele e disse-lhe:

— Levanta logo, jovem. Sem essa de fazer cera. Se não, te boto um amarelo na testa. É a última vez que eu aviso — ameaçou então, interpretando sua dor como uma mera tentativa de ganhar tempo.

Mesmo vendo o goleiro pôr-se de pé com dificuldade, pareceu não sensibilizar-se, ignorando suas queixas e proibindo a entrada do Dr. Magareffi em campo. Poucos metros à frente, Sañudo esperou que Salomão Faria retornasse à intermediária, a fim de lançar-lhe, com as mãos na cintura e o queixo barbudo empinado, uma zombaria diante da dor estampada em seu rosto:

— ¿Te duelen las espaldas, pibe?

Tanta era a dor que sentia que acabou por pedir a Benigno que se encarregasse do tiro de meta. Foi então que lançou ao rival uma ameaça em bom e claro portunhol:

— Yo te pego, hijo da puta. Puede esperar, cuzón! Te pego en la próxima!

Rindo tanto do portunhol quanto da ameaça, fazendo-lhe um gesto de desprezo com uma das mãos, o argentino correu de volta ao círculo central.

Por instantes, a garoa cessou. O sol reapareceu tímido, relutante. Uma brisa fresca soprou, agradável, porém insuficiente para resfriar os ânimos.

À medida que agora o tempo de jogo se esvaía, encaminhando-se para um desfecho de agonia e êxtase, notavam-se comportamentos de certa forma inéditos por parte das duas equipes. Entre a crônica esportiva, alguns tinham a impressão de que as engrenagens do futebol bem jogado do Ascensão estavam prestes a emperrar. Outros, tendo ao longo do campeonato admirado incansavelmente as virtudes ascentinas, constatavam que pela primeira vez em sua campanha, o Ascensão se via em sérias dificuldades (até mesmo mais sérias que as que tivera nas poucas derrotas sofridas até então). Para alguns outros, que talvez por ingenuidade ou mero deslumbramento imaginavam os ascentinos mais afeitos ao espetáculo do que à vitória, era surpreendente constatar que a transcendência do jogo ascentino pouco a pouco cedia lugar a uma motivação aguerrida e passional, uma vontade de vencer vertiginosa, fosse qual fosse o custo. Já os poucos cronistas tidos como racionais, enxergavam os nervos ascentinos finalmente abalados, como se aquela autoconfiança que lhes animava o toque de bola exuberante houvesse sido minada pela incredulidade e irritação diante de como a fortuna estava jogando a favor do adversário. Por outro lado, a crônica era unânime na constatação de que se a defesa flechense, constantemente em apuros quando das investidas ascentinas, ainda não cedera ao rival o gol de desempate, era porque sua garra e determinação, já notórias, haviam superado todo e qualquer aspecto tático, chegando a um ponto até então inédito no campeonato, de sorte que os ascentinos percebiam que teriam que exceder as próprias qualidades para bater o rival.

Ciente de que era necessário tomar uma atitude, o experiente Carmo, homem de confiança de J. Hércules, repreendeu Fukuda quando este, afoito, executou seu terceiro chuveirinho sobre a área inimiga:

— Ô, Fukuda! Pára com o chuveirinho, porra! O goleiro lá tá pegando todos! Tá muito cedo pra gente se desesperar!

— Mas é que... — tentou justificar-se o sansei, embaraçado.

— Bota a bola no chão, Fukuda! E pelas pontas, que pelo meio a coisa tá braba! Tem muita gente lá!

Trinta e seis minutos. A figura calva e robusta de Carmo avançou na intermediária flechense. Driblando Fidélis próximo à entrada da área inimiga, aproveitando-se do flanco deixado aberto por Américo, o ascentino evitou o vigoroso combate de Neguim. Na seqüência, acionou Sañudo, que, por sua vez, pelo canto do olho percebeu Fukuda em disparada, deslocando-se para receber o passe rasteiro. Sem hesitação, explorando a área flechense diagonalmente pela direita, o sansei deu-lhes a impressão de que iria fazer o cruzamento. Assim, Tristão posicionou-se mais para o meio da pequena área. Percebendo sua posição, Fukuda iludiu-o com um arremate forte e rasteiro, surpreendendo o rival no contrapé. Tristão saltou, porém o chute sibilou ao largo de sua mão, endereçado ao canto baixo esquerdo — o que fez muitos lembrarem do fatídico gol do uruguaio Ghiggia no *maracanazo* de 1950.

Para Tristão, somente o azar inimigo, ou seja, sua ansiedade, poderia fazer aquele arremate encontrar sua trave esquerda e em seguida percorrer a boca do gol até a outra trave, rente à linha do gol. Benigno precipitou-se, buscando a linha do gol para tentar desviá-lo. O máximo que conseguiu foi girar o corpo e errar o chute, perdendo assim o equilíbrio e caindo sentado dentro do gol, enquanto a bola permanecia rente à linha fatal. Para a incredulidade geral, a bola alcançou a outra trave, afastando-se do perigo. A reação dos vizinhos de Urias era de puro pavor. O cabeludo levou a mão boa ao rosto. O do cachimbo reagiu com um berro histérico. Urias mantinha os dentes superiores cravados no lábio inferior, a garganta seca. Plácido chegou para tentar desafogar o rebote para a intermediária, porém falhou no momento do chute, golpeando apenas de raspão a bola, que quicou próxima à marca do pênalti, chamando Cândido e Clemente para a dividida. Tristão correu de volta à frente do gol, prevendo o arremate de Clemente. De menos de dois metros de distância, o chute, certeiro, praticamente à queima-roupa. Tristão lançou-se à frente, tronco, braços e pernas estendidos, procurando fechar-lhe o ângulo. Naquele momento febril, Tristão teve a impressão de estar suspenso no ar e ter mais do que dois braços. Numa explosão de reflexos, espalmou o chute.

Entretanto, mal houve tempo para qualquer reflexão sobre aquela sua proeza, pois Jurubeba apresentou-se para aproveitar o rebote com um cabeceio potente, que, porém, explodiu contra o travessão, gerando outro rebote, outro espasmo de caos. Sem hesitar, Clemente lançou-se no rebote, ignorando os riscos de chocar-se contra os braços e pernas adversários que encontravam-se no caminho.

A Tristão, ainda caído, atrapalhado por Sañudo, somente ocorreu, noutra explosão de reflexos, recorrer à desonestidade. Assim, agarrou o pé do camisa dez inimigo, derrubando-o. Para sua sorte, aquela multidão de pernas acabou por esconder o lance dos olhos do árbitro. Clemente emitiu um grito como que de dor ao ver a bola escapar de sua cabeçada por centímetros. No olho do caos, Fidélis ousou uma tresloucada bicicleta para afastá-la de sua área. Entretanto, sua aflição levou-o ao erro. Com a furada, a terceira consecutiva por parte dos defensores flechenses – o que indicava pânico puro e simples –, a bola manteve-se na zona de perigo. Carmo, num carrinho arrematou como pôde. Em seu caminho rumo às redes, a bola, contudo desviou em Benigno. Ainda que perdesse a velocidade, quicando continuou á procura do canto baixo direito da meta flechense. Com os olhos vítreos, na iminência daquele gol, Urias sentia-se a ponto de explodir de êxtase, a exemplo de milhares de colegas seus.

A cidadela flechense agora ameaçava desabar sobre toda a nação alvi-rubra. Eis que Tristão, tanto consciente quanto instintivamente arrojou-se em busca da bola, felino, aplicando-lhe um abraço apertado a centímetros da linha do gol.

— Caralho! — reagiram em uníssono o do cachimbo, o magricela, o gordo e o cabeludo e os demais ao redor.

'Mas que filho da puta! Que nego largo!' desesperou-se Urias, o rosto retorcido, o xingamento dolorosamente preso na garganta.

A bola parecia ter vida própria, como que se debatesse para livrar-se dos braços de Tristão quando o arqueiro chegou ao chão. Com o impacto da queda, a bola enterrou-se na boca de seu estômago, enquanto metade de seu rosto, da têmpora ao queixo, enterrava-se no pó químico utilizado para marcar as linhas do campo. E lá permaneceu, dando um fim ao caos, como um caracol, abraçado à bola, literalmente sem fôlego, o coração aos pulos. Ao levantar a vista, viu Clemente investir contra si, com um pontapé preparado, o que o fez retesar-se a fim de amortecer o golpe, onde quer que o acertasse. Contudo, Neguim afastou o camisa dez inimigo com um empurrão, o peito estufado de intimidação:

— Sai para lá, xará! Sai pra lá!

— Ê, goleirão! — urrou o do cachimbo.

O cabeludo voltou-se para Urias, dizendo-lhe num sussurro:

— O seu amigo aí tá fechando o gol, hem? Acho que não vai ter procês, não.

— Tem muito jogo ainda, bicho — respondeu Urias, procurando manter a frieza, mas já temendo que a previsão do vizinho pudesse vingar.

Pouco afeito à luta corporal, o dez adversário desistiu de voltar à carga. Neguim estendeu a mão ao arqueiro, ajudando-o a colocar-se de pé, o que o surpreendeu mais uma vez naquele dia. Sensibilizado com seu gesto, Tristão deu-lhe uma palmada no ombro. Mas, a exemplo do zagueiro, evitou olhar para ele ou sorrir-lhe, lembrando-se de que não se falavam, desafetos que eram havia quase um ano, mesmo tendo sido os únicos a ter subido da equipe de aspirantes para a principal. Sabiam ambos haver certa admiração mútua, que entretanto era pouca para que apertassem as mãos.

(Tudo começara no segundo tempo da prorrogação de uma semifinal da Taça São Paulo de Juniores, quando segurar o empate era tudo o que interessava ao Flechas, com um jogador a menos, e, somente com esperança de vitória na decisão por pênaltis. A dois minutos do final, o lateral adversário ganhou a linha de fundo e cruzou a bola com uma curva traiçoeira. Num primeiro instante Tristão teve a impressão de que viria para dentro da pequena área. Porém, o centro escapou um metro além dela, o que o levou a ir buscá-la ao mesmo tempo em que Neguim retrocedia, já saltando para cabeceá-la para fora da grande área. Num uníssono, que antevia o desastre, reivindicaram exasperados um para o outro a guarda da bola:

— É minha!

Colidiram em pleno ar antes que conseguissem chegar à bola. Fora de ação, assistiram ao artilheiro adversário fazer provavelmente o gol mais fácil de sua carreira, apenas escorando de cabeça para as redes flechenses.

Ao mesmo tempo tontos e apavorados, os dois levantaram-se e esbravejaram um com o outro. Os dedos em riste, a culpa jogada no outro.

Ofenderam-se tanto que era natural que saíssem aos tapas ali mesmo na pequena área. Acabaram contidos por Cacá e em seguida por outros colegas que, embora inconformados, exigiam que pusessem um fim na cena patética. A discussão teve prosseguimento no vestiário e acabou num tapa para cada um antes que a turma-do-deixa-disso interviesse. Desde então até aquela tarde, não encostassem nem sequer um dedo no outro, tampouco trocaram palavra.

Apesar de aquele erro ter custando ao Flechas a vaga na final, foram os dois conduzidos à equipe principal semanas mais tarde: Neguim, não só como reconhecimento por seu empenho durante o torneio, mas também graças à falta de fundos do clube para reforçar a zaga da equipe; e Tristão, segundo o técnico da época, menos por suas atuações e mais pelos destemperos e chiliques de Vital.)

O sol se foi de uma vez por todas. E retornou a garoa. Soprada por um vento ligeiro e cortante. Com a bola e o gramado molhado, Tristão sabia que seria preciso muita cautela. Era um convite ao descuido.

— *Tristão! Tristão!* — entoava a torcida às suas costas, intercalando cada fala com duas seqüências rápidas de três palmas cada, para a irritação de Urias.

Sempre que possível, ou quando nenhum de seus homens se lançava ao impulso de partir para o ataque, o Flechas tentava evitar a pressa. Entretanto, para a agonia de Tristão e seus companheiros, ainda haveria pouco mais de oito infindáveis minutos, sem falar dos acréscimos, para que segurassem o empate consagrador. Era tudo o que lhes restara. 'Água mole em pedra dura...,' pensou consigo mesmo, aflito. O treinador flechense gesticulava para que mantivessem mais a posse da bola, o que parecia ser o mais sensato no momento. Não que Amaro Leite gostasse de sofrer. Mesmo para ele, que pregava um defensivismo que tinha como modelo ideal aquele que sua equipe apresentara no primeiro tempo e até a expulsão de Bueno, aquela retranca era-lhe atípica, excruciante. 'Água mole em pedra dura...,' angustiou-se 'as voltas com um mau pressentimento. Assim, seus homens apenas tocavam a bola em sua intermediária de um lado para o outro até que o ataque adversário avançasse contra seu meio-campo, exercendo pressão. Atrapalhados, e às vezes acuados, acabavam livrando-se da bola a qualquer custo, incapazes de coordenar qualquer movimento de ataque com competência aceitável. Assim, acabavam perdendo a posse da bola na intermediária, alimentando uma investida adversária após outra.

Trinta e sete minutos. Carmo e Clemente envolveram Silva, que agora cumpria a orientação de postar-se mais recuado, e Cândido. Assim, o capitão ascentino encontrou bom espaço para fazer o passe preciso, acionando Fukuda pela direita. Américo deu-lhe combate com o vigor usual e a falta de destreza que a idade agora lhe impunha. Quando o sansei partia com a bola dominada, o perigo era certo, sabiam os flechenses — pois, ele e Tiziu, pontas legítimos eram, coisa rara naqueles dias, pontas da linhagem de Canhoteiro, Julinho, Edu ou mesmo Zé Sérgio, todos astros da galáxia Garrincha. Fukuda fez menção de partir por um lado, levando Américo a acompanhar o movimento, puxou-a para o lado oposto com a parte de fora do pé e, percebendo que o adversário baixara a guarda, passou-lhe a bola por entre as pernas, tocando-a em seguida para Carmo. Sem hesitar, Carmo então retribuiu o passe, de imediato lançando o sansei no vão que Américo deixara a suas costas. Neguim, de pronto, disparou procurando cobrir o espaço que Fukuda agora invadia com velocidade, ameaçando superá-lo na corrida. O zagueiro flechense, porém, se aproveitou de sua maior força física, barrando Fukuda no momento exato, protegendo a bola, deixando que ela saísse pela linha lateral. Todavia, o que normalmente se denominava jogo-de-corpo, foi interpretado como obstrução por Faria e seu Cortez, que atuava a poucos metros.

— Esse Neguim é foda! Ele chega junto em todas! — manifestou-se o gordo, deixando transparecer sua admiração.

— Esse é bom mesmo — assentiu o do cachimbo, repondo o fumo no fornilho.

Leite caminhou até a beira do campo e chamou a atenção de Américo:

— 'cê tá dormindo, é? Tem é que descer o sarrafo, porra! Não pode alisar, não!

Enquanto Amaro Leite assim se exasperava, Hércules o observava com as mãos pousadas na cintura.

— Tem é que quebrar esse japonês de merda! — prosseguiu o técnico do Flechas em sua pregação, gesticulando à beira do frenesi.

O franzino técnico adversário, não se contendo, agarrando o rival pelo braço. Com o dedo em riste disse-lhe:

— Cala a boca, Amaro! Tem que jogar é na bola!

Enfurecido com o gesto do colega, Amaro, afastou o indicador de Hércules com um tapa.

— Ê, até os técnicos vão sair no braço hoje? — queixou-se o cabeludo.

Sem se deixar intimidar, Hércules voltou a apontar o dedo em riste para o rosto do colega, brandindo-o, irritado. Discutiram asperamente, o que foi seguido por uma breve troca de empurrões, interrompida pelos reservas de ambas equipes. O treinador flechense, que necessitava maior contenção, ainda tentou atingir Hércules com um pontapé, porém sem sucesso. A única vítima daquela refrega foi Esdras Mommo, atingido na testa por um dos sapatos voadores de Amaro Leite.

O japonês havia de fato sentido o choque contra Neguim e sacudia a cabeça como se assim conseguisse retomar o prumo. Carmo esperava que o colega se recompusesse a fim de cobrar a falta, pretendendo lançá-la sobre a área inimiga. Já vira Graúna apresentar-se no ataque, o que constituía uma valiosa arma. O desafio seria lançar-lhe a bola em meio à congestionada área rival com precisão para seu cabeceio geralmente certeiro. Enquanto posicionava a barreira de dois homens, Tristão notou Sañudo rondando a pequena área. Ao perceber a proximidade do arqueiro adversário, o argentino achegou-se primeiro com o ombro, procurando encostá-lo em seu peito para empurrá-lo alguns passos para trás, gol adentro. Em óbvia sua intenção de novamente afastá-lo da jogada, disse-lhe com escárnio:

— Hola, peluca.

Em vez de responder à ironia com palavras, Tristão de súbito agarrou-lhe o ombro, fechando os dedos sobre sua clavícula e afastou-o. Enquanto isso, Fukuda levantava-se lentamente, observado por Salomão Faria, que tinha as costas voltadas para a grande área. O árbitro indagava-lhe sobre suas condições. Sañudo insistiu em projetar-se contra Tristão e, um segundo antes do som do apito, o flechense agarrou sua barba, crescida o suficiente para que lhe aplicasse um puxão enérgico, arrastando-o para bem dentro do gol, sem que o juiz, atento à barreira, percebesse. Não foi suficientemente forte para derrubá-lo, mas bastou para tirá-lo de ação. Já a massa flechense, especialmente no setor em que localizava a meta defendida por Tristão, urrou extasiada com o gesto de seu arqueiro.

— Arranca essa pentelheira! — berrou o gordo, qual criança no circo.

Na cobrança da falta, a bola subiu e desceu entre a pequena área e a marca do pênalti. Fidélis entrou em ação afastando-a de cabeça. Antecipando-se a seus adversários, Cândido acolheu o rebote a fim de armar um contra-ataque, que, de tão apressado e malfeito, acabou em arremesso lateral para o oponente junto à linha divisória. Amaro Leite, já com o sapato voador de volta ao pé, levou as mãos à cabeça, balançando-a, arrependido por ter incumbido o camisa oito de armar o jogo da equipe. Enquanto isso, Silvestre permanecia no banco de reservas, desconsolado, sem possibilidade de uso.

— ¡Cabrón! ¡Hijo de puta! — vociferou Sañudo, ao passar por Tristão com a mão no queixo, agora experimentando um pouco de dor, correndo rumo ao árbitro.

— Essa foi boa! — comemorou o cabeludo, esquecendo-se do contra-ataque desperdiçado por seu time, apontando para o argentino. — Já tava na hora desse filho da puta levar uma!

Recorrendo ao portunhol, com uma expressão de vítima, o argentino relatou a Faria a agressão. De imediato, o árbitro, então lançou um olhar inquisitivo a Tristão. O arqueiro por sua vez dirigiu um sorriso de zombaria ao argentino, fingindo não perceber ser observado pelo árbitro. Com uma careta e um giro irônico com o indicador encostado na têmpora, disse com o mais eloqüente portunhol que pôde:

— Tá maluquito, muchacho!

Poucas vezes na vida Tristão havia se portado com um descaramento tão perfeito. Assim, o juiz, conhecedor da fama do argentino, não apenas negou-lhe crédito como desarmou sua indignação com uma ameaça de cartão amarelo.

— Dançou, veado! — cacarejou o cabeludo, exultante.

— Vai jogar bola, milongueiro! — riu-se o do cachimbo, usando aquela palavra cuja origem Urias desconhecia.

Trinta e nove minutos. A bola foi retomada na intermediária do Ascensão por Moura, um dos poucos em campo que permaneciam inabaláveis. Carmo recebeu o passe, lançou a vista à esquerda e encontrou Clemente. Entretanto, iludiu a defesa adversária ao acionar o aguerrido e incansável Fukuda. Mais uma vez em velocidade, avançava o sansei, fazendo sua torcida levantar-se em polvorosa para acompanhá-lo. Ele devolveu o passe para Carmo, que o acompanhava na evolução. No afã de barrar o ataque do inimigo, Cândido investiu duramente contra o camisa oito adversário. Porém, se tivesse atingido a bola com a mesma energia, esta não teria ganhado a altura. Com o efeito que ganhou, ao quicar diante do atônito Plácido, a bola encobriu-o, facilitando o trabalho de Fukuda. Desmarcado, o sansei aproveitou a sobra sem receber combate, uma vez que Américo recuara para o interior da área. Penetrando na área, fez um passe, como que flutuante, à altura do ombro, entre Benigno e Fidélis, que transferiram um para o outro a iniciativa de interceptá-lo. A hesitação da dupla permitiu que Sañudo se adiantasse para então cabecear a bola obliquamente.

Tristão teve a impressão de que a cabeçada iria encobri-lo, porém, com dois rápidos passos para trás a fim de ganhar impulsão, lançou-se num salto que fez sua espinha arquear-se. Com o braço esticado, espalmou-a de mão trocada no momento em que quase lhe escapava ao alcance. Uma defesa tão espetacular que nos anos seguintes acabaria por fazer parte das imagens mais marcantes do futebol na década. Para os entusiastas, nascia ali um goleiro de respeito. Para os mais ferinos, era aquele o ápice de sua carreira. Para o próprio Tristão, mesmo que possa não ter tido grandes feitos na posição nos anos seguintes, certamente marcara decisivamente sua história pessoal. Não sabia exatamente como fora capaz de fazê-la. Fora uma daquelas coisas notáveis que toda pessoa comum faz somente uma vez na vida. Talvez um momento único de inspiração em toda uma existência.

— Puta que pariu! — Urias não se conteve.

— Ô, louco! — espantou-se o cabeludo, os olhos arregalados. — Que defesa!

— Goleirão! — gritou o do cachimbo.

Urias achava que acabaria por sofrer um ataque cardíaco. O gol do Ascensão parecia tão próximo, mas ao mesmo tempo tão distante. O entrave chamava-se Tristão. Fossem os arremates rasteiros, à meia altura ou acima da cabeça, lá estava o flechense, como um ímã. E quando não intervinha ele mesmo, as traves encarregavam-se do serviço. Com a partida encaminhando-se para o fim, e o Ascensão incapaz de acertar o gol, Urias quase já não mais contava com unhas para roer.

Pela expressão que Tristão percebia no rosto dos adversários, aquela defesa sua parecia indicar-lhes que por mais voluntariosa, aguerrida ou insistentemente que tentassem, eles não iriam chegar às redes do Flechas naquela tarde. Até mesmo o capitão Carmo parecia ter perdido a serenidade. Passara a repreender Clemente e os demais, fosse por um passe errado sem maiores conseqüências, fosse por uma disputa de bola perdida. Seus colegas, em particular Moura e Clemente, começavam a deixar de lado o modo vigoroso, porém leal com que desde o início haviam entrado nas divididas para agora fazê-lo com maldade, logo eles, tidos até então como os paladinos do futebol-arte – ainda que contassem com um jogador que claramente contradizia tal reputação. Jorjão, por sinal, parecia à vontade. Sempre que Fubá recebia a bola, demonstrava clara intenção de atingi-lo justamente onde Coelho já o fizera. Para a sorte do Flechas, Fubá sabia das intenções do rival e conseguia escapar de suas investidas. Diante daquele estado de espírito de seu time e percebendo que este pendia excessivamente para um lado, Hércules chegara a orientar Coelho para que avançasse pela lateral oposta à que Fukuda explorava, a fim de variar as jogadas de ataque e aliviar a carga de trabalho do sansei. Contudo, naquela tarde o lateral inimigo mostrava-se tão inusitadamente burocrático que quando a bola lhe era passada junto à linha lateral ele executava o levantamento a esmo, tornando tudo mais do que conveniente para o adversário — e para Tristão, consagrador. Diante disso, quatro chuveirinhos depois, à beira do campo, Hércules ordenou a Coelho:

— Pára com o chuveirinho, cacete! — bradou, aflito. — Calma, gente! Calma!

Estimulada pela defesa de Tristão, e como se aquela percepção do ânimo adversário tivesse se estendido pelas arquibancadas, a massa flechense passou a cantar a plenos pulmões:

O-lê, olê, olê, olê, olê, olê, olê, Fle-chas, Fle-chas.

Uma vez que seus vizinhos, à exceção do fumador de cachimbo, visivelmente cansado, resolveram pôr-se de pé, embarcando na cantoria entoada pela Alvi-Rubra, Urias sentiu-se mais à vontade para manter-se em seu lugar. Ao lançar a vista para seus pares, notou-os um tanto quanto apáticos. Apáticos como há muito não via, cientes de que a situação tornava-se cada vez mais crítica. Ao olhar para o relógio do placar, porém, sabia que havia esperança: faltavam cinco minutos para o fim do jogo — tempo de sobra para o gol da vitória, sem falar nos acréscimos que Salomão Faria haveria de impor por conta do antijogo flechense. Enquanto isso, seus vizinhos prosseguiam:

O-lê, olê, olê, olê, olê, olê, olê, Fle-chas! Fle-chas!

Sentindo que deveria reagir, a torcida ascentina até mesmo empreendeu uma tentativa:

É, Ascensã-ão. É Ascensã-ão. O-lê, o-lê, o-lê.

Entretanto, aquele débil entusiasmo logo foi calado pelos torcedores rivais. Curiosamente, soava dividida a massa flechense: uma parte cantava o nome de Tristão, a outra voltava a fazer aquele coro que pedia a entrada de Silvestre, a fim de fustigar Amaro Leite.

Quarenta e um minutos. Contudo, a rotina de escanteios a favor do Ascensão prosseguiu. Estivesse Fukuda de um lado ou de outro cobrando escanteios, Tristão e seus companheiros preparavam-se com sobressalto. À sua frente, o cenário era o de sempre: empurra-empurra, camisas puxadas, palavrões, cotoveladas. O desassossego, constante. E a ele somou-se o desespero quando Tristão viu Coelho aproximar-se de Fubá, que na meia-lua postava-se para puxar um possível contra-ataque, acertando-lhe por trás um pontapé sem bola no tornozelo esquerdo. Fubá caiu novamente. Foi o que bastou para calar o júbilo flechense, transformado num urro colérico.

— Puta que pariu! Bateram no Fubá de novo! — desesperou-se o cabeludo.

— Foi aquele cabeça de fogo do caralho! — indignou-se o gordo.

De sua parte, Urias, devoto do olho-por-olho-dente-por-dente, achou correta a atitude de Coelho. Que o tirasse do jogo de uma vez por todas. Afinal, eram eles que estiveram recorrendo à violência e ao antijogo desde o início.

O inquieto Fukuda cobrou o escanteio defeituosamente. De modo que foi tarefa fácil para Fidélis afastá-la da área de cabeça, enquanto Neguim, aplicando uma traquinagem no mestre, puxava com engenho a cabeleira de Sañudo ao saltarem juntos na disputa pela bola. O argentino caiu sentado, com os braços erguidos e abertos sinalizando queixa, que novamente foi ignorada por Salomão Faria. Entretanto, como se quisesse igualar a falha de Fukuda, Plácido precipitou-se ao puxar o contra-ataque, atingindo Cândido na nuca, derrubando-o. A bola perdeu-se no vazio que se formara na intermediária flechense. Coelho antecipou-se a Silva, que se viu forçado a voltar a fim de brigar pela posse da bola, e lançou o sansei pela ponta. Américo, decisivamente inspirado pela irritação de ver Fubá caído, foi à caça de Fukuda. E sem dar-lhe trégua no combate, cedeu o arremesso lateral para o Ascensão. Enquanto o sansei se levantava, o rival voltou à carga – dessa vez verbal:

— Te quebro em dois, japonês do caralho! — advertiu, o rosto contrito de ódio, que recebeu em troca um olhar igualmente raivoso.

Foi a pausa de que necessitava o Flechas. Enquanto Adamastor Magareffi e Zen dos Santos, com um pacote de ataduras sob o braço, esperavam por Fubá à beira do campo, dois maqueiros entraram e carregaram rapidamente o flechense para o socorro. Benigno, Fidélis e Cândido interpelaram Faria, reclamando da agressão a Fubá, porém recuaram de imediato, ameaçados de expulsão. Inconformados, com dedos em riste e dentes crispados, então ameaçaram Coelho, que manteve-se a sábia distância.

Sañudo cobrou o arremesso, lançando-o a Fukuda, que levou os ascentinos ao êxtase ao passar driblando por Neguim, Américo e enfim Benigno, rumo à linha de fundo para executar o cruzamento. O camisa três, todavia, recuperando-se, travou-lhe o centro no momento exato.

Já tendo perdido a conta dos escanteios cedidos ao rival, Tristão percebeu Coelho rondar a pequena área. O ódio subiu-lhe à cabeça com a lembrança ainda fresca de que atingira Fubá maldosamente por duas vezes. Seu sentimento não teria sido o mesmo caso tivesse derrubado Benigno, Bueno ou Américo. A questão era que Fubá raramente cometia faltas, embora fosse dos mais combativos da equipe e jamais se omitisse em campo. Naquele campeonato, pelo que se recordava, recebera somente um cartão amarelo, e ainda assim por reclamação. Sabia que Coelho somente agredira Fubá devido à natureza pacífica deste, uma vez que não se animava a meter-se com mais ninguém de seu ríspido meio-campo — especialmente com Felício, de quem levara um safanão vexatório no primeiro turno.

Quarenta e dois minutos. A bola subiu para então descer fora do alcance de Tristão, enviada a meio caminho entre a marca de pênalti e a entrada da grande área. Fidélis subiu para o cabeceio, o que gerou um rebote prontamente dominado por Américo, que acabou acionando Cândido com lentidão, desperdiçando assim outro contra-ataque a seu favor.

Mais uma vez, aproveitando-se do contra-ataque abortado, o Ascensão retomou a bola numa disputa que Cândido acabou por perder para Carmo. O capitão ascentino, na seqüência, acionou o sansei novamente pelo flanco esquerdo. Américo, Felício e Cândido dispararam no encalço do ponta rival. Como se tivesse sebo nas canelas, livrou-se do triplo assédio, penetrando na área inimiga. Seu perfeito cruzamento à meia-altura encontrou Jurubeba, que, na entrada da pequena área cabeceou para trás, tirando de ação a defesa adversária. Novamente sem marcação, Clemente dominou a bola frente a frente com Tristão. Contudo, ao procurar o ângulo que o oponente fechara menos, preparando-se para finalizar, demorando-se ao puxar a bola para o pé esquerdo, permitiu que Fidélis o atropelasse desastradamente. E Salomão Faria de imediato apitou o pênalti clamoroso.

No peito de Urias passou a bater a certeza do gol. O gol do título. Bastava que Clemente se encarregasse. Subitamente incapaz de conter-se, pôs-se de pé e berrou, ensandecido. Para sua sorte, ainda que com sentimento diverso, todos os milhares presentes fizeram o mesmo, numa explosão de gargantas ensandecidas. Nos microfones das rádios presentes, o entusiasmo ascentino e o pavor flechense soaram exatamente iguais.

— Puta que pariu! — exaltaram-se novamente num coral os vizinhos de Urias.

Tristão foi o único a não protestar contra o pênalti assinalado. Todos, inclusive Fidélis, com uma desfaçatez agora nada surpreendente, cercaram inflamados o árbitro, tentando intimidá-lo a peitadas. O homem de preto, mesmo assim, não apenas não voltou atrás como, agarrando-se a sua autoridade, ainda conseguiu dispersar o tumulto ameaçando expulsar quem insistisse em reclamar ou ousasse aproximar-se.

Honório Cobra e Bologna Filho dispararam enfurecidos cancha adentro, na direção de Salomão Faria, interpelando-o:

— Que palhaçada é essa, Salomão?!?!?! — indignou-se o primeiro.

— Safado! Corno! — esbravejou o segundo, à beira da apoplexia.

Contestado em sua autoridade, o árbitro limitou-se a esticar o braço esquerdo, mantendo-os à distância, ignorando suas imprecações e protestos.

Urias, notando o cabeludo e o do cachimbo meneando a cabeça em desaprovação, não se conteve:

— Olha aí os dois trouxas de terno e gravata fazendo palhaçada!

— São uns bostas, esses aí — resmungou o cabeludo, vendo-se forçado a concordar com o intruso ascentino, momentaneamente esquecido da penalidade apitada para o adversário.

Os policiais militares foram obrigados a intervir. Tarefa trabalhosa, aquela. Não tanto para levar Cobra para fora de campo, pois mesmo sob cólera parecia manter uma certa compostura. Já Bologna, reagia como era de se esperar, teimando em tentar desvencilhar-se. Puxado pelos braços por dois policiais, esperneava de modo cômico:

— Me larga! Me larga que eu sei andar, porra!

— Só podia ser cartola! Só cartola mesmo pra fazer isso! — indignou-se o magricela, o rádio de pilha mais pressionado do que nunca contra o ouvido esquerdo, a fricção emprestando-lhe um rosado escuro, quase roxo.

Logo somou-se a eles mais um colega que enlaçou a cintura do dirigente com dificuldade a fim de tentar imobilizá-lo. Coisa igual àquela Tristão havia visto somente na televisão. Por fim, os dois cartolas, conduzidos pelos policiais, retiraram-se de campo.

Com o fim daquele evento inesperado, o gordo, o magricela, o do cachimbo e o cabeludo voltaram sua atenção para a marcação do árbitro, inconformados, coléricos, desesperados.

— Juiz ladrão!

— Filho da puta!

— Corno! Safado!

— Cabeça-de-porco!

Urias antevia o gol da vitória, ciente de que Clemente raramente desperdiçava penalidades. Olhou para os lados e percebeu um medo mortal estampado nos rostos de todos. Notou que até mesmo alguns flechenses retiravam-se. Quanto a si próprio, o desafio seria conter-se. Para seu próprio bem.

Sob um alarido ensurdecedor, Clemente já posicionava a bola com carinho paternal sobre a marca do pênalti. Foi então que o goleiro e o atacante olharam-se um para o outro fixamente, iniciando uma guerra de nervos.

— Eu vou guardar essa, me'rmão — anunciou o camisa dez.

Com uma auto confiança que surpreendia até a si mesmo, Tristão reagiu àquela bravata:

— Tá bom, otário. Tô sabendo.

— Eu vou mandar ela no teu canto direito.

Por conta de tudo o que fizera até então na partida a fim de deter as estocadas do Ascensão, a auto confiança do flechense encontrava-se mais aguçada do que nunca. Sabia serem notórias as maravilhas de que a mente humana é capaz. Assim, sentia-se imune a todo aquele medo que com razão todos os seus companheiros compartilhavam àquela altura da partida — inferiorizados em campo, segurando desesperadamente o empate consagrador desde os seis minutos do segundo tempo, resistindo tresloucadamente às investidas adversárias.

Por paradoxal que possa parecer, o fervilhar de seu sangue proporcionou a Tristão uma frieza tamanha que não hesitou em caminhar até Clemente a fim de não só enervá-lo, como desafiá-lo. Endereçando-lhe um sorriso torto, cuspiu na bola que o rival colocara com tanto cuidado na marca fatal.

— Pode mandar, seu merda. Manda mesmo — retorquiu, dirigindo-lhe novo sorriso insolente.

O juiz aproximou-se ordenou que Tristão retornasse para sob a baliza. O arqueiro olhou para sua torcida, como que empoleirada sobre sua meta, todos quietos, roendo unhas, mordendo lábios, nós nas gargantas. Alguns lhe gritaram palavras que, ainda que indistintas, pareciam-lhe ser de incentivo. Contudo, a vaia ensurdecedora que partiu da Alvi-Rubra, endereçada a Clemente, acabou por abafar quaisquer outras manifestações de apoio. De imediato, a torcida adversária procurou responder à altura, com um vozerio impressionante, que soava quase como um rugido. Urias, procurando mais um pedaço de unha para roer, sentiu a bexiga manifestar-se, tenso, a exemplo do esfíncter. Em seguida, dada a sorte que Tristão levara até aquele momento, sentiu um calafrio correr-lhe a espinha ao cogitar um possível erro de Clemente.

Para ganhar tempo e esfriar o ímpeto de Clemente, Tristão manteve-se de costas para o oponente. Então, abaixou-se para arrumar as meias de modo aparentemente despreocupado. A mescla da vaia de sua torcida com o rugir da adversária lhe preenchia os ouvidos de tal forma que demorou-se a ouvir o apito de Salomão Faria. O árbitro, percebendo que procurava ganhar tempo, caminhou na direção do flechense e o puniu com um cartão amarelo.

— Você tava pedindo, moço! Tava pedindo! — Salomão repreendeu-o irritado.

Diz-se haver goleiros que apenas com um jogo de pernas no momento em que o chutador parte para a bola muitas vezes leva este a chutar no canto mais conveniente. Dizem que outros não olham para a bola até o momento do chute, mas para os olhos e pés do rival. Como ainda não havia aprendido tais técnicas, Tristão, ignorando o cartão amarelo que acabara de receber, fixou os olhos na bola. Como se isto lhe clareasse os pensamentos, veio-lhe súbita a memória de que o rival costumava empregar na bola o jeito em vez da força. Na semana anterior pela televisão vira-o converter duas penalidades da mesma maneira: rasteiro, com meia força, colocado no canto esquerdo. Era o oposto de Carmo, que com um torpedo no pé esquerdo a enviava ao canto alto da meta adversária. Sem hesitar, pensando nos 50% de possibilidade de saltar para o canto certo, decidiu-se pelo esquerdo, ignorando a ameaça inicial.

Tristão olhou Clemente fixamente nos olhos, que desviou os seus para a bola. Os tambores em momento algum cessaram de tocar, embora soassem abafados pela disputa gutural entre as duas torcidas. Porém, parecendo tomar fôlego, indo buscá-lo no fundo do pulmão, a massa flechense conseguiu enfim superar sua rival com uma vaia que em nada se distinguia de tantas outras que já se ouviram. Entretanto, naquele momento, assumia uma densidade infinitamente mais dramática, assemelhando-se espantosamente à intervenção da trilha sonora na cena do assassinato de Janet Leigh no chuveiro em *Psicose*, de Hitchcock. Uma sequência febril de notas curtas, agudas que tinham apenas um fim: minar os nervos de Clemente.

Como que para fortalecer sua crença de que agarraria aquele pênalti, ocorreu ao flechense o óbvio: o que tinha a perder, mesmo com o gol adversário? A falha não seria em nada sua. Lembrou-se do que certa vez dissera-lhe seu Guido: "Tristão, meu filho, o pênalti pro goleiro é uma coisa à prova de cagada. Se o chutador faz o gol, muito que bem. Que culpa tem o goleiro? Se não, o lucro é todo seu. A regra faz de tudo pra não deixar a gente defender, não faz?" Logo, só tinha a lucrar em caso de defesa — um milagre, segundo os muitos entusiastas das qualidades de Clemente, opinião que não era inteiramente compartilhada por Urias.

O intruso ascentino tinha suas razões. Afinal de contas, na decisão do campeonato nacional do ano anterior, Clemente desperdiçara uma penalidade, selando a derrota do Ascensão para o campeão carioca. Ainda assim, por uma questão de fidelidade, não se juntou à vaia generalizada entre os flechenses. Ao olhar para o lado, notou que o cabeludo, destoando de todos os demais, mantinha os olhos fechados, uma expressão de sofrimento a lhe retorcer as feições, as mãos postas.

Tristão cuspiu em suas luvas, bateu uma palma na outra duas vezes e, provocadoramente imitando o sotaque fluminense do rival, disse-lhe:

— Vam'lá, mermão! Vam'lá!

O adversário não pareceu escutar, ou talvez não o quisesse demonstrar. Postado sob o travessão, diante dele e da bola, Tristão pensou no que poderia esperá-lo depois do jogo após a defesa: o assédio da imprensa, a atenção do público em geral, quem sabe a vaga de titular, ou até mesmo um contrato com algum time de primeira linha para o próximo campeonato nacional. Aquele era o seu momento. Quando o Clemente voltou a dirigir-lhe o olhar, o flechense novamente olhou-o bem nos olhos e apontou para seu canto direito, procurando distraí-lo. Mais uma vez, o ascentino desviou a vista para a bola. Parecia concentrado, as mãos na cintura, à espera do apito. De súbito, no breve intervalo entre o soar do apito e o chute de Clemente, um segundo antes que chegasse à bola, decidiu o arqueiro, por via das dúvidas, saltar à frente para diminuir o vão entre ele e as traves, ganhando assim espaço e impulso para chegar ao canto oposto àquele que o rival prometera. Mesmo confrontando a lei, arriscando ser expulso ou apenas provocar outra cobrança, achou valer a pena o risco. Com toda a certeza Leite aprovaria sua atitude.

Quarenta e quatro minutos. Clemente, como todo bom camisa dez, foi de fato fiel a seu estilo: o chute colocado, à meia-altura, com pouca força, sem que a dirigisse rente à trave. Para o flechense, tudo funcionou à perfeição. Sabia ter infringido a regra, porém, se o próprio Faria ignorara aquela sua falta, a culpa não era de modo algum sua. Fizera apenas o que lhe estava ao alcance. Espalmando a bola com agilidade felina, pela primeira vez em sua carreira defendia uma penalidade. Já que até então, somente tivera sorte num jogo dos aspirantes, quando o rival chutara a bola por sobre o travessão. Em nenhum dos gols de pênalti que já sofrera ele nem sequer adivinhara o canto escolhido pelo chutador.

Américo, para a surpresa de Tristão, foi quem chegou primeiro para afastar a bola, visto que não podia dar-se ao luxo de dominar a bola com os contrariados adversários em seu encalço. Assim, o camisa seis descarregou o rebote linha de fundo afora, atingindo um fotógrafo e sua câmara, nocauteando-os.

À beira do desespero e do choro, Urias via confirmar-se seu temor. Era da opinião de que num momento crítico como aquele, o ideal seria endereçar o tiro ao ângulo, fulminante, não permitindo qualquer esperança para o goleiro. Abominava-o aquele tipo de cobrança em que o jogador, fazendo pose de craque, torcia o corpo a fim de arrematar com o lado interno do pé. Sabia que a história teria sido diferente se Sañudo ou Carmo tivessem cobrado a penalidade.

Nem mesmo o escanteio conquistado serviu para animá-lo, visto que a julgar pelo momento por que passava Tristão, a tentativa de ataque seria inócua. Sentiu a desesperança já começar a alojar-se em seu peito.

Tris-tão, campeão! Tris-tão, campeão! — exultou-se a torcida, a sofregamente entusiasmada, no romper do quadragésimo quinto minuto.

Urias, apesar do desassossego, sabia da importância de se manterem as aparências. Assim, viu-se forçado a acompanhar os demais em sua vibração, seus pulos, seus risos. De modo que saltou um pouco, sem entusiasmo, um sorriso amarelo nos lábios. Para sua sorte, ninguém o observava, com exceção do cabeludo, que ria-se de seus apuros. Então olhou para trás e somente encontrou um mar de flechenses num júbilo pleno, numa cantoria apaixonada do nome de Tristão. Quem diria, pensou ele, que aquele sujeito medroso nos tempos de escola passava agora por um momento de herói — e justamente contra seu time de coração na adolescência. Viu o gordo e o magricela pularem, abraçados, o que lhe parecia coisa de efeminados. Tamanho era o entusiasmo dos dois que teve a impressão de que acabariam por perder o equilíbrio, caindo mortiferamente sobre si. A sensação era de que o Flechas acabara de assinalar um gol — não um gol qualquer, mas o gol do título tão ansiado. Tanto que até mesmo o múmia encontrava-se de pé. Foi então que o cabeludo, rindo-se de seu ar atônito, praticamente encostou os lábios em sua orelha, exalando um hálito quente, dizendo-lhe:

— Já era cara! O teu time já era!

Quanto a Tristão, cruzou-lhe o pensamento a imagem de seu pai em casa assistindo ao jogo, mal se cabendo em si, de tanto orgulho, enquanto sua mãe abandonava sua fingida indiferença. Seus olhos encheram-se de lágrimas. Percorreu-lhe o corpo um calafrio; era uma alegria impossível de conter. Fubá, finalmente retornando a campo, foi o primeiro a abraçá-lo:

— Valeu, Tristão!

Os que restaram na equipe, exultantes, esquecidos de suas desavenças, não hesitaram em seguir o atacante no gesto:

— Boa! Boa!

— Beleza, anjinho!

— Cabra bom!

Desde o momento de sua defesa os *flashes* não cessavam de pipocar às suas costas. O estado inteiro, quem sabe até mesmo boa parte do país, iria conhecer o grande herói daquela final. Futuras gerações de flechenses ouviriam de seus saudosos pais sobre um jovem goleiro que saíra da reserva a fim de ser o artífice da heróica quebra de um humilhante jejum de quase vinte e oito anos. E Pavone, lembrou-se ele, sentindo o peito encher-se ainda mais de alegria, não haveria de saborear o tal filé. Com os punhos erguidos e cerrados, a exemplo dos dentes, sentia-se absoluto, em êxtase, em estado de graça.

A bola desceu exatamente sobre a pequena área. Sem que fosse desafiado por nenhum ascentino, sentindo-se imbatível, gigante em seu destemor, saltou e desferiu um murro na bola, empurrando-a para fora de sua área, ao que Neguim iniciou o contra-ataque. Todos os jogadores que se aglomeravam na área — exceto Clemente, imóvel, apático, de tão aturdido — lançaram-se em bloco em perseguição ao flechense. Urias, já sentado, assistia desgostoso à investida adversária, temendo que aquele momento mágico por que passava o Flechas acabasse sendo coroado com um gol irrecuperável. Ao seu redor, todos sem exceção vibravam ensandecidos, como se tivessem acordado de uma vez por todas.

Só restou a Clemente reclamar sobre os passos à frente que Tristão dera um segundo antes do momento de seu chute. Entretanto, o homem de preto, célere, na obrigação de acompanhar o contra-ataque flechense, não lhe deu ouvidos.

Diante do desconsolo de Clemente, os vizinhos de Urias iniciaram implacáveis uma zombaria que acabou por espalhar-se por toda a massa flechense. De modo que milhares agora exultavam, mordazes:

Cle-men-te, ve-a-do! Cle-men-te, ve-a-do!

E, de repente, diante da ausência de reação do camisa dez rival, puseram-se todos de pé e passaram a entoar num só júbilo:

É cam-pe-ão! É cam-pe-ão!

Os únicos a se manterem sentados eram, naturalmente, Urias e o múmia. O intruso mantinha-se imóvel, já seu vizinho mexia o nariz, à moda de um coelho. Foi quando o cabeludo arrancou Urias de sua introspecção com um tapa no ombro e um riso tolo, sarcástico:

— Já era, bicho. Pode ir botando a viola no saco — disse-lhe, sem que Urias conseguisse ouvi-lo com clareza, dada a algazarra que se fazia ao redor, ainda que estivesse claro o tom de zombaria.

Tal era o arrebatamento da torcida naquele coro ensurdecedor, que Tristão sentiu-se encorajado a aproximar-se de Clemente. Não resistiu ante sua figura cabisbaixa e inconformada, ainda sobre a marca do pênalti, as mãos na cintura. Do alto de sua soberba, o flechense aplicou-lhe no ombro uma leve palmada, como se procurasse consolá-lo. Exultante, provocou-o:

— Não te falei que eu ia buscar ela, cara?

O ascentino nada disse, apenas fuzilou o rival com um olhar, que no entanto nem sequer o intimidou. Assim, Tristão prosseguiu:

— Você afinou legal! Continue assim, viu? Parabéns!

O camisa dez esbravejou em resposta:

— Você só catou essa porque 'cê pulou antes. O juiz é que não quis ver. Era pra ter entrado, bicho.

Tristão fez-lhe um gesto de desprezo com as duas mãos.

— Agora já era, cara.

Foi então que Clemente pôs o dedo em riste bem próximo ao nariz do oponente:

— 'cê não jogou limpo, bicho. 'cê fez sujeira.

Como que por reflexo, Tristão afastou o dedo para um lado e fez-lhe uma careta, arreganhando as ventas, zombeteiro.

— Pois é, bicho. Quem pode mais, chora menos. O mundo é dos espertos. Vê se aprende!

Naquele instante, com a autoestima nas alturas, com aquela sensação de invulnerabilidade subindo-lhe à cabeça, Tristão não se deu conta do que falara. Era algo que seu pai, um humilde na vida, jamais lhe ensinara.

Enquanto isso, a massa flechense continuava a bradar seus gritos de guerra, sem fazer qualquer menção de sentar-se, o que irritava profundamente o impotente Urias. Até mesmo torcia para que seu colega de torcida Pé tivesse a ideia de atirar contra os inimigos a potente bomba que tanto alardeara. Foi quando, de súbito, percebeu Clemente e Tristão metidos numa áspera discussão.

Tristão, no entanto, abrasado pelo calor do jogo, sentindo atravessadas na garganta as demonstrações de já-ganhou do inimigo às vésperas daquela partida, prosseguiu fustigando o adversário:

— 'cês tavam achando que iam ganhar fácil da gente, né? 'cês é que vão se foder hoje!

Geralmente avesso à luta corporal, Clemente, mesmo mais baixo que Tristão, não mais conseguiu conter-se, investindo contra o oponente com as mãos espalmadas em seu peito, empurrando-o. Tristão, por sua vez, percebeu que o assistente de Faria assistia a tudo e decidiu não revidar o empurrão, procurando apenas safar-se, aparando a carga. Quando Clemente tentou em seguida acertar-lhe uma cabeçada no rosto, o flechense o manteve à distância. Ciente de que o Itamar Amado assistia à cena atentamente, Tristão não esboçou reação. Vislumbrando a possibilidade de repetir o que fizera com Caramuru, esperou que o rival o atacasse.

Entretanto, Clemente, tomando ciência das intenções do rival, recobrando o bom senso, deteve-se, não sem manifestar sua ira:

— Ainda tem jogo, cara! 'cê tá fudido! — rosnou. Em seguida, disparou de volta ao jogo. Faltava apenas um minuto, caso Faria decidisse não dar os acréscimos devidos, o que era improvável. De modo a acompanhar a correria de Clemente, a torcida flechense voltou a saudá-lo:

Cle-men-te, ve-a-do! Cle-men-te, ca-gã-ão!

Quarenta e cinco minutos. Na intermediária oposta, Cândido perdeu a bola para Carmo. E, moto-contínuo, à toda velocidade, então, precipitou-se sobre o Flechas outro contra-ataque. Novamente desgarrando-se pelo flanco esquerdo adversário, Fukuda foi acionado.

'Vamo lá, japinha! Vamo lá!', gritava Urias silenciosamente. 'Manda ver, japinha! Arrebenta com eles!'

Em clara desobediência à orientação de Amaro Leite quanto à formação compacta de sua equipe na cancha, o meio-campo flechense perdeu seu poder de recuperação, não por estar desgastado, mas por ter-se acomodado ante a vitória que agora tinham como certa, de modo que ofereceu grande espaço às suas costas. Assim, sua defesa se via vulnerável, perdida em meio à velocidade do ataque adversário. Os defensores também já pareciam estar perdendo o fôlego, com exceção de Neguim, que acompanhava a corrida de Sañudo dois ou três metros à sua frente. No encalço do atacante rival, vinham Cândido e Fidélis. Escapando do alcance dos três, Carmo e Clemente, deixando à mostra o trabalho tático que Hércules vinha desenvolvendo com eles havia tempos, já partiam em auxílio ao companheiro, prestes a ultrapassar os três adversários, para que se colocassem em posição de receber algum passe que o sansei viesse a fazer. Corriam todos em direção à área, antevendo o lançamento de Fukuda, que por enquanto avançava pela lateral direita, já se preparando para esquivar-se do combate de Américo. Com rapidez espantosa, o ataque adversário, jogando sem bola, já tecera uma teia de ataque inescapável. Sem tempo de articular um alerta para seus colegas defensores, só restara a Tristão bradar-lhes, de súbito caindo na realidade:

— Vamos, caralho! Anda, porra!

Ao notar a aproximação de Neguim, o argentino, sem a bola, deu-lhe as costas, movimentando-se para trás, apontando os cotovelos, prendendo o inimigo entre eles, levando-o consigo, no que os boleiros em geral chamam de "açucareiro", no momento em que recebia o passe de Fukuda e de primeira tocava-o para Clemente. A jogada de craque surtiu efeito: abriu-se um espaço para que Clemente chegasse para receber o passe à meia-altura na entrada da grande área. Sem demora, Clemente emendou um potente chute também de primeira, sem que não houvesse ninguém na trajetória do petardo. Tristão adiantou-se para fechar-lhe o ângulo.

Postando-se na entrada da pequena área, como que intransponível, Tristão saltou, espalmando o arremate de maneira plástica, ainda que para o meio da área, o que qualquer goleiro tinha o dever de evitar. Em silencioso desespero, Urias convenceu-se de que Tristão estava jogando até mesmo o que não sabia. Na sequência, quem se encarregou do rebote foi Sañudo, passando às costas de Clemente. O argentino fechou para o meio da área, tentando o chute de canhota, porém com Plácido já em seu encalço. No momento decisivo, o rival saiu-se com um carrinho a fim de travar-lhe o arremate. Aproveitando a intervenção do colega, Tristão ganhou tempo para levantar-se e acompanhar a bola. Hesitando em avançar ainda mais, deu apenas um passo à frente, rumo ao meio da área. Foi então que viu-se frente a frente com Carmo, que avançava pela esquerda área adentro No meio do caminho, entre a pequena área e a marca de pênalti, Tristão lançou o corpo, mal tendo tempo para fechar o ângulo para o rival, de tão fulminante que saiu seu arremate. Não notara, entretanto, que às suas costas Neguim corria para o gol.

Sem que houvesse distância para encobrir Tristão, Carmo inteligentemente efetuou seu disparo à meia altura, de primeira, cruzado, buscando o lado oposto ao que Tristão se lançara com os braços abertos em Moura. O tiro passou-lhe pela esquerda, sibilando, ao largo de seu braço estendido, enquanto seu corpo se deslocava irrefreável para a direita. Urias sentiu no peito uma pontada: a da certeza do gol.

Contudo, lá estava Neguim. Sob as traves, girando o corpo de modo a ficar frente a frente com o disparo, o zagueiro lançou de modo elástico uma das pernas ao ar, como se executasse um golpe de luta livre, interrompendo a trajetória da bola. Sob o urro tresloucado de ambas as torcidas, Urias indignou-se diante da sorte adversária, mas conteve a tempo um soco no ar. Américo correu até a linha de fundo para evitar que o rival ganhasse outro escanteio e enfim conseguiu aplicar um drible em Fukuda, que chegara vigorosamente para tomar-lhe a bola. O veterano camisa seis girou o corpo e de perna esquerda despachou-a paralelamente à linha lateral, onde Cândido recebeu o passe e, percebendo a linha de defesa rival desarticulada, fez o lançamento longo.

Quarenta e seis minutos. Finalmente o Flechas conseguia superar a linha de impedimento adversária. Com um esgar de desagrado nos lábios, Urias temia que no contra-ataque o rival, no cúmulo da injustiça futebolística, chegasse ao gol. E o temor do ascentino era justificado. Depois da penalidade e de todas aquelas claras oportunidades de gol desperdiçadas, o Flechas parecia exibir uma autoconfiança até então inédita. Machado Cortez, até então muito atento com sua bandeira sempre que o lançamento partia da intermediária flechense, num momento de distração, não enxergou o avanço da linha de impedimento comandada à perfeição por Jorjão. Assim, o lançamento de Cândido chegou irretocável para Silva, que em velocidade, na diagonal, rumava à área adversária, da direita para a esquerda, com Jorjão e Moura agora deslocando-se em seu encalço.

'Fodeu!' exasperou-se Urias para si mesmo. 'Quem não faz, toma!'.

Também em disparada rumo à área inimiga, passando pelas costas de Silva, partindo do flanco oposto, Fubá, com pernas aparentemente renovadas avançava. Olhando para seu parceiro de ataque, apontou para onde deveria lhe lançar a bola. Mesmo aturdido com a velocidade com que o contragolpe do inimigo se desenvolvia, Moura, percebendo o veloz avanço de Fubá a suas costas, deixou o combate a Silva a cargo de Jorjão, agora com o auxílio de Graúna, a fim de impedir a chegada do camisa onze do Flechas à bola.

— Vamo lá, putada! — urrou o magricela acompanhado pelo brado sem palavras do gordo seu vizinho.

— Gol! Gol! Gol! — bradava o cabeludo, como se aquilo pudesse influenciar o desfecho da jogada.

— Mata eles, mata! — clamou o do cachimbo.

Urias cerrou os olhos, antevendo o pior. Se o Ascensão sofresse o gol naquele momento, não haveria mais tempo para reagir.

Silva penetrou na área inimiga, acossado por Graúna e Jorjão. Ao ver-se agora diante de Lázaro, que já deixara a meta a fim de impedir seu arremate, o atacante viu-se diante de duas saídas: ou deixar que os dois rivais se aproximassem ainda mais, permitindo o contato físico, para que pudesse cavar uma penalidade, dada a velocidade e o vigor com que o perseguiam, ou fazer o passe lateral para o meio da área, fazendo com que Fubá o recebesse e arrematasse a gol. Temendo desperdiçar a jogada num pênalti que Faria pudesse acabar por ignorar, Silva executou o passe para seu parceiro de ataque, um passe curto lateral a fim de evitar encontrar Fubá em impedimento.

Mais ágil que Moura, Fubá mudou sua trajetória, deslocando-se da direita para o centro. Como não fosse canhoto, evitou o arremate de primeira, dominando-a logo após a meia-lua. Contudo, esse momento de hesitação permitiu que o adversário o alcançasse no exato momento em que o rival puxava a bola para o pé direito. À beira dos próprios limites musculares, o ascentino esticou a perna num carrinho de precisão nada menos que providencial, o suficiente para o bloquear o disparo.

Lépido, Coelho apresentou-se para apanhar a sobra no bico da grande área. Fubá então se pôs no encalço do rival, ignorando as dores no tornozelo, movido pela frustração do lance perdido e principalmente pelas duas agressões que o camisa seis rival lhe infligira. Ainda que o flechense imprimisse ainda mais velocidade em sua disparada, Coelho manteve a dianteira, de modo que não lhe restou alternativa senão lançar os pés à frente num carrinho. Sem hesitação, Fubá desfechou-lhe um pontapé certeiro, de modo a atingir-lhe o tornozelo e a bola ao mesmo tempo. Era o popular 'rapa'.

A fúria empregada por Fubá não apenas derrubou Coelho inapelavelmente, como também levou as hostes flechenses ao êxtase, num alarido ensurdecedor, ensandecido, como se saboreasse uma doce vingança. Quanto à bola, perdia-se pela linha de fundo.

— Beleza!! — urrou o gordo.

— Quebra esse corno!! — vibrou o do cachimbo.

— Isso!! — exultaram o cabeludo e o magricela num uníssono que noutras circunstâncias seria improvável.

Urias, por sua vez, manteve-se calado, com o rosto contorcido pela dor que Coelho agora certamente experimentava.

Para a surpresa do flechense e de todos os demais, Faria assinalou escanteio, visivelmente cansado, já incapaz de acompanhar o jogo a uma distância razoável.

Nem tão frustrada pelo gol perdido e decididamente entusiasmada com a ação de Fubá, a massa flechense agora incentivava confiante sua esquadra. Como se tivesse a certeza de que o gol do título, o fim do jejum de quase vinte e oito anos, estivesse maduro, à espera do próximo lance.

— Vamo matá esses filhadaputa! Vam'lá! Vam'lá! — exigia o do cachimbo vibrando um punho cerrado, exultante.

Se a massa queria gol, Amaro Leite queria calma. Sabia ser muito fácil deixar-se levar pelo entusiasmo da torcida e lançar-se desenfreado ao ataque, esquecendo-se da defesa. E ao perceber que Fubá ignorava o tornozelo machucado numa corrida cheia de gana até a linha de fundo para cobrar o escanteio, berrou, ainda que em vão. Sua voz tremia à beira do desespero:

— Sem pressa, porra! Sem pressa, caralho!

A partida foi novamente paralisada, para o alívio de Amaro Leite, que, no entanto, foi breve. Os maqueiros entraram céleres em campo a fim de retirar Coelho, que chorava de dor, imóvel. O fato de o ascentino não estar rolando de um lado a outro, numa encenação típica dos boleiros, indicava ser séria a contusão. E tão rapidamente Fubá se encaminhou para o escanteio, ao mesmo tempo que os maqueiros retiravam Coelho da cancha, que nenhum ascentino fez menção de ir tirar satisfações com o atacante flechense.

Os olhos de Urias encontravam-se fixos no campo quando, de súbito, um sujeito postou-se à sua frente. Dado o porte físico do indivíduo, praticamente o dobro do seu, o ascentino teve de conter o ímpeto de desfechar-lhe um tapa nas costas para que desbloqueasse sua visão. Mesmo irritado com a obrigação de, vezes sem conta, conter seus instintos, prudente, Urias limitou-se a esticar o pescoço a fim de contornar o corpanzil. Tal era sua angústia naquele momento que levou alguns segundos para reconhecer aquelas costas. Mal dera conta que se tratava do indiscreto flatulento com quem se deparara no banheiro horas antes quando o grandalhão virou-se, braços maciços, cruzados. E olhou-o fixamente, ameaçador.

— Que é que 'cê tá fazendo aqui?

Só então se deu conta do que se lia na camisa vermelha e branca do grandalhão: letras maiúsculas anunciando ALVI-RUBRA. Urias limitou-se a gaguejar, sentindo-se perto de perder os sentidos, ainda que espirituoso.

— Tô vendo o jogo. E você?

Foi a senha para que o sujeito lhe desferisse um tapa na cabeça. Não um tapa cujo propósito era machucar. Sua finalidade era apenas e somente humilhá-lo. Impotente, Urias calou-se

— 'cê é bobo, rapaz? Quer levar porrada, é? Que é que 'cê tá fazendo aqui?

Logo Urias notou que o sujeito tinha a companhia de mais meia dúzia de colegas. Embora estivessem todos de pé, ninguém ao redor atreveu-se a lhes ordenar o habitual "senta, senta!". Urias sentiu-se desconfortável ao perceber que o jovem ao lado do grandalhão já o fitava há algum tempo. Aquelas bochechas atacadas pela acne e o cabelo sarará eram-lhe familiares. Quando a memória enfim lhe veio, engoliu em seco: era o mesmo rapaz com que se vira olhos nos olhos no momento em que ele e seus colegas castigavam o carro esporte azul a caminho do estádio.

'Fodeu tudo,' engoliu em seco, constatando como o mundo, especialmente o das torcidas organizadas, era pequeno, ante o semblante intrigado do rapaz. Impotente, agora restava-lhe somente resignar-se diante da situação. O que não era fácil, mesmo lembrando-se de que, vezes sem conta, ele próprio e seus colegas da Força Bruta, sempre na segurança proporcionada pelos bandos, fizeram o mesmo que agora lhe faziam. Bastava alguém ter a infeliz ideia de aproximar-se do território da Força Bruta com uma camisa vermelha, mesmo que não fosse a do Flechas, para que Urias e seus companheiros atacassem sem piedade. E sua missão chegara tão próximo do sucesso... uma questão de minutos, talvez. Conhecedor das políticas das torcidas organizadas, sabia que não sairia ileso dali. No mínimo, sairia sem a camisa e com o rosto marcado por safanões.

Sua situação, entretanto, não o permitia esperar por aquele destino. Bastaria que o acompanhante do grandalhão se lembrasse de seu ataque ao carro azul. Foi então que o cabeludo interveio:

— Ele é amigo meu. Tá comigo. A gente é amigo do Tristão.

— Amigo seu? E do Tristão? — retorquiu o grandalhão, sem acreditar no que lhe fora dito. — E torce pro Ascensão?

— Qual é o problema? É proibido? — replicou insolente o cabeludo, para a desaprovação de Urias, já ciente de qual seria a resposta do grandalhão.

Nenhum jogador do Flechas pareceu dar ouvidos a Leite e à urgência com que bradava pedindo-lhes calma, até hoje interpretada por alguns mais como covardia, medo de ganhar, do que como cautela. Para o próprio Tristão, a tentativa valia a pena, pois faltava muito pouco para o término da partida e garantiria de uma vez por todas o título tão sonhado. Entretanto, para o pragmático Amaro Leite, zeloso do próprio emprego, um especialista em salvar equipes do rebaixamento, pouco acostumado à ousadia dos vencedores, faltava muito pouco para o apito final. Já que o empate parecia estar em sua mãos, bastava segurá-lo com calma, ainda que seu sistema defensivo estivesse em vias de desfazer-se.

Assim, avançaram todos os Flechenses para a área inimiga, à exceção de Plácido, que achou prudente postar-se no círculo central, e Tristão na meialua de sua área. O treinador flechense, percebendo ser inútil sua pregação, olhou para o tempo de jogo exibido pelo placar e decidiu sinalizar para o árbitro, gesticulando com os braços numa indicação de que a partida já havia esgotado os 90 minutos regulamentares:

— Acabou, Salomão! Acabou!

Igualmente inquietos, Mommo e Dr. Esdras levantaram-se e puseram-se a acompanhar Leite em sua aflição. Salomão Faria, no entanto, não lhes deu a mínima atenção.

Urias viu com desconfiança a atitude do cabeludo, que em sã consciência não tinha motivos para arriscar-se daquela forma. Considerando, porém, o brinco que trazia na orelha e a histeria com que se torcia para seu time, Urias suspeitava que aquele gesto tivera alguma motivação obscura. 'Vai que ele tá gostando de mim? Eu, hein? Sai pra lá!,' incomodou-se ele no breve instante entre a resposta do cabeludo e o safanão que o grandalhão aplicou-lhe na orelha do brinco, o que o calou de imediato, inapelavelmente.

— Não te mete, não, xará. O enrosco é com esse merda aqui.

E para o desespero de Urias, o acneico, como que num momento de revelação, enfim manifestou-se:

— De pertinho assim dá pra ver que é ele. É esse cara, sim. Ele é da Força Bruta. Eu vi ele detonando o carro com os chegados dele. Quase que eles fodem com o meu carro. Arranca a peruca dele pra você ver.

— Tem certeza, Torresmo?

— Tenho, sim, Pedrão. É ele.

— Tem que ter muito peito pra vim aqui e tirar uma da cara da gente! — vociferou o flechense.

— Ele tá com a camisa da Força embaixo da jaqueta. Eu vi, Pedrão!

Mesmo indignado com o tal Torresmo, Urias pela enésima vez naquela tarde conteve-se, não por necessidade ou prudência, mas por conta da menção daquele nome. Pela primeira vez, via o rosto do tal Pedrão. Misterioso e temido, era o presidente da Alvi-Rubra. Raramente se fazia presente nos estádios, exercendo comando à distância e através de seus assistentes.

Fubá ergueu a bola sobre a pequena área e subiram meia dúzia de jogadores em sua disputa, inclusive Lázaro. Jorjão, subindo mais alto que os demais, num cabeceio rechaçou o lançamento para fora da área. Nenhum de seus colegas, entretanto, encontrava-se próximo de Cândido, que emendou um arremate de primeira. Afobado no chute, porém, o flechense deixou de visar um dos cantos altos da meta adversária, o que dificultaria o trabalho de Lázaro. Assim, o petardo encontrou no meio do caminho o rosto de Graúna, acertando-o em cheio, levando-o ao chão como um boxeador nocauteado.

Mesmo em apuros, Urias procurou ganhar alguma visão do gramado contornando com o pescoço o corpanzil de Pedrão quando a massa flechense entoou aquele *uuuuuuuuuuuuuuuuuuuhhhh* típico de quando uma clara oportunidade de gol é desperdiçada. Pedrão, irritando-se com o descaso momentâneo do intruso, agiu.

O rebote retornou à entrada da área, só que desta vez como que de presente para Carmo, que esperto não a reteve por mais do que um segundo e projetou Jurubeba numa corrida em que superou Plácido com facilidade, já buscando Sañudo. Assim, em três toques o inimigo levava novamente a retaguarda flechense ao pânico, um pânico sempre renovado, embora recorrente naquele segundo tempo de sobressaltos. Já para os ascentinos, em cada investida mesclavam-se a angústia e fé. E para quem simplesmente apreciava o futebol, acima da paixão clubística, era um jogo bem jogado o do Ascensão, um espetáculo de passes e dribles, de invenção, de improviso e arte.

Pedrão desferiu um safanão em Urias, não em cheio, mas para livrá-lo da peruca e do boné que usara para se fazer incógnito em meio à massa inimiga. Em seguida, apontou para a jaqueta do intruso:

— Abre essa porra! Deixa eu ver essa camisa!

Foi quando, de súbito, todos ao redor se puseram de pé. Pedrão e seus comparsas voltaram-se a fim de se colocarem a par do que se passava no gramado. Urias pensou em aproveitar-se daquela distração para tentar escapar, mas, cercado, era impossível arriscar. Não tinha dúvidas de que mesmo se escapasse dos comparsas de Pedrão, os demais torcedores acabariam por lhe barrar o caminho, o que tornaria tudo ainda pior do que já estava. Sua esperança era que sua punição se limitasse a alguns safanões e sua expulsão do território flechense.

Quarenta e sete minutos. Sem hesitar, Tristão arrancou da marca do pênalti rumo à bola, exatamente entre o círculo central e a meia-lua. Desta vez, chegou à bola antes do adversário, sem a folga necessária para matá-la no peito ou fazer alguma malabarismo diante de Sañudo, mas o suficiente para passá-la de cabeça para Neguim, que já vinha em seu socorro, embora seguido por Clemente e Fukuda.

De súbito, Neguim aplicou um drible de corpo em Clemente e fez sua torcida urrar como que de prazer, por um breve instante sentindo-se vingada da humilhação que o ataque rival lhes havia imposto durante grande parte da partida. Em seguida, fintou Fukuda, ao que a massa urrou novamente. Tristão, por sua vez, recuou alguns passos, cauteloso.

Em meio à massa flechense, bastou alguém gritar *olé!* para que todos os demais o imitassem, incluídos aí Pedrão e seus asseclas, momentaneamente esquecidos de Urias.

— Vamo lá! Vamo lá! —Pedrão gritou, batendo palmas urgentes.

— Bota esses veado na roda! — clamou Torresmo.

O magricela, o cachimbador e o gordo, já um pouco mais desinibidos na presença de Pedrão, também se deliciavam. Já o cabeludo, calado como o múmia, encontrava-se amuado – constrangido pelo safanão que recebera de Pedrão e inconformado com o pagamento que recebera por sua solidariedade a Urias.

Encorajado pela massa, o defensor do Flechas continuou em sua aventura com a bola nos pés e com uma ginga chamou Fukuda novamente para o duelo, passando-lhe a bola entre as pernas. Mesmo hábil o bastante para jogar como meio-campista, Neguim fora inexplicável e impiedosamente confinado ao papel de zagueiro desde seus tempos de juvenil. Assim, parecia ser aquele seu momento de desforra. Sem demora, não para acudir o colega, mas para participar da estripulia, Plácido apresentou-se, a exemplo de Fidélis e Cândido. A turba flechense torcida não se continha e urrava mais alto e com mais prazer ainda do que segundos antes. O que se seguiu foi uma triunfante e ensurdecedora sequência de olés. Para muitos era inacreditável ver Fukuda, Jurubeba, Sañudo e Clemente colocados na roda por quatro jogadores até então tidos como brucutus, cabeças-de-bagre. Se a torcida não se continha de êxtase em seu *olé, olé, olé*, Leite desesperado, comicamente inquieto à beira do gramado, batendo nas coxas com as mãos espalmadas, estava prestes a entrar em campo para pôr um fim naquilo. Entretanto, seus gritos eram abafados pela explosão de êxtase da torcida.

Pedrão, seus asseclas e todos ao redor de Urias – à exceção do cabeludo – vibravam a cada olé entoado pela massa. Urias, impotente, assistia a tudo com o ódio lhe queimando as veias. Na garganta ardiam-lhe as mesmas palavras que se vociferavam por toda a massa ascentina:

— *Mete a bota neles!*

— *Quebra! Quebra a perna desse filho da puta!*

— *Arregaça esse corno!*

— *Mata esse veado!*

Ante o arrebatamento da torcida, Tristão teve a sensação inebriante de que a partida estava ganha. Vira que naquela partida a máxima futebolística do quem-não-faz-toma mostrara-se uma verdade praticamente incontestável. Depois daquela incrível sessão de gols perdidos pelo Ascensão, agravada pelo pênalti que ele próprio havia defendido, estava convencido de que aquela tarde seria flechense. De punhos e dentes cerrados, os batimentos cardíacos ligeiramente mais acelerados que antes, lembrando-se de incontáveis jogos em que times que desperdiçavam penalidades acabavam derrotados, convencido de que naquela tarde o Ascensão iria enfim receber seu castigo, comentou, exultante:

— É, meus amigos, o futebol não aceita desaforo.

Diante de Fukuda, Plácido fez para Neguim um passe com a parte de fora do pé, um passe de pura zombaria. Sem descanso, o sansei estendeu o combate ao zagueiro adversário, que pisou na bola e, evocando Rivelino, puxou-a para o lado, fazendo-a acompanhar o pé até que batesse em sua parte interior e voltasse para onde estivera, executando o famoso "elástico".

Como fosse o flechense o último homem de sua retaguarda, Amaro Leite bradava apavorado, a voz falhando de rouquidão:

— Para com a brincadeira, Neguim! Para com isso!

No primeiro truque, o flechense iludiu o Fukuda, já ao tentar o segundo, porém, foi frustrado pelo rival, que rapidamente roubou-lhe a bola.

Ainda adiantado, Tristão apercebeu-se do perigo e pôs-se a recuar desesperado para sua meta. O *olé* entoado por milhares de flechenses transformou-se num gemido de pânico quando Fukuda viu-se a sós com a bola. Agora, o êxtase bandeava-se para o lado ascentino. Pedrão e seus asseclas emudeceram-se, paralisados. Os demais gemeram em pânico, num uníssono. Urias sentiu o coração disparar, sem, que, no entanto, a voz o acompanhasse.

Assim, o sansei avançou rumo à meta inimiga. Ainda na meia-lua, antevendo o arremate, Tristão sentiu o coração subir-lhe até a garganta, não tendo nada mais a fazer senão recuar, e mais rápido ainda. Neguim, entretanto, ciente do que sua imprudência poderia custar, superou-se na velocidade, alcançando Fukuda. Em seguida, colocou a perna longa entre o pé do rival e a bola, para então tomar-lhe a frente, desarmando-o por completo. Fukuda, não se dando por vencido, passou a tentar limitar o espaço de manobra do flechense. Essa disputa desenrolou-se até que, acossado contra a linha lateral esquerda, a poucos passos da bandeira de escanteio, Neguim viu-se forçado a arriscar uma saída daquela situação, já que nenhum de seus colegas aproximara-se para auxiliá-lo.

Pedrão, seus comparsas e os demais se descabelavam em uníssono:

— Volta alguém, porra!

— Tem que ajudar ele, caralho!

Quarenta e oito minutos. A mesma solidariedade tática que encontrava-se em falta entre os flechenses abundava entre os ascentinos. Quando decidiu-se pela saída pela esquerda, viu-se diante de Sañudo, em quem teve de aplicar um drible de risco, tão próximo que se encontrava de sua grande área. Graças à sua privilegiada constituição física, a manobra acabou sendo bem executada. Entretanto, como que se o alívio de ter resolvido a parte mais complexa de sua tarefa fizesse sua concentração afrouxar-se por um segundo, efetuou a tarefa seguinte, um mero passe de três metros para Benigno, de forma pífia. Carmo, sem demora, interceptou a bola, aplicou uma finta no três adversário e, com tranquilidade diante do completo desarranjo da defesa adversária, rolou a bola para a meia-lua, onde Clemente, sem receber qualquer marcação, vendo-se diante de Tristão, arrematou de primeira. Sem muito o que fazer, Tristão procurara fechar o ângulo ao máximo, dando dois passos à frente, postando-se sobre a linha da pequena área.

Apavorado, Pedrão, a plenos pulmões, bradou de modo incrivelmente histérico:

— Ai, caralho!

O pânico instalara-se implacável entre os milhares de flechenses presentes e outros tantos pelo estado afora, ao pé do rádio. Urias, com o coração ao galopes, enfim extravasou sua angústia num brado gutural, que no entanto acabou abafado por coisas como:

— Chega junto aí, porra!

— Segura ela, cacete!

— Quebra esse filho da puta aí!

— Não deixa chutar! Não deixa chutar!

— Jesus menino!

— Não! Não! Não!

— Ai, meu Deus!

— Puta que pariu!

— Ai, fodeu!

Em circunstâncias como aquela, todo artilheiro sabe que o disparo ideal deve ser feito buscando um dos ângulos, com a maior força possível, a fim de não permitir ao arqueiro qualquer possibilidade de defesa. Contudo, talvez devido à ansiedade, o arremate de Clemente saiu-se longe de perfeito: à altura do peito do arqueiro rival, firme ainda que sem a força necessária. Surpreso com a facilidade da defesa, Tristão preparou-se para encaixar a bola no peito – tivesse sido aquele um arremate em velocidade fulminante, teria bastado espalmá-la para escanteio.

E foi exatamente a facilidade daquela defesa o que traiu Tristão. Demasiado autoconfiante, não imprimiu nos braços a firmeza ideal, ao mesmo tempo que deixava de mantê-los junto ao tronco. A displicência dos autoconfiantes, sempre fatal. Como que se dotada de vida própria, caprichosamente, a bola esquivou-se do abraço do arqueiro, ganhando assim os poucos metros que a separavam da linha fatal, determinada, implacável. Para o absoluto desespero de Tristão, seus colegas e de milhares de flechenses.

O grito de gol que estivera preso por tantos minutos na garganta da torcida do Ascensão engolfou o estádio, ensurdecedor. Tristão, atônito, nunca havia ouvido nada semelhante, nada tão doloroso. O mundo parecia lhe desabar sobre a cabeça. Já a maioria de seus colegas, insensíveis à falibilidade humana, aglomerou-se ao seu redor, dirigindo-lhe grande variedade de palavrões, apontando para a bola no fundo das redes. Era naturalmente o alvo mais fácil de sua ira. Estavam todos tão exasperados que nem sequer prestavam atenção em Neguim, que errara de forma bisonha um passe tão banal. Nem mesmo a massa flechense percebeu sua figura cabisbaixa e solitária entre a pequena área e a marca de pênalti, o próprio retrato da culpa, ambas as mãos no rosto, aos prantos.

Assim como ouvia, com mais clareza, dada sua proximidade, a manifestação enfurecida das vozes flechenses a poucos metros de distância:

Filho da puta! Veado!

Aliviado com o gol assinalado para seu time, Urias subitamente experimentou um instante de lucidez. Percebendo que Pedrão e seus asseclas mantinham-se voltados para o campo, exasperadamente ocupados em liderar os xingamentos a Tristão, viu naquele momento sua oportunidade de escapar do linchamento – pois, dado o estado de espírito dos flechenses, não poderia esperar menos que aquilo. Sem demora, pôs-se de pé e procurou sair despercebidamente. Pelo canto do olho, entretanto, Torresmo lhe flagrou a fuga e de pronto alertou Pedrão com um grito.

Como se não bastasse, quando os colegas de Tristão, esbravejando e esmurrando o ar, já lhe haviam dado as costas a fim de retornar ao meio do campo, Clemente aproximou-se e dirigiu-lhe um sorriso de puro escárnio. Porém, como se aquele gesto não bastasse, o autor do gol ascentino, deteve-se a poucos metros e agarrou a genitália, sacudindo-a numa mancheia, expressando todo seu deleite.

— Toma, seu feladaputa! O mundo é dos espertos!

Saltitante, Sañudo veio fazer-lhe companhia, um esgar de troça projetando-lhe o cavanhaque:

— ¡El boludo metió la pata! ¡Qué pavada, pibe! ¡Arquerito de mierda!

Clemente então repetiu para a torcida adversária o gesto que havia dirigido a Tristão. Ignorando o sem-número de objetos que lhe atiravam, bradava exultante:

— Quem é veado, hem? Quem é que é veado, hem?

Frente a frente com a cólera de Pedrão, sentindo que sua situação piorava a cada segundo, Urias nem sequer prestou atenção no carnaval que sua torcida agora fazia. Arreganhando os dentes ruins, o presidente da Alvi-Rubra vociferou:

— 'cê acha que 'cê vai sair dessa na moral? A gente vai é detonar com você!

Cabisbaixo, imóvel, suando em bicas, tamanho seu constrangimento, Tristão limitava-se a escutar milhares de ascentinos presentes, triunfantes, saudá-lo com o seguinte coro:

Frangueiro! Frangueiro!

Incapaz de pronunciar palavra, impotente ante a troça sarcástica dos rivais, a autoestima esvaziada por completo, Tristão não esboçou reação. Foi Benigno quem o abordou. Com um empurrão, fez cair sentado o camisa dez, que de tão radiante, como que em transe, nem sequer fez menção de partir para o revide. Como que em transe, saltitando, com os braços abertos para sua torcida, voltou para o círculo central, recebendo o abraço do argentino.

Ciente de que não haveria escapatória, Urias despiu-se de todo e qualquer receio. E abriu a jaqueta, lhe exibindo sua camisa da Força Bruta. Como se fosse pouco, ainda disse-lhe:

— Eu sô campeão, xará! Campeão! Pentacampeão! Em cima docêis. 'cês é tudo freguês! Vinte e oito! Vinte e oito!

O céu permanecia carregado, um cinza espesso; a garoa ameaçava recrudescer e desabar a qualquer instante. Tristão, com as mãos na cintura, ainda imóvel qual estátua, ergueu a vista para o placar: três a dois para o Ascensão. Permanecia tomado por um calor insuportável. Vendo que Benigno encontrava-se a poucos metros de distância, olhou para o companheiro, procurando receber do colega alguma manifestação de apoio, por menor que fosse, uma vez que interrompera a zombaria de Clemente. Não veio, porém, qualquer resposta daquele rosto inexpressivo. Foi só então que prestou atenção nas incontáveis imprecações que dirigiam a ele e a sua mãe, logo ela, que tanto havia tentado dissuadi-lo de largar a escola para tornar-me futebolista. Pensou então no pai e seu coração fraco, sofrendo tanto quanto ele próprio, decepcionado. Correu-lhe um calafrio pelo corpo quando ocorreu-lhe que seu coração talvez não tivesse suportado o que acabara de assistir.

Enquanto os milhares de flechenses à sua volta descabelavam-se em palavrões e ofensas dirigidos a Tristão, Pedrão sacou seu soco inglês e avançou sobre Urias, que num arrepio de destemor, ensandecido, desferiu-lhe um pontapé certeiro nos testículos. Um golpe que mesclava ódio e insolência. Sua intenção era simplesmente aleijá-lo. E foi assim que fez o inferno precipitar-se sobre si. O cabeludo, ciente do que lhe esperava se permanecesse ao lado do intruso, afastou-se num gesto brusco, no que foi imitado pelo cachimbador. Um contingente assustador de flechenses abalou-se para atacá-lo. A esses somaram-se o gordo e o magricela, instigados pela perspectiva de pôr as mãos num ascentino. Tomado por um frenesi, Urias pôs-se a girar ao redor do próprio eixo, os braços abertos, os punhos cerrados, como uma hélice, disposto a golpear quem quer que lhe viesse pela frente – sendo que acabou fazendo do múmia, que a tudo assistia impassível, sua primeira vítima, atingindo-lhe o nariz com o punho direito. O próximo foi Torresmo, colhido no olho esquerdo. Pedrão apoiou-se no alambrado, sem fôlego, a cólica a querer estourar-lhe o ventre.

Tristão não ousou olhar para trás. Pelas ofensas que lhe endereçavam, sabia que se lhes dirigisse o olhar, receberia em troca incontáveis olhares e esgares de ódio, o que não o surpreendia, visto que naquele momento nem mesmo dos olhos menos volúveis eram de se esperar sentimentos como decepção, desilusão ou desencanto – muito menos solidariedade por seu infortúnio. Assim, sabia que, não fosse o alambrado a separar a torcida do campo, ela o teria invadido e avançado contra ele como uma turba sedenta por linchamento. Mesmo em seus vinte anos, jamais tendo sido alvo de tanta fúria, sabia não haver nesta vida coisa pior do que ser odiado – não o ódio do estranho, mas o ódio de quem se esperam o amor e a aceitação.

Discretamente, a fim de não acusar o golpe em sua autoestima, olhou para os torcedores amontoados junto à lateral do campo. Agora desperto de sua impassividade, o múmia reagiu, desferindo no intruso um pontapé certeiro no joelho, ao mesmo tempo em que Pedrão, fora de si, o atingia nas costas com o solado de sua bota. Tristão viu muitos flechenses agarrados ao alambrado, sacudindo-o como feras enjauladas, como se tentassem derrubá-lo, coléricos, a exemplo de milhões de torcedores diante de seus televisores. Por um instante, temeu que conseguissem pôr abaixo a cerca. Torresmo, por sua vez, num arremedo de golpe de capoeira, não conseguiu derrubar o ascentino com uma rasteira. Já o gordo, com um murro endereçado às suas costelas, e o magricela, agora irritado por terem lhe quebrado o rádio, com um direto que lhe colheu uma das orelhas, encarregaram-se de dar sua contribuição à vingança flechense, que estava apenas no começo, dado o número de flechenses que se abalavam para o centro do tumulto.

Foi então que ao ouvir o inconfundível som do corre-corre, indissociável da gritaria que anunciava o pânico, Tristão voltou-se para trás para o tumulto. Urias, por sua vez, já tendo recebido incontáveis pontapés e murros e tapas vindos de todas as direções, tentava teimosamente reeditar a hélice, agora danificada, mas sem muito sucesso. Já o arqueiro via somente uma forma cambaleante sob dezenas de braços e pernas que a golpeavam ensandecidamente. Transformara-se em testemunha de linchamento. O cabeludo, já tendo sido derrubado duas vezes, com o coração pulsando desordenadamente e a imagem de sua filha de dez meses no pensamento, empreendia uma fuga atabalhoada exatamente no sentido contrário ao dos agressores de Urias. A saída mais próxima parecia-lhe estar a um quilômetro de distância.

Incrédulo, petrificado, Tristão assistiu a outros torcedores descer de vários pontos da arquibancada, convergindo para onde se desenrolava a agressão, trazendo porretes, socos ingleses, garrafas. Já enfraquecido, consideravelmente atonteado, percebendo que os sentidos ameaçavam abandoná-lo, Urias então abaixou-se, encolhendo-se como caracol, fechando os olhos, rezando para que a polícia não tardasse a chegar. O cachimbador, já tendo perdido seu fiel companheiro na confusão, com as costas contra o alambrado, afastava-se passo a passo, com enorme dificuldade, do olho do distúrbio, chocando-se ou com outros torcedores em fuga ou com torcedores sedentos de sangue. Foi quando o múmia, no encalço do intruso, acabou atingido na cabeça pelo rádio de pilha que o magricela lhe atirara. De imediato, um corte abriu-se no alto de sua cabeça. Impotente, vendo o torcedor agredido curvar-se, protegendo a cabeça com os braços, recebendo seu castigo no corpo todo, Tristão passou a gesticular por providências para os policiais mais próximos, que nada fizeram. Os músculos e os ossos de Urias vibravam a cada murro e pontapé. Não bastasse, xingavam-no e cuspiam-lhe. Foi quando, de repente, sentiu o maciço de um porrete atingir-lhe o alto das costas. Na sequência, foi golpeado nos braços e novamente nas costas, várias vezes.

— Os polícia tão vindo! — alertou alguém.

Sem pestanejar, aproveitando-se de uma ligeira trégua, ainda que cambaleante, um gosto grosso de sangue na boca, Urias tentou fugir.

Aquela cena não durara mais que um minuto. Foi quando os policiais da tropa de choque surgiram no alto da arquibancada formando um cordão de cerca de trinta homens. De súbito, Tristão viu a vítima do linchamento livrar-se do ataque dos torcedores rivais, encurvado, a cabeça entre os braços, lançando-se numa corrida trôpega rumo ao cordão de isolamento a poucos metros de distância. Ainda que sua vingança não se tivesse consumado, mas na certeza de que o intruso não escaparia vivo, Pedrão decidiu retirar-se; já não sentia mais dor. Já o cabeludo, com as pernas doloridas, o fôlego curto e o coração a ponto de estourar, enfim alcançou a saída, a poucos metros dos cassetetes e escudos que os soldados do batalhão de choque carregavam, prontos para debelar o conflito que se espalhava por aquele setor das arquibancadas.

Ao ser golpeado em cheio na boca por um punho perdido, Torresmo levou atônito as mãos 'a boca, cuspindo sangue e dentes. Urias sentia pouca firmeza nas pernas, o que o impedia de correr a contento. Assim, tornou-se presa fácil dos inimigos, recebendo mais outro sem-número de golpes naquela espécie de corredor polonês que se formara diante de si e no qual entrara às cegas. Quando preparava mais um pontapé, o gordo acabou derrubado pela onda de torcedores vinda do alto da arquibancada, caindo sobre Torresmo e o magricela, que acabara que receber do múmia um pontapé certeiro na genitália. Boquiaberto, Tristão viu despencar no encalço do torcedor espancado dezenas de torcedores do Flechas, que ainda não haviam percebido estarem prestes a precipitar sobre si não apenas a tropa de choque com seus cassetetes e suas bombas de gás lacrimogêneo, bem como dezenas de torcedores do Ascensão que derrubavam o cordão de isolamento, arquibancada abaixo, galgando furiosos os degraus, a fim de somar-se ao confronto. Foi quando perdeu o sujeito de vista. Torresmo, colhido pela onda desencadeada pela queda do gordo, perdeu o equilíbrio, de modo que sua cabeça, produzindo um baque surdo, atingiu o concreto, levando-o ao desmaio. O magricela, por sua vez, com uma fratura exposta na perna esquerda, esquecido dos testículos doloridos, urrava em desespero, enquanto o gordo, empurrado contra o piso áspero, debatia-se a fim de levantar a cabeça e evitar, sem sucesso, que sua face direita acabasse esfolada de alto a baixo.

Quando foi golpeada sua testa, Urias sentiu uma onda de calor lhe envolver a cabeça por inteiro. Foi o que lhe minou de vez a resistência, levando-o ao chão. Atonteado, percebendo-se no centro de uma roda de flechenses, limitou-se a guardar a cabeça entre os braços. E o linchamento foi levado ao paroxismo: eram chutes, murros, porretadas. Os golpes o atingiam no ventre, nas costas, na cabeça, fazendo-lhe o corpo estremecer. Sentia ele as mãos e o rosto pegajosos, cobertos de algo viscoso, morno: sangue. O porrete voltou à carga, impiedoso, homicida, explodindo-lhe nas costas. Uma, duas, três vezes, próximo à nuca. Uma intensa onda de dor varreu-o, implacável. Em seguida, um golpe na cabeça e um ardor insuportável. Sentiu a vista estremecer, para então mergulhar na treva absoluta.

O cabeludo, recuperando o fôlego, aliviado, sequer se deu ao trabalho de olhar para baixo. Sobrevivente de distúrbios semelhantes, sabia exatamente como tudo terminaria: dezenas de feridos, alguns presos e possivelmente um ou dois mortos – entre eles aquele maluco que assistira à partida a seu lado. Pensando na filha que deixara em casa, saiu rapidamente. Com o jogo ainda por terminar, poderia tomar tranquilamente o ônibus de volta para casa. Com sorte, poderia voltar sentado.

O adjetivo dantesco serve com perfeição para classificar o que se seguiu. Tristão sentiu correr-lhe um arrepio espinha abaixo ao ver os torcedores flechenses cercados. À sua esquerda, o alambrado, impossibilitando-lhes a fuga; à sua frente, avançando, um contingente cada vez maior de torcedores adversários, sedentos de ação, às costas e à direita destes, a tropa de choque. Em meio a sua fuga desastrada, com as mãos ensanguentadas e os cabelos empapados de sangue, o múmia acabou imobilizado por um soldado que, pressionado o cassetete contra seu pescoço, forçou-o ao chão inapelavelmente. A fumaça do gás lacrimogêneo encobriu apenas tenuemente a dança ensandecida dos cassetes, dos murros, dos pontapés.

Apesar de agora pressionado por Bologna Filho e Honório Cobra, que agora queriam jogo, Salomão Faria recusava-se a autorizar o reinício. Todo o restante do estádio silenciou-se, de modo que o vozerio que emergia da praça de guerra era tudo o que se ouvia. Nos rostos de todos os jogadores, expressões atônitas, boquiabertas; todos como que paralisados.

A tropa de choque recebeu reforços para que conseguisse, poucos minutos depois, afastar uma facção da outra, deixando no espaço que se havia formado entre elas os vários feridos — torcedores com camisas do Ascensão e do Flechas, policiais e suas fardas; alguns cambaleantes, alguns semiconscientes, outros desacordados. No alto das arquibancadas, Tristão notou que três policiais conduziam um torcedor pelos braços e pernas, inerte, aparentemente morto, muito provavelmente o torcedor que havia acabado de ser linchado. Agachado junto à saída e ofegante, com os óculos desalinhados e uma das lentes trincada, o cachimbador viu passarem os policiais que carregavam Urias. Como fosse daqueles que na rua desviam o olhar diante de alguma vítima de atropelamento ou acidente, ao ver Urias de perto, com a cabeça ensangüentada pendendo para um lado, sentiu um arrepio paralisante tomá-lo da cabeça aos pés.

Notando que os semblantes dos jogadores agora se mostravam menos abalados com o que ocorrera, Salomão Faria retornou ao círculo central, ignorando todos os ocupantes do banco do Ascensão, que, agora com o placar e o tempo a seu favor, gesticulavam, abrindo mão dos acréscimos que tanto desejaram ao longo de todo o jogo, pedindo o fim da partida. Eram representados em campo por Carmo, que se aproximou do árbitro, apontando para o pulso. Faria refutou a reivindicação meneando a cabeça, sinalizando claramente que haveria acréscimos e retomou o jogo. Ainda havia alguma esperança para o Flechas. A partida já passara do centésimo minuto, e ainda haveria, segundo o árbitro, mais dois ou três minutos.

Cinquenta e dois minutos. Na ânsia do empate, Fubá deu o pontapé de reinício, passando a bola para Silva. Cândido apresentou-se para receber seu passe. Fubá deslocou-se para a esquerda e foi acionado. Nesse momento, a linha de ataque adversária avançou para dar-lhe combate. O veloz ponta passou por Fukuda, Sañudo e Carmo, agora marcadores, determinados a segurar o jogo. Entretanto, ao tentar passar por Clemente, acabou desarmado. O rival então fez o recuo para o veterano Lázaro, que a devolveu para Clemente que, por sua vez, passou-a lateralmente a Jorjão, que lhe devolveu a bola. À primeira vista era como se jogassem um descompromissado pingue-pongue. Entretanto, dado o placar e o tempo de jogo, nenhum de seus colegas sentia-se disposto a comprometer-se, livrando-se da bola o mais rápido possível.

Leite desesperou-se:

— Toma essa bola aí! Toma essa bola aí!

Já faltando pernas aos flechenses para dar um basta naquela troca de passes, de modo que, à exceção do infatigável Fubá, o Flechas, desobediente, compactou-se, esperando o rival da linha intermediária para trás.

Fubá aproximou-se do camisa dez adversário, às suas costas para tentar o desarme. Moura logo chegou em auxílio do colega, que lhe passou a bola lateralmente enquanto dava as costas para Fubá. Moura devolveu-a de primeira num passe demasiadamente longo para Clemente, que já havia girado o corpo ao redor de Fubá, avançando para fazer a terceira ponta do triângulo. Porém, pareceu baixar sobre seus companheiros certa inércia, de modo que apenas acompanharam a jogada à distância, deixando um vazio junto à linha intermediária, pelo qual Silva avançou, esticou a perna e interceptou o passe de Moura para Clemente. O flechense dominou a bola, evitou o camisa dez rival, driblou Carmo e, percebendo Fubá colocando-se no vazio entre Jorjão e Graúna, enviou-lhe um passe rasteiro na entrada da área. Foi então que às suas costas o Flechas avançou em bloco, um arrastão pelo gol.

Fubá partiu para o confronto direto com Jorjão. Mesmo em visível luta contra o tornozelo avariado, o atacante não se deixou limitar. Na meia-lua, fintou o rival com a perna esquerda, puxou a bola ao pé direito para o arremate forte e rasteiro no canto esquerdo. Lázaro encontrava-se bem posicionado, mas com a força do chute atrapalhou-se, proporcionando um rebote, que Silva tentou aproveitar lançando-se num carrinho. Moura abalou-se para rechaçar a sobra, mas não o suficiente para livrar sua defesa do perigo. O novo rebote que se produziu caiu praticamente no pé certo de Cândido, temido chutador, na entrada da área. O petardo acabou espalmado espetacularmente por Lázaro, numa impressionante demonstração de agilidade.

Houve mais uma sobra, uma disputa renhida na terra de ninguém que se havia tornado a grande área ascentina. A bola caiu diante de Fubá, que sem vacilar desferiu um sem-pulo. No meio do caminho, entretanto, havia Graúna, próximo à marca do pênalti, novamente colhido em cheio na cabeça, alterando a trajetória certeira da bola. Área adentro, na busca pelo rebote, sequioso por redenção, superando Fukuda na disputa, Neguim apresentou-se para aproveitar a rebarba com a canhota num fulminante chute de primeira, endereçado ao canto baixo direito de Lázaro, que esticou a perna como um goleiro de futebol de salão. Mais do que as pernas adversárias, parecia haver, ali, no gol inimigo, um campo de força que havia poucos instantes parecera estar a favor do Flechas. O rebote acabou na ponta esquerda, pouco além da linha lateral da grande área, na qual, à exceção de Tristão, todos os jogadores se concentravam. Célere, Américo recolheu a sobra, evitou Fukuda, foi à linha de fundo e fez o cruzamento rasteiro para a boca do gol adversário.

A bola passou por um Graúna ainda atonteado, Carmo e também por sob Lázaro, que buscando intervir novamente com os pés, viu-a passar por entre suas pernas afastadas como as de um compasso, uma fração de segundo antes que ele as fechasse. Rente à linha do gol, Moura afastou-a como pôde, sem qualquer concessão ao futebol-arte: com a canela. Porém, de prontidão na pequena área estava Silva. Foi então que Sañudo, aproximando-se do rival pelas costas, esticou o pé e travou o arremate no instante exato, de tal forma que, embora se dirigisse ao gol, a bola acabou rebatida por Moura, projetando a cabeça para frente num cabeceio de puro reflexo. Todavia, a bola recusava-se a afastar-se da pequena área, provavelmente divertindo-se de maneira sádica com todo o pânico e a sanha de todas aquelas criaturas. Vendo-a ir para além de seu alcance, o argentino foi juntar-se a Moura e acabou imitado por Fukuda, todos na guarda da linha fatal. Lázaro, recomposto, retornou à frente da meta. E pouco além da linha frontal da pequena área, Fubá, acossado por

Clemente, observado por Silva, desferiu outro bate-pronto. E, de imediato, desabou, levando a mão à coxa direita, acusando estiramento.

Naqueles segundos febris, todo e qualquer sentido de disciplina ou obediência tática dera lugar a um bate-rebate que Tristão, à distância, via assemelhar-se a um jogo de fliperama. Lázaro lançou-se na trajetória do chute à queima-roupa disparado por Fubá e conseguiu defendê-lo, ainda que parcialmente. A bola encontrou-lhe as costelas direitas e desviou para o chão, buscando o gol. Exatamente sobre a linha do gol, Fukuda a defenestrou desesperadamente, sendo acompanhado no gesto, instintivamente, por Sañudo e Moura— num levantar de pernas tão bem sincronizado que de certa forma pareciam estar dançando cancã. A sobra passou acima das cabeças de Carmo, Silva, Benigno, Neguim e Plácido, caindo exatamente sobre a marca do pênalti, entre Cândido, Clemente e Jorjão. Os três ao redor da bola, sem finezas, os dentes cerrados, a urgência percutindo no peito de cada um. Então, houve a dividida. O camisa oito flechense venceu a disputa, ignorando o medo de ter a perna partida ao meio, mostrando as travas de sua chuteira como uma fera arreganha os dentes. Enquanto isso, Salomão Faria deixava a bola rolar. Cândido, então, com muita lucidez, tocou-a para Silva. E agora de costas para o gol, o camisa nove girou e aplicou um drible de corpo em Carmo.

Abriu-se um clarão à sua frente, de modo que se viu diante de Lázaro. Respaldado pelos três colegas que guardavam a linha do gol, o veterano avançou nos pés do rival.

Sem demora, Silva cortou-o para a esquerda e viu-se com um ângulo de chute excepcional para seu pé bom, o canhoto. E tudo ficou mais fácil quando Moura, que acompanhava a jogada e guardava o canto direito de Lázaro, escorregou, caindo sentado uma fração de segundo antes do arremate. O gol escancarara-se para receber seu chute. E com Moura fora de ação e sem que o argentino e o sansei tivessem tempo de fechar o canto aberto, tudo resumiu-se a Silva, a bola e o gol a cerca de três metros de distância.

Era o gol do Flechas. O gol da vitória. O gol do tão ansiado título estadual. Um grito de gol que manteve-se suspenso no ar, um jejum de quase vinte e oito anos chegando ao fim. Por um instante de pura esperança e felicidade, Tristão sentiu-se aliviado. Seu erro seria perdoado assim que a torcida irrompesse num estado de graça, entrando numa lua-de-mel com a vitória...

Diante do que se seguiu, Tristão, juntamente com os milhares de flechenses presentes, gritaram um grito em que o pânico e o desespero não se distinguiam. Bastando rolar a bola meta adentro, Silva, cerrando olhos e dentes, acabou por desferir um frenético, grotesco, desesperado, sôfrego chute de bico. Havia dois metros e quarenta e quatro centímetros entre o chão e o travessão para que seu arremate passasse, porém a sorte, ou o que fosse, cobrando-lhes a conta, quis que explodisse no travessão e acabasse perdendo-se em meio à torcida adversária, que acolheu a bola num gutural e ensurdecedor arroubo de êxtase. Tristão, que há tempos não o fazia, não conseguiu conter o choro. Aquele gol perdido, um gol como há muito não se perder, foi o que acabou por desmontar a equipe do Flechas de vez uma vez por todas. Como se tivessem sido colhidos em cheio no queixo, os flechenses agora esperavam apenas que o adversário os jogasse a nocaute com um sopro, como nos desenhos animados ou nos pastelões que parodiam o pugilismo.

Mortificado, Tristão sentiu os ombros se vergarem ainda mais quando a torcida adversária passou a entoar, entusiasmada. Era-lhe um refrão doloroso, já incluindo mais um ano de fila para o Flechas:

Não é mole, não! Vinte e oito anos sem gritar 'é campeão'!

O tempo regulamentar já se havia esgotado, porém o árbitro queria mais jogo, fazer cumprir a regra, já que a partida tivera muitos minutos de interrupção. O Ascensão agora apenas fazia a bola circular entre as duas intermediárias, de pé para pé a fim de gastar o tempo até o apito final de Salomão Faria. A torcida adversária agora tinha sua oportunidade de ir à forra e deleitar-se aos brados de *olé, olé, olé*.

Enquanto isso, esquecida de Amaro Leite, Neguim e Silva, a massa flechense voltava a dirigir seus xingamentos a Tristão, que, pouco a pouco viu-se forçado a avançar até a margem da meia-lua não só para evitar escutar as ofensas, como também fugir do alcance das garrafas, das pilhas usadas, dos copos plásticos transbordantes de urina. Sentia ser impossível conter as lágrimas que lhe desciam aos olhos e lhe borravam a visão. Desesperado, desolado, sentia o mundo pesar-lhe sobre os ombros.

Fubá arrastava-se em campo, manquitolava em meio à linha de passe rival. Silva buscava dar combate ao inimigo sem sucesso. Cândido e Plácido também tentavam provocar algum erro na troca de passes adversária, igualmente sem sucesso. Benigno, Neguim e Fidélis demonstravam destempero sob o *olé, olé, olé* da torcida, e procuravam atingir com violência alguns dos adversários.

Ao receber um passe de Carmo, Clemente recebeu de Benigno uma pancada no tornozelo que bem que poderia ter rendido a este o cartão vermelho, porém Salomão Faria, mesmo sob os protestos de Hércules, parecia decidido a não expulsar mais ninguém. Clemente então manquitolou até a linha lateral a fim de receber tratamento médico: um borrifo de anestésico na canela esquerda. Hércules aproximou-se com as mãos nos bolsos e cochichou-lhe algo. O camisa dez, mancando de volta ao campo, aproximou-se de Sañudo e transmitiu-lhe as palavras do técnico.

No círculo central, Carmo fez um passe rasteiro para Fukuda. Sañudo aproximou-se e recebeu o passe, partindo rumo ao gol. Driblou Plácido e Neguim, e seguiu na direção de Benigno, que veio barrar-lhe a investida. O zagueiro levantou a sola da chuteira de modo a visar não só a bola, mas também a perna adversária. Sañudo recebeu a pancada abaixo do joelho, porém, lançando o corpo para frente, derrubou Benigno, levando-o abaixo junto consigo, caindo os dois com as pernas enlaçadas. De imediato, em vez de livrá-las, começaram a atingir-se no chão com as que estavam desimpedidas, para então se levantarem ao mesmo tempo, engalfinhando-se.

Sem demora, Sañudo enterrou um murro tão acintoso no rosto do inimigo que lembrava os murros típicos dos filmes de faroeste. Apesar de um tanto quanto caricato, foi desferido com tamanha fúria que Benigno acabou estatelado — com o maxilar seriamente lesionado, como se diagnosticaria mais tarde.

Sem outra alternativa, Salomão Faria, aplicou em Sañudo o cartão vermelho. Ao sair de campo, sem ser interpelado por nenhum dos rivais, não somente exibia um sorriso de satisfação, como acenava para a torcida que vibrava com seu feito. Nenhum dos rivais fez menção de abordá-lo ou revidar-lhe a agressão; assim como nenhum fez menção de aproximar-se de Benigno, caído, com o rosto ensanguentado. Agora todos estavam exaustos, sem rumo, entregues. Todo aquele exaltado e intenso espírito de luta que haviam exibido se havia esgotado. Aquele murro sofrido por Benigno fora-lhes o golpe de misericórdia.

Enquanto o Ascensão mantinha preguiçosamente a posse da bola à espera do apito final, a torcida ascentina, em nome de seu júbilo e da aniquilação do inimigo, já celebrava, esquecida das baixas que tivera no conflito com a polícia e com a torcida adversária. Hércules e os demais reservas agitavam os braços para o árbitro, mostrando-lhe que já era hora de encerrar o jogo. Carmo e Jurubeba agora simulavam contusões.

O arrebatamento da massa flechense, dos reservas e da comissão técnica do Ascensão soava ensurdecedor, incontido. Hércules agora exibia um largo sorriso de orgulho. Já o banco flechense era a própria desolação. O treinador flechense já deixara o banco, abandonando o restante da comissão técnica e dos reservas. A caminho dos vestiários, cabisbaixo, as mãos nos bolsos, o cigarro num canto da boca, fez-se acompanhar pelos os xingamentos que lhe eram dirigidos. Já Tristão ergueu a vista turvada pelas lágrimas, procurando as tribunas, onde os dirigentes deviam estar passando a limpo a tão prometida lista de dispensas. Seu nome certamente haveria de ser incluído.

A consciência do que sua falha havia causado, ainda que devesse partilhá-la com Neguim, fez com que o jovem arqueiro se afundasse ainda mais no choro. Olhou para trás e viu a multidão flechense abandonar o estádio arrastando os pés, bradando imprecações, gesticulando ofensas e deixando espalhadas pela arquibancada suas bandeiras, algumas em chamas, outras em farrapos.

Cinquenta e seis minutos. Salomão Faria, no centro do gramado, enfim ergueu os braços. Para a gente flechense, o apito final soou-lhes como uma lâmina a lhes varar o peito.

Tristão assustou-se com toda aquela gente célere que invadia o gramado por todos os lados, o que fez lembrar-se de um estouro de boiada. Todos torcedores do Ascensão, todos em disparada rumo a seus heróis. Só lhe restou sair de campo, rezando para que não viessem hostilizá-lo ou ironizá-lo. Foi quando, como se tivesse esperado pelo apito do árbitro para ungir os vencedores e engrossar as lágrimas dos vencidos, a chuva enfim caiu repentina, torrencial.

Enquanto os repórteres se abalavam campo adentro em sentido contrário a seus colegas, que com toda a pressa do mundo buscavam os vestiários, Tristão caminhava a passos pesados e com os ombros vergados, chorando amargamente, incapaz de estufar o peito ou erguer a cabeça, incapaz de conter a infelicidade e a vergonha que sentia.

Já deixara o gramado, sozinho, quando Neguim aproximou-se e passou o braço ao redor de seu ombro. Olharam um para o outro, com um misto de afeição e solidariedade, a amizade que poderia ter havido entre eles não tivesse sido o orgulho. O colega pousou sua mão sobre sua cabeleira loura, sacudiu-a de leve e resmungou algo procurando encorajá-lo. Sua voz saiu deprimida, mas sincera:

— Valeu, cara.

Igualmente sincero, Tristão devolveu o gesto, dando-lhe duas leves palmadas na carapinha, a voz embargada:

— Valeu, valeu.

Embora claramente procurassem, com aquela troca de incentivos, reafirmar a si mesmos sua importância para a resistência flechense diante do ataque ascentino, a lembrança de suas falhas e suas consequências funestas se impôs de tal forma que no instante seguinte ambos se calaram, para então caírem no choro. Um apoiou a cabeça na do outro, necessitando ser confortado. E foi assim que se encaminharam para a saída do campo até que Fukuda, saltitante, exultante, veio em sua direção. Esperando zombaria, Tristão procurou fingir que não havia percebido sua chegada.

— É, caralho — resmungou Neguim, enxugando uma lágrima com as costas da mão. — Vou dar uma porrada nele.

Ele os chamou pelo nome. E detendo-se diante dos rivais, num gesto inusitado e surpreendente para um instante como aquele, estendeu a mão e os cumprimentou, em seu sotaque paranaense:

— Valeu. Vocês dois jogaram muito.

Após trocar camisas com Neguim, o japonês voltou para junto de seus colegas. Neguim viu-se tão sensibilizado com aquela atitude que permaneceu olhando para trás, vendo-o somar-se a Graúna, Sañudo e um Moura inusitadamente risonho numa espécie de ciranda: todos abraçados, as cabeças encostadas umas nas outras, saltitavam. No alto das escadas que davam para o vestiários, Tristão novamente deteve-se para observar a torcida tomar o caminho de casa. Teve tempo apenas para baixar a cabeça e a de Neguim a fim de esquivar-se de um rádio de pilha atirado por algum torcedor enfurecido. Perdendo o equilíbrio, despencaram os dois escada abaixo, sem maiores consequências, a não ser por apenas alguns arranhões.

Erguendo-se de imediato, Tristão percebeu Silva poucos metros de distância, envolvido numa entrevista com um repórter de rádio famoso por suas perguntas óbvias, quando não tolas.

— Não deu outra vez, né, Silva? O que aconteceu?

— É. A gente tentamos, mas não deu. Mas eu tenho certeza que no Nacional a coisa vai ser diferente.

— Silva, diga para os nossos telespectadores como você perdeu aquele gol incrível.

— Não, não foi incrível, não. É que essas bola de prástico é muito leve. Ela ficou assim meia que enganando, né. A grama tava meia alta, eu tentei tocar de leve mas ela saiu muito forte. Foi muito azar.

— Pelo menos, resta o consolo de estar cotado para a Copa, não?

— É, eu acho que eu, o Bueno e o Felício a gente merecemos.

Prosseguindo corredor adentro, viu Amaro Leite cercado por uma dezena de repórteres, à porta do vestiário flechense, como que acuado por alguma pergunta:

— Era uma das coisas que eu mais temia, mas, fazer o quê? É inexperiente, o menino. A gente tem que se virar com o que tem, né?

— Mas o senhor não acha que ele, apesar do gol, foi um dos destaques do jogo?

— Que diferença isso faz? A gente perdeu o jogo do mesmo jeito! — inflamou-se.

7 EPÍLOGO

AINDA no campo, ao fim do jogo, eu já havia antevisto minha dispensa. E embora soubesse que já deveria ter-me preparado para o choque de encontrar meu nome na lista afixada na porta do vestiário, foi impossível conter a revolta e a mágoa. Já quanto à esperada demissão de Amaro, nenhuma palavra. Ainda mais abalado do que antes, troquei de roupa rapidamente, apanhei meus pertences e saí em seguida, sem tomar banho, nem me despedir de ninguém. Vi meus colegas encaminharem-se para o fundo do vestiário, onde Amaro lhes iria falar, e fingi não notar a movimentação. Fubá, mancando graças ao tornozelo atingido, aproximou-se e deu-me um abraço solidário e sem palavras. Então, evitando todos, saí discretamente, encaminhando-me à porta dos fundos do vestiário. Sabia que a alta cúpula sempre fazia questão de que o time todo voltasse à concentração após qualquer que fosse a partida. Mesmo assim, segui em frente, olhando ao redor, temeroso em topar com Pavone, que fatalmente não desperdiçaria a oportunidade de ironizar-me. Para meu alívio, entretanto, não precisei evitá-lo. Ao passar por Zen dos Santos e Fidélis, ouvi que o titular, ainda sentindo os efeitos da cabeçada de Caramuru, acabara de ser levado de ambulância, juntamente com Benigno, pelo Dr. Magareffi para o hospital. Também evitei passar por Raposo. A imprensa, ávida, encontrava-se diante da porta principal do vestiário, fechada por ordem de Raposo. A única pessoa de que restava escapar era Bologna Filho.

Entretanto, ao tomar o corredor que levava para a porta dos fundos do estádio, detive-me de imediato, tendo agora pela frente não apenas o problema que já previa, deparar-me com Bologna, mas a torcida que deixava o estádio. Com Bologna pesada e espaçosamente apoiado no umbral da porta de saída, só seria possível passar por ele se pedisse licença — que, obviamente, seria negada num escarcéu extraordinário, dado seu humor naquela hora. Ademais, se me atrevesse a confrontá-lo acabaria tornando minha situação ainda pior do que já estava, afinal seria por suas mãos que na semana seguinte meu futuro no futebol passaria. E mesmo se passasse despercebido, havia uma perspectiva ainda mais assustadora, pois a poucos metros da porta passava a torrente humana vestindo camisas vermelhas, bandeiras enroladas, cabeças baixas, rostos carrancudos de frustração. Considerando-se o ânimo daquela gente, não seria exagero nenhum considerar o risco de acabar sendo linchado.

Por um instante, tive uma imagem curiosa, surreal, diria eu, do rotundo dirigente. Fumava nervosamente, ele. Uma das mãos encontrava-se enterrada num bolso, a outra segurava o cigarro de um modo que, auxiliado pelo braço inquieto, claramente anunciava sua revolta com a derrota sofrida. Em contraste com uma das lâmpadas da rua, a cabeça massuda envolta em fumaça dava a impressão de que seus miolos ardiam.

Manezinho veio a seu encontro e disse-lhe algo indefinível. Com um gesto ríspido, bem a seu feitio, resmungou-lhe o que parecia uma ordem. Este aquiesceu e dirigiu-se ao corredor que levava para o gramado, passando por mim como se eu fosse invisível.

Em vista de minha situação, achei mais prudente escapar. Outra das possibilidades de fuga era alcançar o corredor que levava à entrada de serviço do estádio. Contudo, não precisei mais do que um olhar de relance à minha esquerda para constatar que a porta de aço se encontrava trancada, como era costumeiro em dias de jogo. Assim, a última alternativa que me restava era a entrada da administração. Era somente lá que encontraria a única saída possível: a razoavelmente larga janela do banheiro. Para tanto, era preciso percorrer o longo corredor que havia sob o gramado.

A poucos metros da porta, antes que Bologna percebesse minha presença, dobrei à direita, pé ante pé, tomando aquele corredor de intermináveis duzentos metros.

O único problema era que no meu caminho haveria a porta dos fundos do vestiário do trio de arbitragem. O perigo não estava na sua localização, mas na presença de Fantomas e Savamu, os homens de confiança de Bologna, diante da porta, presumivelmente aguardando Salomão Faria para uma conversa em particular. Para meu azar, ambos se aperceberam de minha passagem.

— O que é que 'cê tá fazendo aqui? — indagou-me Savamu, friamente.

— O seu Bologna disse que quer todo mundo no vestiário — disse-me Fantomas, ríspido. — É melhor você voltar.

Como não bastasse o tom de voz que denotava desprezo, certamente gerado por uma falta de costume ao poder que o levava a confundi-lo com arrogância, Savamu encerrou o assunto com um gesto de mãos como se enxotasse um vira-lata:

—. Vai, vai.

Tendo sido pilhado daquela forma, como um menino em plena traquinagem, não me restou alternativa a não ser fazer o caminho de volta ao vestiário, mais embaraçado com o tratamento que recebera do que temeroso pelo que me esperava no vestiário, ciente do temperamento de Amaro.

Bologna já não mais se encontrava à saída, agora fechada. Assim, passei pela porta entreaberta do vestiário e vi meus colegas, já de roupa trocada, ocupando as cadeiras dispostas em semi-círculo no fundo do vestiário, as costas voltadas para a porta, em absoluto silêncio. Tudo como de costume. Conhecia bem aquele ritual. Sabia que Amaro, famoso por sua rabugice, costumava reunir o grupo ao fim de cada partida a fim de criticar, admoestar e cobrar – raros eram os elogios ou as palavras de conforto ou incentivo. A diferença naquele momento ficava por conta das posturas: uns cabisbaixos de tristeza, outros de exaustão.

Aproximei-me sem alarde e, como houvesse cadeiras de sobra, sentei-me guardando certa distância, não querendo que percebessem minha presença.

Diante deles, onde sempre se encontrava Amaro, não havia ninguém. Mantinham-se todos sentados como se o palestrante estivesse por chegar.

À medida que se passavam os minutos, era natural que todos começássemos a nos impacientar. Uns mudavam de posição, ajeitando-se nas cadeiras, outros quebravam o silêncio, dirigindo a palavra a algum colega. Fubá percebeu minha presença e aproximou-se, andando com dificuldade, pressionando uma bolsa de gelo contra a coxa contundida. Sentou-se a meu lado, porém, já tendo se expressado minutos antes, nada disse, apenas, como demonstração de amizade, aplicou-me uma leve palmada no ombro.

Para nossa surpresa, quem veio enfim dirigir-nos a palavra foi Raposo, simplesmente para comunicar, seco, que, excepcionalmente, Amaro não viria conversar conosco e que deveríamos nos encaminhar para o ônibus que nos levaria de volta à sede do clube, onde se encontravam os carros dos jogadores. Terminou por acrescentar que a reapresentação seria dali a dois dias, exceto para os dispensados.

Sem demora, levantei-me e dirigi-me ao ônibus. Constrangido demais para olhar qualquer um dos colegas nos olhos, com pressa para esconder-me no assento mais remoto do ônibus, esqueci-me de que Fubá não conseguiria acompanhar-me o passo e deixei-o para trás.

A exemplo das cadeiras no vestiário, havia assentos de sobra no ônibus, de modo que ninguém se sentou próximo, nem mesmo Fubá, que, não por mágoa – pois não era de guardá-la – mas por conta de sua contusão, sentou-se junto à porta.

Não tivéssemos brios, o clima teria sido de descontração, conversas. Logo, durante todo o trajeto, à exceção dos ruídos vindos da suspensão e dos vidros do veículo, velhos conhecidos, o silêncio pairou denso e sufocante, entre nós, como se fôssemos todos cadáveres dentro de um carro do instituto médico legal. As luzes internas, todas apagadas, só faziam reforçar essa atmosfera fúnebre, que sequer foi arranhada quando meia dúzia de exaltados membros da Alvi-Rubra atirou-nos pedras e garrafas. Menos mal que aquela viagem tenha durado pouco mais que dez minutos.

Ao chegarmos à sede, esperei que todos descessem para levantar-me de meu assento. Discreto, deixando que todos andassem à minha frente no pátio às escuras, alcancei meu carro. Acionei a partida de imediato, como um autômato e fui-me embora sem olhar para trás, dirigindo sem ter em mente para onde ir.

O que estava claro era que para casa eu não queria nem poderia ir. Pois lá seria possível que me encontrassem pelo telefone — se bem que bastasse programar a secretária eletrônica para que não precisasse falar com quem quer que fosse. Eu não queria ouvir a voz de nenhum conhecido, não queria ser consolado, não queria ouvir falar de futebol. Tinha certeza de que meus pais viriam em visita para confortar-me – se é que meu pai não havia sofrido um ataque cardíaco quando me viu entrar em campo para tornar-me por mais de meia hora um dos protagonistas daquele drama, ou quando sofri o gol. Entretanto, pasmem, nem sequer tal pensamento sensibilizou-me naquele instante.

Em vez disso, senti um profundo desconforto com a ideia de, fracassado, ver-me frente a frente com meus pais. Sabia que meu pai não se deixaria levar por sua decepção e procuraria consolar-me. De certo, atribuindo a Neguim sua justa parcela de culpa, minimizaria meu erro, classificando-o como mero acidente — ainda que soubéssemos haver acidentes e acidentes. E aquele que eu causara parecia-me um desastre de grande magnitude. Quanto a minha mãe, eu tinha certeza de que procuraria com profunda sinceridade conter com seu zelo maternal a tentação de afetar aquele ar típico de quem se acha sempre dono da razão — algo que já havia observado algumas vezes em suas discussões com papai.

Tomei uma estrada que leva para o interior, a mais próxima do clube, sem que naquele momento me lembrasse qual era, e segui em frente, à medida que a noite se adensava. A setenta quilômetros por hora. Como tinha apenas um cassete no carro, ouvi-o repetidas vezes, sem prestar atenção na maravilhosa música de Stevie Ray Vaughan, sem prestar atenção em quantos quilômetros eu já havia dirigido, sem que me saíssem da mente confusa as imagens do jogo, desprovidas de reflexão — a tensão, a aflição, meus bons momentos e, com recorrência atroz, esmiuçada em cada detalhe, minha falha.

Resultou que somente me dei conta das horas no momento em que os olhos começaram a pesar e o sono enfim pareceu espalhar-se pelo corpo. Olhei para o relógio: onze da noite. Dez quilômetros adiante entrei num posto de gasolina e encostei o carro junto a alguns caminhões estacionados lado a lado, dentro dos quais os motoristas dormiam. Uma moça de vestido azul bateu de leve com o nó de um de seus dedos magros no vidro da janela e ofereceu-me os mesmos serviços que já devia ter prestado aos caminhoneiros. Recusei-os polidamente. Meu apetite era nulo, ainda fosse atraente aquela moça de ar brejeiro que mal devia ter chegado aos 18 anos. Meu apetite para a comida também havia deixado de se manifestar. Reclinei o banco e vesti uma jaqueta que sempre deixava no de trás e tentei dormir, sem sucesso, pois o sono que me havia vindo na estrada agora havia cedido lugar àquele cansaço extremo que torna tensos todos os músculos do corpo. Sentia-me como que ligado a uma tomada de eletricidade, incapaz de relaxar. Dentro do possível, pois o espaço no interior do carro não era suficientemente grande para acomodar-me daquela forma, tentei pegar no sono deitando-me primeiro com a barriga para cima, e, em seguida, sobre um lado e sobre o outro. Tentei até mesmo o banco de trás, mas nada de adormecer.

Então, amarrei a cabeleira com um elástico, meti um boné na cabeça e caminhei até o restaurante vazio. Havia somente um balconista entretido numa conversa com uma colega de trabalho da moça que me havia abordado e um caixa absorto em suas palavras cruzadas. Comprei duas latas de cerveja e, caso não funcionassem, uma garrafa de conhaque de gengibre. Havia uma televisão ligada, suspensa a um canto. Lá, um programa esportivo de fim de noite exibia, em três ângulos diferentes, o gol de empate do Ascensão, marcado por Clemente, a bola sendo passada entre as pernas de Pavone. Quando percebi que o gol fatal seria o próximo a ser exibido, virei-me e caminhei de volta para o carro.

Mesmo bebendo as duas latas de cerveja sofregamente, cada uma em dois longos goles, não foi o suficiente para amolecer-me. Só depois de dois goles igualmente longos no conhaque foi que caí no sono. Para dormir petreamente, sem sonho, até o meio-dia.

Ao acordar, a cabeça percutia, de tanta dor, de tão poderosa que fora a mistura. Fui tomar café enquanto muita gente já almoçava. Na televisão, o noticiário de esportes local exibia a usual cobertura completa da final do campeonato. Entrevistaram Hércules e Amaro, vencedor e vencido, cada um com seu discurso. O de Hércules, sóbrio, cavalheiresco. O de Amaro era o que se esperava dele, mesquinho, elegendo sem rodeios os responsáveis pela derrota. Em nenhum instante mencionou o espírito de luta demonstrado pela equipe, tampouco mencionou os próprios erros, ou mesmo os amplos méritos do rival. Mal consegui tomar o pingado que havia pedido.

Em seguida, surgiram na tela as imagens da batalha a que eu havia assistido de tão perto. Naquele momento, os sujeitos que se escoravam no balcão reagiram àquelas cenas com vozes exaltadas, entre exaltadas e incrédulas, de modo que pouco ou nada ouvi da narração. Porém, não era preciso som. Na televisão, com a câmera lenta, com o *zoom* e o *close,* tudo pareceu ainda mais dantesco, mais dramático, numa possibilidade cinematográfica que me havia escapado naqueles momentos de observação *in loco*. A violência parecia amplificar-se nas imagens, parecia ter mais cor, mais tensão. O balconista esticou o braço para aumentar o volume. O repórter já encerrara sua narração e agora ouvíamos os sons do conflito, da cacofonia da barbárie, reverberando mais terrores do que os que eu havia ouvido ainda dentro do campo, a poucos metros do conflito. Experimentei uma sensação de horror à medida que minha memória até então adormecida se despertava com aquelas imagens que chegavam a ter uma plasticidade singular, de tão cruas. Eu não movia um músculo, senão aqueles ao redor dos olhos. A sequência encerrou-se com a cena em que os policiais levavam o torcedor inerte para o centro médico do estádio. Contudo, nada se mostrou do linchamento que desencadeara o caos.

Entraram os comerciais logo em seguida. Junto ao caixa havia uma estante com os jornais da capital daquele dia. Todos estampavam as cenas de pancadaria com mais vividez do que as fotos dos vencedores e vencidos. Nos mais populares, como *O Mensageiro do Povo, A Voz do Povo* e *O Mundo em Notícia,* havia a foto de Carmo levantando a taça. Nos mais sérios, *O Diário* e na *Gazeta Metropolitana,* fotos menores de Clemente abraçado a Fukuda e Carmo. As fotos que nos haviam reservado eram naturalmente menores, cinco no total: numa delas, Amaro estampado em preto-e-branco num momento de exasperação; noutra Cândido, ao fim do jogo, com as meias arriadas e as mãos na cintura, os ombros desabados, assistindo à festa adversária espalhando-se pelo gramado; noutra, colorida, novidade na época, Benigno sendo levado para fora de campo com o rosto parcialmente coberto com uma toalha ensanguentada; as outras duas, de ângulos diferentes, traziam a cabeça de um negro e de um louro apoiadas uma na outra e dois rostos chorosos e desconsolados. Subiu-me um nó na garganta.

Ao tomar nas mãos o jornal *O Mensageiro do Povo*, que mais havia criticado o Flechas no quadrangular final, chamou-me a atenção uma pequena manchete situada no canto baixo da primeira página do. Lia-se: "Prossegue a rotina de dispensas no Flechas".

Folheei o jornal e encontrei a reportagem correspondente na primeira página do caderno de esportes. Não havia nada de novo, nada que eu não lhes tenha contado. Lá estavam Cobra e os mesmos porquês, mencionando nomes, no mesmo exercício de crucificação dos anos anteriores. Ao lado, outro texto, em que Justino Fido se dizia decidido a entrar na justiça para anular o resultado da partida, alegando que havíamos sido prejudicados pelo árbitro. Havia outro texto com as declarações de Amaro, sem nada de novo, no qual atribuía culpas, sem qualquer sentido de diplomacia ou ética, a exemplo do que havia feito pelo rádio. Quando indagado a respeito de minha falha, demonstrou-se de uma notável falta de tato. Nunca vira algo semelhante. Senti-me enojado. Agora só faltava permanecer no cargo.

Sentei-me no lado de fora do restaurante, nas escadas. Ocorreu-me a ideia de encerrar minha carreira, começar vida nova, do zero. Retomar os estudos, formar-me na universidade, descobrir meus outros talentos e explorá-los. Afinal, não teria razão minha mãe em opor-se à minha escolha, não seria sabedoria sua? Não havia eu visto o suficiente naquele meio para ter uma percepção bem clara do que era certo ou errado, bom ou ruim? Não teria meu pai me encorajado desejando ver em mim o boleiro que não conseguira ser, realizando indiretamente um sonho seu? Não teria seu Guido se dedicado tanto a meu desenvolvimento com o único propósito de desafiar Amaro no alto de todas suas certezas? Não estaria eu sendo infantil a ponto de levar aquele adolescente sonho de heroísmos a um ponto perigoso na minha vida, ou simplesmente tolo, buscando fama e glória mesmo ciente de que era tudo efêmero, senão ilusório? Meu pensamento não podia estar mais confuso.

De imediato, animaram-me as várias possibilidades que vislumbrei para meu futuro. Por que não ser uma pessoa comum nas minhas pequenas vitórias e derrotas, planos e ambições, aceito e admirado pelo que realmente era? Por que não buscar relacionamentos sinceros, uma vida sincera? Assim, mesmo o fato de não saber muito bem como faria para garantir-me um sustento durante essa fase não pareceu desanimar-me. Se quisesse, poderia voltar para a casa de meus pais, o que eles mais queriam, como já haviam manifestado diversas vezes nos últimos meses. E para ser franco, isso era o que menos preocupava.

De sorte que esse momento de clareza de pensamentos, sábia ou não, acabou por trazer-me aos ombros uma leveza inacreditável. Tive a impressão de que minhas forças estavam voltando; sentia que começava a revigorar-me. Assim, em instantes, meu apetite então se manifestou. Recolhi os jornais, levantei-me e voltei ao balcão. Pedi outro pingado e um misto quente. Talvez não esteja exagerando ao afirmar que naquele momento senti-me uma nova pessoa. Por imaginar-me longe daquele mundo em que me metera, o futuro que eu vislumbrara parecia-me entusiasticamente promissor.

Na televisão, já sintonizada noutro canal, exibia-se um programa de desenhos animados, que o balconista parecia apreciar com um entusiasmo infantil. Estava tão absorto que quase deixou queimar meu sanduíche. Acabei acompanhando-o no assistir aos desenhos. Ocorreu-me que não parava para fazê-lo desde os tempos em que ingressara na equipe de Lux Caruso.

Foi quando surgiu na tela um de meus personagens prediletos, a ave Papa-Léguas, tendo à sua caça aquele seu perseguidor de sempre, um coiote infatigável, patético e trágico. De forma que tudo o mais que me povoava o pensamento ficou suspenso por alguns minutos, durante os quais me ri de puro deleite juntamente com o balconista com aquelas violências tão inverossímeis, impagáveis. Pena que em poucos minutos chegou ao fim, dando lugar ao desenho do Poderoso Thor, que detestava quando garoto, já que não era mais do que uma história em quadrinhos em que se mexiam as bocas dos personagens. Obviamente, continuava irritante, de tão malfeito. Porém, justamente pelo mesmo motivo agora me parecia engraçado. Terminei meu segundo misto quente quando se exibiam os comerciais. Paguei pela refeição e voltei para o carro.

Talvez por força do hábito, a primeira coisa que fiz foi ligar o toca-fitas. Todavia, como já havia escutado àquela fita à exaustão, decidi ouvir um pouco de rádio. As rádios FM locais, três no total, executavam música sertaneja. Mudei então a sintonia para a AM e de imediato escutei uma voz familiar. Surpreendeu-me ouvir aquela voz assim tão longe da capital. Quem falava era um polêmico comentarista esportivo, o mais respeitado no estado. Emitia sua opinião, com o vigor usual, não sobre o jogo, mas sobre as declarações de Amaro no pós-jogo. Criticava-o contundentemente, apontando seus erros na escalação e no esquema tático da equipe, exigindo-lhe hombridade para reconhecê-los, em vez de simplesmente, e até covardemente, atribuir responsabilidades. Senti um calafrio quando mencionou meu nome. Clamando por justiça, inflamado, defendia-me e elogiava minha atuação, sem, no entanto, deixar de poupar-me de minha falha.

O curioso é que de imediato, com um arrepio que me correu o corpo todo, senti abalada aquela hipótese que eu acabara de erguer com tanto entusiasmo. Busquei nas páginas interiores dos jornais algum possível comentário a respeito de minha atuação. Em *O Diário* havia uma foto estampando o momento em que eu defendia a cobrança de pênalti. Surpreendeu-me ver meu nome na legenda entre uma foto minha e o título de um texto de poucas, porém animadoras, linhas. No título lia-se: "Goleiro reserva é destaque no segundo tempo". Folheei os cadernos de esportes dos demais. Os elogios que colhi, uns mais moderados, outros mais entusiasmados, fizeram balançar mais uma vez aquela ideia que eu começara a acalentar. Um colunista chegou a apontar-me como "grata revelação". Hércules, sem nem mesmo imaginar que me barrara anos antes, declarou: "só não goleamos porque aquele menino pegou tudo".

Em seguida, o setorista da emissora entrou no ar com a previsível notícia de que o Flechas iria entrar na Justiça Desportiva para anular o resultado da final, alegando que a equipe havia sido prejudicado. Ri-me, já sabendo de antemão o desfecho; os dirigentes queriam apenas dar uma satisfação à torcida. Todavia, quando minutos depois se trouxe ao ar, em primeira mão, a notícia da demissão de Amaro, não pude conter um amplo sorriso de satisfação. Senti-me vingado.

Dei a partida no carro e já me punha a manobrá-lo quando presenciei uma cena curiosa. Era um menino, talvez oito, talvez nove anos de idade. Pés descalços, um calção desbotado com os fundilhos sujos de terra, uma camisa preta de mangas compridas com um número doze desenhado a giz nas costas. À primeira vista, parecia uma dança o que estava fazendo na grama maltratada pelos pneus dos caminhões junto à borracharia, a poucos metros de onde eu estava. Levantava os braços, saltava para o alto. Porém, ao agarrar algo imaginário, percebi que se tratava de uma bola, tão familiar que me era o gesto. Acompanhei as evoluções que fez em seguida para então perceber que estava imitando um goleiro. Parecia preferir, como eu na minha infância, os saltos épicos executados para desviar um arremate inimigo endereçado ao ângulo de sua meta. A cada vez que fazia o gesto de agarrar uma bola, com voz estridente imitava ora a típica e nervosa narração dos radialistas, ora a aclamação da torcida. Súbito, pôs-se de pé e permaneceu parado, tendo no rosto uma expressão concentrada. Pousou as mãos sobre o joelho, flexionando um pouco as pernas magras, projetando a cabeça para frente com certa gravidade e com um olhar sério e determinado. Após ouvir um apito imaginário, saltou para o lado esquerdo, como se defendesse um pênalti. E exultava, como um narrador de rádio, a voz esganiçada, entusiasmada:

— *Defende Tristão! Es-pe-ta-cu-larrrrr!*

Nesse exato momento, um homem metido num macacão azul encardido saiu da borracharia, chamando o menino pelo nome. Repreendeu-o por ter dado sumiço no giz e ordenou-lhe que fosse ajudá-lo com os pneus. De imediato, ele ficou de pé e correu em direção à perua que acabara de chegar. Em seguida, com desenvoltura surpreendente pôs-se a afrouxar os parafusos de uma das rodas. Percebi que estava na hora de voltar para casa.

Senti meu ânimo de tal forma renovado que me flagrei impaciente ao volante para vencer todos aqueles quilômetros que havia percorrido como que em transe na noite anterior. Horas depois, quando finalmente cheguei à casa de meus pais, estavam eles mais ou menos aflitos com meu pequeno sumiço. Para minha surpresa, mamãe sorria como há tempos eu não via, e abraçou-me demoradamente, no que foi imitada por papai. Ele estava com uma expressão mais saudável do que uma semana antes, quando eu o vira pela última vez.

Demonstrando aquela indulgência que somente os pais são capazes de exibir, estavam ambos orgulhosos de mim, sem que parecessem lamentar muito meu erro. Achavam que eu havia mostrado do que eu capaz. Mamãe desculpou-se por suas atitudes, por não ter acreditado em mim. Disse que agora era com gosto que dava o braço a torcer, finalmente convencida de que eu de fato havia nascido para aquilo, de que eu havia tomado a decisão correta. Prometeu que não mais iria interferir na minha vida. Papai nada disse, apenas me sorriu marotamente enquanto mamãe se expressava.

Sobre a mesa da sala de jantar estavam todos jornais do dia, dos quais meu pai havia recortado todos os textos em que se fazia menção a mim, assinalando neles meu nome com tinta fosforescente. Notei também uma fita de videocassete que trazia uma etiqueta onde se lia telegraficamente "reportagens - jogo Tristão".

Disseram-me que o telefone havia tocado algumas vezes. Eram chamadas de gente que há muito não víamos, parentes que achávamos ter-nos esquecido. Um jornalista também havia telefonado, deixando recado para que lhe retornasse a ligação. A julgar pelo estado em que eu estava, seria natural que me pusesse a saltar de alegria pela casa diante da perspectiva de uma entrevista ou de uma matéria especial a meu respeito. Contudo, o que mais me tocou foi o envelope pardo que papai sacou do bolso da camisa.

— Adivinha de quem é.

Era de tio Roque, que não nos dava notícias há anos. Incrédulo, abri o envelope. E dizia exatamente assim:

"Como e que vcê pode me deixar dividido menino?

Duplamnte feliz. Tristão grande. Ascenção penta-campeão.

Roque (tio)"

A visão pareceu borrar-se com as lágrimas que ameaçavam jorrar. Segurei-as franzindo a testa, semicerrando os olhos, a expressão típica de quando se contém o choro. Mamãe puxou-me pelo braço e levou-me à cozinha. Pôs a mesa e esquentou a comida que haviam almoçado. Papai sentou-se conosco e passou o braço ao redor dos ombros de mamãe, coisa que eu não via há anos. Entusiasmados, passaram a recordar os momentos mais agudos da final, a que assistiram, segundo papai, de mãos dadas. Mamãe, divertida, mostrou-me a mão direita e as marcas deixadas pela mão do marido. Disse que papai a apertava cada vez que o Ascensão investia contra nosso gol. E quando lhe perguntei a respeito de seu coração no momento em que Clemente cobrava o pênalti, disse-me que abaixara o volume do rádio, pondo-se de costas para ele, enquanto mamãe fechava os olhos. Quando, ainda de costas, aumentou o volume e ouviu o narrador exaltar-se com minha defesa, entregou-se a um longo abraço com mamãe. Feliz por vê-los em franco processo de entendimentos, decidi que era hora de voltar para casa.

(Porém, pelo tempo em que vinham convivendo à base de tolerância e silêncio, era visível que ainda havia muitas feridas a cicatrizar, muitas mágoas a ser trazidas à tona, muitos ressentimentos a ser expressos. Já que era impossível voltarem a ser o casal de antes, a única solução que se poderia vislumbrar era que aceitassem um ao outro simplesmente pelo que agora eram. Por mais árduo que pudesse parecer, eu tinha certeza de que acabariam chegando a esse ponto, pois ainda tinham idade para isso. Mesmo porque, a menos que pensassem em separar-se, veriam que não havia outra solução além daquela. Entretanto, se não se haviam separado ainda, mesmo depois de tantos anos com motivos de sobra para tanto, estava claro que não o fariam. Precisavam um do outro, sabiam. O que não queriam era admiti-lo. E havia tanto para admitir que me surpreendeu o quanto demoraram para colocar tudo em ordem naquele relacionamento: dois anos).

A caminho de casa, mesmo ciente do desastre que causara ao Flechas, senti minha autoestima revigorada com aquelas mensagens de carinho, ainda que não tivessem sido tantas assim, de modo que minhas preocupações imediatas, a imprensa e os torcedores, pouco me importavam (e para meu alívio, no dia seguinte, minha falha já era ignorada pela imprensa, que, além de ocupar-se com o campeão, como de hábito, explorava com estardalhaço não apenas a injusta lista de dispensas do Flechas como a demissão de Amaro Leite; quanto à torcida, sabia que precisaria esperar consideravelmente mais, já que nos dias seguintes, mal pude sair à rua sem ser importunado: fui ofendido por flechenses, que faziam gestos indignados à distância, já que, menos dotados fisicamente, pareciam pouco dispostos a se aproximar, e ironizado por ascentinos e torcedores de outros clubes rivais, que se contentavam com caçoadas).

Aliás, foi assim que, ao chegar ao prédio em que morava, fui recebido por alguns vizinhos adolescentes. Vestindo camisas do Ascensão, acenavam-me de longe uma provocação bem-humorada: agitavam a mão posta com cinco dedos simbolizando o pentacampeonato de seu time. Sabia ser aquela zombaria apenas a primeira que teria de aturar dali em diante. Eram quatro e estavam sentados ao redor de um rádio-gravador em que escutavam a narração febril dos gols de seu time presumivelmente gravata em fita. Um deles chegou a dizer, sarcasticamente:

— Valeu, Tristão!

Ah, os quinze anos! Quantas vezes eu saboreara daquela forma os triunfos de meu time como se fossem meus. Quantas vezes eu tivera que fazer força para aceitar as provocações como se eu mesmo tivesse fracassado. Não havia nada a fazer a não ser dar de ombros e sorrir. Aos quinze anos eu me descabelava em impropérios para defender a honra e as cores de meu time como se defendesse minha própria dignidade.

Posto que tanta gente já me havia telefonado, era de se supor que em casa a secretária eletrônica tivesse recebido alguns recados. Chegando em casa, liguei de imediato o aparelho, especulando quem poderia ter telefonado. Quem sabe Elenice não tivesse ficado impressionada comigo? Ela jamais parecera acreditar muito em mim. Nunca parecera ver em mim muita coisa além de um objeto de desejo. Por que não? Ah, meus vinte anos.

Havia apenas uma mensagem, dita horas antes do jogo. Exatamente de Elenice, naquele seu costume de falar a hora exata em que estava deixando o recado. E nada de excepcional trazia. Com uma voz impessoal pediu para que eu fosse buscar algumas roupas minhas que eu havia deixado em seu apartamento meses antes; disse que a sacola estava com o porteiro do prédio, e só. Depois de meses sem trocarmos palavra, ela telefonara para, num recado de um laconismo que chegava a ser constrangedor, falar de roupas esquecidas. Como entender isso?

De certa forma me decepcionei com aquele recado de Elenice. Pelo que sabia dela, tanto poderia estar achando que aquela mensagem iria aguçar-me a curiosidade a ponto de fazer com que eu lhe telefonasse, quanto poderia significar que não voltaríamos mais a nos ver e que as noites em que estivéramos juntos já eram passado.

O interfone tocou. Como o sino do aparelho era estridente, sobressaltei-me, como de hábito. O porteiro pediu para que eu descesse para receber uma encomenda. Quem sabe fosse uma prova de gratidão por parte do Ascensão, ri-me. Quem sabe fosse um pacote contendo uma bomba enviado por algum torcedor. Ri-me novamente, embora não devesse descartar essa possibilidade, sabendo do que eram capazes certas pessoas.

Eram flores, muitas delas. Estranho um homem receber flores. Eu mesmo uma ou duas vezes já havia mandado rosas e crisântemos para mulheres, porém jamais havia imaginado recebê-las um dia. Encontrei um pequeno envelope branco em que se lia meu nome. Por segundos, fixei a atenção na letra, porém não consegui reconhecê-la. O que estava claro era que, pelos traços bem cuidados, tratava-se da letra de uma mulher. Li no cartão a seguinte mensagem:

"Parabéns, Tristão. Você não venceu, mas foi digno até o final. Você é um vencedor. Beijos. Iara".

Subiu me pela espinha um arrepio. Em seguida, entretanto, já não sabia o que pensar. Inquietou-me aquela situação. Como conseguira meu endereço? Por que me enviara aquelas flores? Teria sido ideia de Raposo, o maquiavélico, ou dela própria? Teria gostado de mim? Ou apenas achara, num mero esforço de propaganda, que dada minha frustração na noite anterior eu me disporia a pagar por algumas horas em sua companhia?

Examinei o cartão. Apenas sua mensagem e mais nada; nem telefone, nem endereço, o que me fez descartar a última hipótese. E se dispusera-se a escrever aquelas palavras a alguém que mal conhecia, as duas outras hipóteses ainda se mantinham de pé. Incomodado, permaneci envolvido nas minhas especulações.

A troco de que Raposo faria aquilo? O que teria em mente, chantagem ou trote? Mas por que iria perder seu tempo e dinheiro comigo, um mero reserva? Eu já levara a pior naquela noite de sábado, por que haveria ele de prolongar aquele assunto? Ainda que canhestro na arte da dedução, pálido aprendiz dos livros de detetive que costumava ler, achei por bem descartar aquela hipótese por enquanto.

Restava então a outra hipótese: teria sido sincero aquele seu gesto? Queria imensamente acreditar que sim. Por que não? Pelo pouco que conversáramos, eu poderia tê-la impressionado positivamente a ponto de ver em mim algo mais que um mero cliente. Se tomara a iniciativa de acompanhar a partida, conseguir meu endereço e manifestar seu apoio e carinho, por que não? Ademais, por que faria aquilo apenas em nome da amizade, correndo o risco de ser mal interpretada? Sim, ela queria algo de mim. E eu sabia o que ela queria de mim. Porém, havia um dado interessante, que já mencionei: não enviara seu número de telefone, tampouco seu endereço. Como ir a seu encontro se não havia outro meio além de entrar em contato com Raposo, provavelmente o único elo possível?

Essa constatação acabou por frustrar-me de tal forma que decidi buscar conforto na garrafa de vodca barata que guardava na geladeira. Já caía a noite lá fora. Fechei as janelas, cerrei as cortinas e fiquei na penumbra. Uma dose generosa bastou para afastar-me do pensamento todo aquele risível exercício detetivesco. Deitei-me no sofá e sem demora adormeci.

Despertei duas horas depois com o estridente sino do telefone. Após três toques, já plenamente consciente, veio-me a certeza: Iara chamava. É claro! Mandara-me flores e uma doce mensagem a fim de sensibilizar-me, preparando-me para a chamada que agora fazia. Sem mais demora, atendi à chamada, modulando a voz, ainda que minhas mãos suarentas denunciassem minha ansiedade.

No outro lado da linha, uma voz masculina pouco amigável e nada versada nas boas maneiras ao telefone. Em vez do *alô* regulamentar, um inquisitivo e ríspido *quem?*. Ainda que tivesse um bom motivo para responder-lhe à altura, mantive minhas boas maneiras. Ao fim das contas, fora apenas e simplesmente um engano.

Ao devolver o fone ao gancho, as mãos pegajosas, só então me lembrei de que estava sem tomar banho havia um dia. Além de sujo com o suor do jogo, pegajoso sob as axilas a nas costas, sentia sede. Assim, tomaria água primeiro e em seguida um bom banho. Ao passar pela mesa, entretanto, ainda atonteado pelo sono, derrubei ao chão os jornais que havia comprado naquele restaurante de beira de estrada. Ao abaixar-me para apanhá-los, meus olhos caíram sobre algo que naquela manhã, ávido por notícias a respeito da final e sua repercussão nos bastidores, não havia percebido num deles. Na primeira página do caderno de esportes do *O Mensageiro do Povo*, ao lado de uma foto na qual Clemente conduzia a bola, uma manchete ao lado chamou-me a atenção. Era uma matéria sobre o que se havia passado nas arquibancadas entre as duas torcidas e a tropa de choque. Não teria me trazido muita coisa de novo, não houvesse um dado que, ao fim de sua leitura, deixou-me sobressaltado e com as pernas trêmulas. Lia-se assim:

Confronto entre torcidas e polícia faz 19 feridos

Um torcedor gravemente ferido, 14 torcedores e 4 policiais com ferimentos leves foram o saldo do confronto entre a polícia militar e as torcidas do Flechas e do Ascensão ontem à tarde nos minutos finais da decisão entre as duas equipes.

O distúrbio começou logo após o terceiro gol do Ascensão, quando um torcedor dessa equipe, Urias Valentim, discutiu com a membros da torcida organizada Alvi-Rubra na parte reservada pela polícia aos torcedores do Flechas, sendo em seguida agredido com murros, pontapés e pauladas. Cerca de 15 soldados do batalhão de choque invadiram o setor, abrindo caminho a golpes de cassetete, para impedir a agressão. Segundo testemunhas, mesmo agredido, Urias conseguiu correr até junto do cordão de isolamento, onde acabou encurralado junto ao alambrado, sendo definitivamente agarrado e recebendo os golpes que lhe causaram ferimentos graves nas costas e na cabeça. Em seguida, aproveitando-se do avanço da polícia contra os torcedores rivais, dezenas de torcedores do Ascensão portando pedaços de pau e mastros de bandeira juntaram-se ao ataque. O conflito terminou somente quando os policiais receberam reforços.

Segundo a polícia, Urias Valentim, 19 anos de idade, nos últimos anos teve passagens pelo juizado de menores e recentemente foi detido por suspeita de rixa e desordem, sendo em seguida liberado. Apurou-se também que é membro da maior e mais perigosa torcida organizada do Ascensão, a Força Bruta. Após as partidas entre Flechas e Ascensão realizadas no primeiro e no segundo turno, houve conflito entre as facções, causando a morte de C.S.G., 17 anos, torcedor do Flechas, e de José Maria da Silva, 21 anos, membro da Força Bruta. O comandante do batalhão de choque disse não saber exatamente o motivo de o torcedor estar assistindo à partida em meio à torcida adversária. "É inadmissível que tenham deixado o rapaz passar pela revista. Vamos apurar o ocorrido e iremos até as últimas consequências", prometeu.

Na ação da polícia foram detidos 22 torcedores, nenhum associado a qualquer torcida organizada, com exceção de Gleberson Wilians de Souza, 21 anos, conhecido como Zóio. Apesar de ser associado da Força Bruta, disse não conhecer Urias. Como não foi pego em flagrante, Gleberson foi liberado em seguida. A mesma sorte não tiveram os demais, que agora serão indiciados por agressão a outros torcedores e a policiais.

Urias encontra-se na UTI do Hospital Adolfo Dias, apresentando ferimentos na cabeça, braços e costas. Os médicos afirmam que o torcedor corre risco de vida e realizam hoje exames para avaliar a extensão dos danos causados à sua cabeça e coluna vertebral.

O presidente da Alvi-Rubra, Pedro Rosas, lamentou o fato: "É uma pena que isso tenha ocorrido. Nós até produzimos uma cartilha para conscientizar os torcedores do problema. Distribuímos as cartilhas na entrada do estádio e elas também estão à disposição na nossa sede, mas parece que não adianta muito. Não podemos mais tolerar essa situação". Modesto Simione, presidente da Força Bruta, por sua vez, anunciou que haverá retaliações.

Logo ele, ferrenho torcedor do Ascensão, no meio da torcida inimiga? Como podia? Sem pensar muito, mesmo no estado em que me encontrava, dirigi-me até o hospital. Lá me informaram que Urias havia acabado de passar por uma cirurgia para a retirada de um coágulo no cérebro. Seu estado ainda era grave. Uma das enfermeiras apontou-me uma senhora, sentada angustiada a um canto da sala de espera, as mãos juntas sobre o colo. Era a mãe de Urias. Disseram-me que ela não saíra dali desde o momento que chegara, às oito e meia da noite anterior.

Hesitei por um instante, sem saber o que lhe dizer, porém, respirei fundo e caminhei em sua direção. Apresentei-me como um amigo de Urias, o que foi recebido com certa desconfiança, para não dizer hostilidade. Apressei-me em dizer-lhe que não o conhecia da torcida, o que era verdade, e seu semblante mudou ligeiramente. Mesmo já tendo sido informado, perguntei-lhe como estava ele. Ante sua resposta aflita, procurei expressar otimismo, ainda que sem muita convicção, dizendo-lhe que tinha certeza de que ele iria recuperar-se e que iria rezar por ele. Também me coloquei à disposição para o que fosse necessário, deixei-lhe meu número de telefone, mesmo não sabendo como eu poderia ajudá-lo, caso saísse do coma e voltasse à vida normal. Ela agradeceu e voltou à sua prece silenciosa com seu terço. Desconfortável, sem ter mais o que falar, tampouco querendo interromper-lhe a oração, demorei-me a seu lado por apenas mais alguns minutos. Despedi-me silenciosamente da senhora, pousando minha mão sobre seu ombro e fui embora.

No dia seguinte, fui ao clube inteirar-me de minha situação. Talvez por precaução, nenhum dos cartolas estava lá. Além do meu passe, também haviam sido postos à venda os de Amâncio, Plácido, Neguim, Cândido, Benigno, Eugênio, Silvestre, além dos aspirantes Cacá, Pedrinho e Nenê. Todos tínhamos de procurar Ângelo Raposo para tratar do futuro.

Ao deparar-se comigo no corredor que levava à sua sala, Raposo cumprimentou-me com frieza e, sem rodeios, como se nada tivesse ocorrido na noite de sábado, disse-me que o Convenção, um clube do interior recém-promovido à primeira divisão, havia demonstrado interesse apenas em contratar-me por empréstimo. Entretanto, querendo fazer caixa, Flores recusara a oferta. Senti-me tão desapontado que não me contive, protestando. Raposo disse que quem decidiria meu destino seriam Flores e Bologna Filho e que ambos não se interessavam em nenhuma transação que não fosse a venda de meu passe. Que maravilha, pensei, se dependesse deles iria acabar jogando na segunda divisão de Roraima ou Rondônia. Ou quem sabe na Copa dos Rios, realizada na região amazônica.

Seria uma ótima oportunidade transferir-me para aquele clube, onde poderia jogar como titular, aprimorar minhas qualidades, aprender o muito que eu ainda tinha a aprender. Ademais, continuaria na primeira divisão, onde tudo acontecia, e me manteria longe da pressão que havia experimentado no Flechas — embora a luta contra o rebaixamento para a segunda divisão, rotineira desses clubes, significasse uma pressão apenas diferente. Quanto ao salário, poderia ser melhor do que aquele pago pelo Flechas. Minha opinião, todavia, não contava para o clube, que poderia fazer o que quisesse comigo, inclusive encerrar minha carreira. Negavam-me o direito que qualquer profissional tem de escolher o que lhe é melhor para a carreira. Mas no futebol sempre havia sido assim; e assim é até hoje.

Chegara ali já contando com o dinheiro a que tinha direito e saí de mãos abanando. A justificativa era de que o tesoureiro ainda não tinha em mãos os valores a serem pagos devido à ausência do encarregado de departamento pessoal, que deveria ficar afastado do trabalho por uma semana. Havia operado a hérnia. Que voltasse na semana seguinte.

Durante uma semana, minha situação permaneceu indefinida. De modo que pareceu reanimar-se aquela resolução de largar o futebol, a mesma que eu acreditava ter se desmanchado tão logo havia sido feita, graças àquela sucessão de afagos à minha autoestima. Times interessados em mim havia alguns, o problema era que não tinham dinheiro para comprar meu passe. Queriam-me por empréstimo, porém o clube continuava irredutível. Era algo curioso, se eu não lhes faria falta, como faziam questão de demonstrar, por que pediam um preço tão alto por meu passe? Afinal de contas, em sua visão, no domingo eu havia sido o principal responsável pela derrota.

Finalmente, recebi meu cheque. Não sem surpresa, pois constatei que deixaram de pagar-me grande parte do que tinha direito de receber: o salário proporcional àquele mês, o salário do mês anterior, bichos atrasados. Protestei junto ao tesoureiro, que se eximiu da responsabilidade, alegando que estava cumprindo ordens vindas da diretoria.

Não hesitei em subir até a sala de Raposo, que não quis receber-me, dizendo à secretária que estava ocupado ao telefone. Tampouco hesitei em dirigir-me à sala de Bologna, que não estava naquele momento. Só me restava Flores. Entrei em seu escritório a passos largos, cruzando a antessala rumo à porta que dava acesso à sala presidencial. A secretária, agachada diante de um arquivo de aço, ordenando pastas, ainda se levantou, tentando colocar-se entre mim e a porta:

— Seu Tristão, o senhor não pode entrar aí, não. O senhor não marcou hora.

Afastei-a do caminho, sem violência. Abri a porta e flagrei-o diante de um espelho, uma pequena tesoura numa das mãos, aparando os pelos do nariz. Mal lhe dando tempo de reagir, aproximei-me, sacudindo o cheque:

— Que palhaçada é essa, seu Flores? Eu tinha muito mais dinheiro pra receber!

— Do que você está falando, rapaz?

— Do dinheiro que eu tenho que receber.

— Escuta aqui, rapaz — disse, com a voz inalterada. — Não tenho dinheiro e fim de papo. Se você não quiser o que a gente está te pagando, vai pra justiça, vai.

— Vocês não são gente séria, mesmo.

— Olha aqui, eu já te disse que eu não vou pagar mais pra você, e pronto — irritou-se.

— Vocês estão sendo ingratos comigo. Vocês viram que lá no jogo eu...

— Você enterrou a gente, isso sim — interrompeu-me no mesmo instante em que Savamu e Fantomas, prontamente chamados pela secretária, entraram na sala e agarraram-me pelos braços. Eu era forte, mas contra os dois, maiores que eu, eu não tinha muita chance. Por questão de prudência, não reagi. Só iria comprometer minha situação ainda mais. Deixei-me levar porta afora, escoltado de modo surpreendente civilizado pelos dois capangas.

Me disseram que eu só fui acordar depois de duas semanas. Estava num quarto de hospital. Abri os olhos, a imagem demorou pra se firmar. A cabeça latejava, doía. Tinham metido um cano na minha boca. Tinha um zumbido no ouvido, baixinho, que não parava. O resto era um silêncio só.

Olhei pro resto do corpo. As pernas tavam lá, os braços também. Um enfaixado e o bom, com umas agulhas espetadas. Pra cima da cintura, parecia que eu estava enfiado num barril. Tinha uma sensação de peso. Estava com o estômago embrulhado. Nem deu vontade de me mexer. Os olhos também tavam pesados. Eles queriam fechar. Eu deixei. Dormi de novo.

Todavia, não tivera de tolerar aquela situação por mais que uma semana. A notícia de que Lázaro havia decidido encerrar sua carreira, pegou a imprensa e os clubes em geral de surpresa, uma vez que já havia anunciado meses antes que somente o faria dali a três anos. Porque o Ascensão considerasse seu substituto natural, o reserva Torres, ainda um tanto imaturo para assumir a vaga, saiu à procura de um goleiro jovem, talentoso e seguro, e de preço acessível, para a próxima temporada. Houve então certa agitação no mercado, sendo que o Ascensão só não comprou o passe de Paredes, o goleiro-revelação do campeonato, porque na hora de fechar o negócio o Clube Esperança resolveu aumentar a pedida, fazendo o Ascensão recuar. Tentaram contratar outro atleta, Chaves, o goleiro do interiorano 31 de Março, porém um grande clube de Santa Catarina, com uma oferta melhor, acabou integrando o goleiro a seu elenco.

Todos na imprensa achavam saber quais goleiros faziam parte da lista de opções que o Ascensão havia preparado. Assim, foi generalizada a surpresa quando se anunciou minha contratação, duas semanas depois da final. Meu passe em troca do de Zezé mais 3,7 milhões de sabiás em dinheiro — metade do que a alta cúpula estava pedindo; mais ou menos 500 mil dólares na época. Ao se desbancarem os mais cotados pela imprensa, constatou-se que, esgotada a opção primeiro por Paredes e depois por Chaves, minha atuação na final do campeonato fora reconhecida pelos dirigentes do Ascensão, tendo sido fundamental para que decidissem contratar-me — embora se tivesse comentado larga e jocosamente na imprensa, com poucas exceções, que minha contratação acabara sendo apenas um gesto de gratidão por parte do Ascensão. Outra interpretação para o que ocorrera apontava para a usual política do Ascensão de valorizar todos aqueles que se destacavam ao enfrentá-lo, contratando-os — a exemplo de Jurubeba, Sañudo e Fukuda. Esta minha impressão acabou-se confirmando, dias mais tarde, através de J. Hércules, que atribuiu a compra de meu passe à indicação de Guido Caminero, seu amigo pessoal e colega de time nos anos 50.

Não sabia se devia surpreender-me com aquele ato de seu Guido. Talvez sim, se levasse em conta o fato de que tudo o que eu mais necessitava, naquele meu terrível estado de espírito nos dias seguintes ao jogo, era ouvir sua opinião sobre meu desempenho, tão valiosa que era. E ele me havia faltado. Por outro lado, era preciso ponderar que com aquele seu jeito monossilábico de ser, ele jamais me permitira conhecê-lo a fundo. Ademais, bastava lembrar-me de que fora demitido por defender de forma intransigente minha escalação para aquela final. Fiel a seu estilo, aquela sua atitude não podia ser mais eloquente a respeito de minhas qualidades. Para minha tristeza, jamais voltamos a nos ver nos anos seguintes, não apenas porque se mudara para o Paraguai a fim de trabalhar na seleção nacional, mas porque faleceu ano passado em Assunção, com câncer no pâncreas aos 64 anos. Que Deus o guarde. Eu, que sempre duvidara quanto à existência de anjos da guarda, no começo daquele meu ciclo no Ascensão tinha que reconhecer que eles existiam — e que o meu se chamava Guido Caminero.

Como não parecesse bastar aquela maravilhosa virada de minha sorte, dias depois, enfim, recebi o telefonema de Iara. Disse-me que havia gostado de mim e que não gostava de deixar nada por terminar. Impossível resistir ao convite daquela ruiva maravilhosa.

A fim de comemorar aquela virada na minha carreira, saímos para jantar, dançar e fazer amor. Entre nós não houve nada de profissional ou impessoal, mas simplesmente uma entrega de corpos e descobertas. Pena que depois de dois meses o transcendental se tenha perdido. Assim, decidimos cada um seguir a sua vida. Ela não parecia disposta a mudar de profissão, o que para mim era inaceitável. Mas não houve ressentimentos. O que me restou foram lembranças de que nunca o amor fora tão bom. E de que seus pelos pubianos eram de fato ruivos.

Quando eu acordei de novo, tinha um médico olhando pra mim. No lado dele, tinha uma mulher. Demorei um tempinho pra reconhecer ela. Era a minha mãe. Ela quis falar alguma coisa, mas o médico não deixou. Ainda nem dava pra eu falar. Ela acabou indo embora sem olhar pra trás, com uma enfermeira levando ela pelo braço. Não ficou ninguém.

Foi aí que a lembrança começou a funcionar direito. Devagarinho, devagarinho. Lembrei dos caras lá na arquibancada me chutando, me batendo, eu lá encolhido, cobrindo a cabeça. Da minha corrida. Daquele monte de gente me sentando a porrada. De uma coisa me pegando bem na cabeça. Da luz se apagando. Da cabeça ardendo. Lembrei também que a gente fez 3 a 2 neles. Que a gente ia ser campeão. Que eu tirei um sarro da cara dos flechenses. Que eu meti a bota no saco do Pedrão.

Veio uma enfermeira, me deu uma injeção. A espetada nem doeu, e eu dormi de novo.

Em agosto, dois meses depois daquela final, quando eu já deixara de escutar zombarias na rua, no campeonato nacional, tive a oportunidade de mostrar que o Ascensão não me havia feito nenhum favor. Pelo contrário. O velho Lázaro, em seus anos de titular se havia notabilizado pelos sustos que dava à torcida em suas performances irregulares — alternando jornadas em que operava milagres sob as traves e jornadas em que cedia aos oponentes gols inacreditáveis, obrigando a linha de frente a desdobrar-se para reverter a desvantagem —, de modo que a torcida e os dirigentes passaram a respirar consideravelmente mais aliviados. Se nos anos seguintes não fui um dos destaques da equipe, também ninguém chegou a pedir minha cabeça. Com eficiência e sem espalhafatos, lá jogaria por duas temporadas e meia, até fins de 1992. Com um acréscimo: foi minha eficiência nas bolas altas lançadas sobre a área, igualada por poucos no país, segundo a imprensa, que acabou garantindo-me a convocação para um amistoso da Seleção contra a Inglaterra em Wembley. Infelizmente, os ingleses acabaram batendo-nos: 2 a 1. Com dois gols de cabeça. Naquele dia, a tradicional eficiência britânica no jogo aéreo mostrou-me o quanto eu ainda tinha que aprender. Foi minha primeira e última atuação pela Seleção Brasileira.

Em meus tempos de Ascensão fiz bons amigos: Moura, Fukuda, Clemente, Coelho e, pasmem, Sañudo. Caramuru limitou-se a ser um colega como os demais.

No campeonato nacional que começou em agosto, logo após a Copa do Mundo, o Ascensão chegou em terceiro lugar, sempre às voltas com amistosos e torneios paralelos que atrapalharam sua campanha no campeonato. Ademais, o cansaço dessas viagens em busca de dinheiro e o excesso de jogos acabaram causando mais contusões que o esperado. Porém, no ano seguinte, em 1991, com a defesa reforçada, o clube ganhou o título estadual pela sexta vez, agora sobre o Fraternidade, bem como o Brasileirão e um torneio internacional. Por conta de minhas atuações no campeonato nacional, em abril de 1992 fui convocado para disputar a Olimpíada, mas acabei cortado graças a uma contusão no tornozelo. Nesse ínterim, a equipe perdeu o título estadual para o Clube Esperança. Em setembro, fomos eliminados da Copa Libertadores pelo campeão colombiano nas semifinais. Em dezembro, chegamos ao vice-campeonato nacional. Com tal campanha, aquém da esperada, constatou-se no clube que já era hora de reformular a equipe.

Hércules decidiu que eu ficaria na equipe. Contudo, foi uma proposta irrecusável do Fraternidade que me fez sair do Ascensão. Minha decisão foi correta, pois acabei sagrando-me campeão estadual de 1993 com o União, após um jejum de nove anos, vencendo uma disputa acirrada contra o surpreendente 31 de Março.

Em março de 1995, já há dois anos no União, tínhamos boas perspectivas de sucesso no campeonato quando sofri uma grave contusão nos ligamentos do joelho esquerdo. Ironia ou não, o fato se deu num jogo contra o Flechas, numa disputa de bola na pequena área com meu ex-colega Egon. Normalmente, tal contusão exigia seis meses de recuperação. Porém, uma sequência de erros – inimaginável no futebol profissional dos grandes centros, mas nada surpreendente em nosso estado – desde o primeiro diagnóstico da contusão até a cirurgia, acabou por desfazer meu futuro no futebol. Ao voltar aos gramados meses depois, em poucos minutos de jogo, o erro médico acabou por manifestar-se de forma implacável, irreversível. Assim, em outubro, diante do diagnóstico definitivo de um especialista carioca, senti chegar a hora de encerrar a carreira. Estava com 25 anos.

Bem que tentei uma carreira de técnico nos juvenis do Fraternidade, mas não demorei muito para perceber que não estava no caminho certo. Não sei se por insegurança ou pela simples constatação de faltava-me talento mesmo, ainda que os dirigentes insistissem para que eu ficasse, oferecendo-me boas condições de trabalho. Decidi, pois, abrir mão daquela oportunidade. Depois de dois meses de incertezas quanto a meu futuro, recebi um convite para escrever uma coluna diária no jornal *A Voz do Povo*. Não é das que mais recebe cartas dos leitores, mas parece estar agradando até hoje. Além da coluna, produzo uma seção semanal intitulada "Por onde andará...?" na qual respondo a perguntas de leitores a respeito do paradeiro deste ou daquele jogador. O editor ficou tão impressionado com o trabalho que realizei neste livro para localizar cada um dos meus colegas de Flechas, que me ofereceu um pouco mais de espaço — sem que isso signifique um salário melhor. De qualquer forma, na maioria das vezes, consigo localizá-los em suas andanças, levando vidas nômades, desarraigadas, Brasil afora. E é sempre uma alegria ter notícias de gente com ou contra quem joguei em meus anos como profissional.

Isso já se dá há um ano. No mês passado passei a trabalhar também como comentarista esportivo em jogos de importância secundária, ao lado de um narrador de tagarelices antiquadas e pomposas, na modesta Rádio Renascença, que desde meus tempos de torcedor sobrevive discretamente no *dial* do rádio, oferecendo sintonia sofrível aos ouvintes, como que escondida em meio às demais.

Em 1993, logo após transferir-me para o Fraternidade, conheci Carmen, artista plástica, mulher belíssima. Dali a um ano, num tórrido janeiro, nós nos casamos. Em fevereiro do ano seguinte, um ano antes de sofrer a contusão que me afastou dos gramados, nasceu Mariana, nossa filhinha. Mariana já completou dois anos. Quanto a mim, estou apenas nos 27 e divorciado há exatamente um.

Como eu e Carmen nos víssemos incapazes de convivermos um com outro, nada mais sensato que se desse a separação, infelizmente pouco amigável de parte a parte. Já durante o casamento, nem foram tantas assim as brigas ou os desentendimentos — houve apenas pouca compreensão e ligeiras traições de ambos os lados. Mesmo assim, não creio ter aprendido a ser mais sereno ou ponderado por conta daqueles anos de convivência com Carmen. Tampouco creio ter aprendido substancialmente a viver com outra pessoa sob o mesmo teto. Talvez o único aprendizado que me tenha restado foi o de como realmente amar e respeitar o sexo oposto — o que não significa necessariamente ser capaz de entendê-lo. E é tudo o que tenho a falar a respeito dessa fase de minha vida. Mas não guardo arrependimentos.

A contusão que me fez deixar os campos em definitivo e o divórcio, ocorridos num espaço de seis meses, acabaram por tornar-se um ponto de transição na minha vida, o encerrar-se de um ciclo, como fora aquele jogo final contra o Ascensão. Tamanhos foram o desgaste e a desilusão que caí numa depressão preocupante, de sorte que vi minha rotina e meus hábitos mudarem drasticamente. O curioso é que a imobilidade a que me forçou — pela qual até então eu sempre me julgara inseduzível — acabou avivando em mim um gosto tão transcendental que por fim curou-me da depressão. De modo que hoje em dia, eu, que jamais sentira preguiça, finalmente tornei-me seu adepto e simplesmente deixei de lado os exercícios físicos, inclusive os recomendados pelo fisioterapeuta para a tíbia. Reconheço que me sinto incomodado com a pança que começa a avolumar-se com a falta de exercícios, a que já me acostumei desde que comecei a trabalhar no jornal diante do teclado.

Em compensação, como já lhes disse, essa fase de minha existência vem a cada dia surpreendendo-me com a descoberta dos prazeres da vida que há pouco rotulava de sedentária. Assim, meu gosto pela boa mesa acentuou-se notavelmente, fazendo com que meu paladar e minhas preferências se refinassem de um modo que era impensável há poucos anos. E mesmo os aromas e torpores do álcool vêm-me aos poucos seduzindo, porém menos do que fosse de se esperar.

Por exemplo, um dos prazeres a que passei a dedicar-me é o do fumo. Não, não estou falando da alucinogenia desenxabida e adolescente da *cannabis*, nem da vulgaridade compulsiva dos cigarros, ainda que aqueles indonésios com aroma de cravo sejam instigantes. É que me afeiçoei a uma forma de fumo, digamos, superior, sábia: adquiri grande gosto pelos *puros* cubanos — que, infelizmente, sou obrigado a consumir frugalmente devido às minhas finanças preocupantes —, pelos cachimbos e seus fumos aromáticos suecos, pelas cigarrilhas holandesas e até mesmo pelos cigarros que faço à mão e pito no escuro de minha sala todas as noites assim que chego em casa — sem falar naqueles que de quando em quando faço à moda caipira com fumo de corda e palha. Estou convencido de que o tabaco, qualquer que seja o tipo, me ajuda a aguçar a reflexão e a memória. Não apenas graças ao ato de sugar o fumo, mas também à preparação que exige, como se fosse um ritual: cortar uma das pontas do charuto, girando-o em seguida para queimá-lo por igual; alojar o fumo no fornilho do cachimbo, evitando pressioná-lo; correr a ponta da língua na borda da seda, enrolando-a com zelo; deitar cuidadosamente a chama no tabaco para então queimá-lo de leve. Depois, vem o fumar sozinho e em silêncio com as luzes apagadas, a contemplação da fumaça que exalo em cada baforada e suas formas preguiçosas que se perdem no ar, como que se fundindo à luz melancólica que vem da rua. Assim, poderia afirmar que este relato deve muito de sua existência à fumaça — mais do que somente ao fumo, pois às vezes, quando me sinto cansar ligeiramente dele, acendo um incenso indiano para espalhar por toda a casa uma atmosfera mornamente acolhedora e serena. Talvez somente agora compreendo por que Amaro Leite fumava seus cigarros com tanta convicção, embora não simpatize com a sofreguidão com que costumava fazê-lo.

Financeiramente, a situação não anda lá muito animadora. Nos anos em que joguei futebol consegui fazer bons contratos, para os padrões locais, com a ajuda de meu pai. Ganhei dinheiro suficiente para comprar uma casa própria, dois terrenos no interior do estado, três linhas telefônicas e dois carros zero quilômetro. Todavia, nos últimos dois anos, assisti a três desastres no meu modesto patrimônio: o divórcio de Carmen — que resultou na perda de alguns bens e numa extorsiva pensão alimentícia a Mariana —, um problema com a Receita Federal — por ter sonegado impostos sobre as luvas que recebi na minha transferência anos antes para o Fraternidade — e um investimento malsucedido num restaurante com Moura — devido à nossa absoluta falta de tino comercial. Hoje, mero assalariado, vejo-me com um apartamento de um dormitório numa área pouco nobre da cidade que, comparado ao de três dormitórios no bairro de classe média alta em que moráramos eu e Carmen, parece-me uma quitinete. Ando num carro usado que comprei com o que consegui apurar na venda de uma das linhas telefônicas que acabou escapando da partilha de bens com Carmen. Não foi nada, todavia, que me levasse para debaixo de uma ponte.

Como também sou incapaz de ser só, hoje tenho a meu lado Beatriz. Mulher meiga e amorosa, um sorriso enternecedor, olhos vivos. Conhecemo-nos no jornal há seis meses quando veio ensinar inglês a alguns dos repórteres que foram escalados para cobrir a próxima Copa do Mundo. Beatriz é simplesmente louca por crianças, de modo que minha situação de pai descasado não a inibiu. Pelo contrário, ela adora Mariana, que parece retribuir-lhe na mesma medida, para ciúme de Carmen. Não sei se vamo-nos casar, posto que a ideia de voltar a dividir um teto com alguém me é traumática. Por mim, seríamos namorados para sempre.

Por falar em namorados, meus pais finalmente voltaram às boas. Papai aposentou-se há quatro anos, fez uma operação de safenas um ano depois. Depois de recuperado, saiu com mamãe num cruzeiro de 2 meses pelo Caribe. Hoje, a corujice dos dois bate de longe a corujice dos pais.

Sei que vocês já se cansaram deste relato. É natural que isto aconteça, visto que restam poucas páginas a ser lidas. Peço-lhes, contudo, um pouco mais de paciência, pois creio ser justo contar-lhes também o que sucedeu àquele pessoal com que disputei o campeonato sete anos atrás, posto que imagino que alguns podem nutrir certa curiosidade a respeito. Assim, abro meu banco de dados.

Como já estivesse beirando os trinta, o lateral direito **Amâncio** continuou na carreira por mais dois anos, jogando uma temporada em Pernambuco e sua última no futebol cearense; hoje é empresário de vários jogadores. O médio-volante **Plácido**, hoje com 31 anos, continua em atividade; nesses últimos anos vem jogando na Bahia, onde se sagrou bicampeão este ano. **Neguim** é hoje um bom amigo meu; casou-se com uma nissei e tem três filhos, teve seu passe vendido para o futebol carioca, onde jogou até o ano passado, tendo sido vice-campeão duas vezes; no início deste ano, foi jogar na primeira divisão do futebol japonês. **Cândido** transferiu-se para o futebol espanhol, onde foi campeão e já conseguiu sua independência financeira; não parece disposto a voltar para o país, uma vez que após encerrar a carreira ano que vem vai dedicar-se às terras que comprou na Andaluzia. **Benigno** recuperou-se logo da fratura do maxilar e teve o passe vendido para um clube paranaense, pelo qual foi tricampeão; hoje, aos 33 anos, joga em Minas Gerais e é companheiro de equipe de **Eugênio**. Por falar nele, aquele adolescente simplório é hoje goleador implacável, tendo sido o artilheiro do campeonato mineiro por três anos consecutivos; casou-se ano passado e é pai de gêmeos. Do meio-campista **Silvestre** sei muito pouco depois de sua breve passagem pelo futebol paulista: está bem de vida, jogando no futebol turco, onde ainda não conseguiu ser campeão nacional, embora a equipe pela qual joga o tenha contratado especialmente para ajudá-la na empreitada.

Dos aspirantes **Cacá**, **Benê**, **Pedrinho**, **Miguel**, **Vital** e **Nenê**, sei alguma coisa: ouvi dizer que **Cacá**, sabe-se lá por quais caminhos, foi parar na segunda divisão do futebol argentino. **Nenê** desistiu do futebol há uns 3 anos para ir trabalhar no ramo da eletrônica. **Pedrinho** teve destino trágico: faleceu há dois anos num acidente de moto, logo após ter sido contratado pelo Popular, que novamente retornava à primeira divisão. **Miguel** segue jogando no 28 de Maio, tendo já defendido o Espartano, o Liberal e o Popular. **Benê** desistiu do futebol meses depois da decisão contra o Ascensão, pois preferiu seguir seus estudos na faculdade e hoje trabalha como advogado numa empresa de consultoria de porte médio. Com minha saída, **Vital**, o terceiro goleiro, voltou à reserva de Pavone e assim continuou por duas temporadas, até se transferir primeiro para o futebol baiano e em seguida para o paraense, onde se sagrou campeão estadual ano passado. **Dafé** e **Povero** parecem ter desaparecido. Ouvi dizer que **Nonô** deixou o futebol e hoje é funcionário público. **Leme**, após ser dispensado pelo Flechas, foi contratado pelo futebol mexicano, onde acabou ficando por dois anos; em seu retorno ao Brasil, foi jogar no futebol goiano e no ano passado sagrou-se campeão.

Os que naquele ano estavam cotados para a Seleção, mesmo não tendo sido convocados, permaneceram na equipe, intocados. **Pavone** chegou a ser o titular da Seleção por três anos; aos 32 anos mantém-se no gol do Flechas. Do zagueiro central **Bueno** tudo que sei é que foi vendido no ano passado para o futebol português; dizem que está bem de vida. O médio-volante **Felício** é titular da Seleção; no ano passado, transferiu-se para o Acadêmico, sagrando-se campeão estadual. O atacante **Silva** ainda joga pelo Flechas, embora tenha ficado uma temporada inteira na reserva e a seguinte recuperando-se de uma fratura na perna; não parece estar jogando nem metade do que sabia, apesar de sua situação financeira ser das mais invejáveis.

Egon acabou vendo frustrada sua ida para o futebol espanhol tanto no ano daquela final contra o Ascensão quanto no seguinte e continuou no Flechas, sem que houvesse clubes que se animassem em pagar o alto preço que o Flechas insistia em pedir por seu passe, desvalorizado ano a ano à medida que seu futebol se perdia em sua autoindulgência; hoje, com uns quilos a mais, comanda o interiorano Convenção. O lateral esquerdo **Américo** transferiu-se para o futebol potiguar, onde foi campeão estadual; hoje, já não mais vive do futebol: é dono de uma imobiliária uma pequena transportadora e uma escolinha de futebol. O zagueiro central **Fidélis** também já largou o futebol há algum tempo; há três anos tornou-se sócio de uma gravadora que produz música evangélica. O meio-campista **Felipinho** é titular há dois anos na Seleção e no Clube Esperança, pelo qual foi campeão no ano retrasado; casou-se estrepitosamente com uma modelo pouco conhecida e separou-se da mesma forma três meses depois, num divórcio sobre o qual as revistas masculinas e as de fofocas se lançaram famintas: as primeiras, vendendo sua nudez estupenda sob o selo "a ex-mulher do Felipinho" e as segundas, detalhes picantes de seu relacionamento com o marido. **Amaro Leite** morreu dez meses atrás; não devido à cirrose que suspeitavam que carregasse, mas atropelado por um carro em marcha-à-ré no estacionamento do Esportivo, que o contratara havia poucos dias para salvá-lo do rebaixamento iminente. **Fubá**, um ano após minha contratação pelo Ascensão, voltou a ser meu colega de equipe; hoje, ainda titular absoluto no Ascensão, porém ignorado pela Seleção, é um dos meus melhores amigos: fui seu padrinho de casamento e ele, padrinho de Mariana. Fez certa fortuna com as percentagens que recebeu em duas transferências para o exterior – das quais voltou rapidamente ao Brasil alegando dificuldades de adaptação.

Depois da final contra o Ascensão, a propalada renovação do elenco do Flechas, promovendo vários jogadores da equipe de aspirantes, durou apenas oito rodadas. Após dois empates e seis derrotas no campeonato nacional, meus antigos colegas da equipe de aspirantes acabaram voltando para a reserva e alguns dos titulares barrados reconquistaram seus lugares na equipe. Renato Reino, o técnico contratado logo após a dispensa de Amaro, foi demitido, sem que tivesse tido condições de desenvolver seu trabalho no clube, uma vez que tinha o apoio da chapa da situação que disputava a eleição para a presidência do clube que ocorrera em agosto.

Nessa eleição houve a tradicional disputa entre a chapa da situação e a da oposição. Pela situação, Cobra era o candidato, apoiado por Flores, Bologna e a ala dos conselheiros que já se encontravam havia mais tempo no clube. Já a oposição, até um mês antes da eleição tinha a quase certeza da derrota, uma vez que seu candidato inicial carecia de apelo junto aos votantes.

Contudo, a derrota para o Ascensão abalou seriamente as pretensões dos situacionistas, que já davam como ganha a eleição, fortalecendo decisivamente os oposicionistas, a ponto de levá-la a convidar o descontente Justino Fido para ser seu candidato. Com seu faro apurado, Justino, ao constatar que era de pouca importância na hierarquia do clube, vendo-se preterido por Cobra um mês antes, aceitou de imediato o convite. Não era assim tão surpreendente ver que ele, que havia endossado com energia as pressões de seus colegas na véspera daquela final, agora fazia visceral oposição à atual diretoria devido ao estado em que se encontrava o clube; afinal de contas, era tudo política. Sua candidatura foi essencial para a vitória sobre a situação. Com a chegada de Justino ao poder, coroando um período de muita turbulência e intrigas nos bastidores do clube, utilizou-se, em setembro, a tal má fase da equipe no campeonato — não importando a falta de maturidade do elenco e as dificuldades de se entrosar uma equipe em tão pouco tempo —, como pretexto para a dispensa do técnico Reino, embora todos soubessem que aquela decisão havia sido exclusivamente coisa de egos e vaidades.

Hoje, continuam alternando-se no poder, engordando seu patrimônio pessoal, enquanto a ciranda de técnicos e jogadores prossegue. Logicamente, têm o cuidado de perpetuar-se no poder, seja indiretamente, através de herdeiros e afilhados políticos — quando certos objetivos deixam de ser-lhes atraentes —, seja diretamente, para aproveitar oportunidades de mando que, a seu ver, não se podem ignorar. Assim, enquanto Cobra finalmente agora exerce um cargo de importância como presidente da federação estadual de futebol, o atual presidente do Flechas é Ângelo Raposo. E o Flechas já beira 35 anos sem conquistas.

Acordei e vi que já me mudaram de lugar. Tinha outras camas junto. Umas de frente pra mim, outras pros dois lados. Estava na enfermaria. Já tiraram as agulhas do meu braço e o tubo da minha boca. O outro braço continuava engessado. Aquele troço pesado que ia do peito até a cintura era um colete de aço pra coluna. Continuava lá.

Fiquei lá mais uma semana. Quem me visitou foi só o meu pai, a minha mãe, os meus irmãos. Quer dizer, nem todos. A minha madrinha também veio me visitar. Nenhum dos meus chegados lá da torcida deu as caras. Minha mãe me disse que um amigo meu veio me ver. Eu ainda estava em coma, então não deu pra ele entrar. Ele conversou com ela, perguntou de mim e disse que ia rezar por mim. Ela disse que foi um cara alto, loiro, fortão. Um dia antes de eu sair o médico veio. Me disse que eu já estava pronto pra sair. Mas disse que não ia mais dar pra eu levar a vida de antes. Me disse que perdi 80% da audição, por causa da pancada que eu levei na cabeça. Também eu ia andar meio torto. Pro resto da vida. Por causa da porrada na coluna. Disse que foi milagre eu não ficar aleijado.

Eu voltei pra casa. E no mesmo dia veio um repórter de jornal. Ele disse que veio me visitar. Nem olhou pra minha cara direito. Me perguntou o que eu estava sentindo, o que eu achava do que aconteceu. Disse que era uma matéria que ia sair no jornal dele no outro dia. Minha mãe comprou o jornal. Colocaram uma foto minha no lado da matéria. Falavam mais das vezes que eu me meti em treta. Da minha situação só falaram umas duas linhas. Fizeram a minha caveira.

Fiquei mais uns meses em casa. Até poder tirar o colete. Tinha vez que eu não aguentava. Eu ficava assistindo televisão, ouvindo rádio. Eu vi muito desenho. Toda vez que aparecia o noticiário do esporte, eu pedia pra minha mãe mudar de canal. Não é que eu estava com raiva. É que não tinha mais graça. Era chato.

Teve muita gente que a metalúrgica botou na rua. Disseram que tavam no prejuízo. Que iam ter que mandar embora metade do pessoal das prensas. E eu fui junto. Me aposentaram por invalidez. Aquela época estava ruim. Fiquei sabendo que a maioria do pessoal que botaram na rua não estava conseguindo trabalho. Muita gente passando necessidade. A grana da minha pensão estava mixuruca, um salário mínimo. Minha mãe disse que eu ia ter que ajudar na casa, se eu queria ficar lá. Ela falou que não queria come-dorme em casa. E que não ia me sustentar.

Aí eu ia ter que me virar. Que nem o pessoal. Teve uns que juntaram uns trocos e compraram carrinho de cachorro quente. Iam lá pro centro camelar. Teve outros que compravam uns doces. Botavam uma tábua debaixo do braço. Iam se virar no lado de fora do metrô, da estação de trem, nos pontos de ônibus. Teve muita gente que entrou na cachaça e não saiu mais. Eu até que tentei me virar de engraxate. Um chegado até me descolou um trampo no aeroporto. Mas me mandaram embora porque eu sujei muita meia com graxa.

Ainda tô morando em casa com o meu pai e a minha mãe lá no Jardim Elísio. Meu irmão mais velho casou e se mandou pro outro lado da cidade. Descolou um emprego no exército. Já é sargento. Minha irmã embarrigou, o macho dela sumiu e ela acabou ficando em casa também. Minha mãe é da igreja. É dessas de ficar dando lição de moral. Falando que não pode liberar o selo sem casar. Mas trata a filha dela e a criança no maior xodó. Meu irmão caçula largou a ferramentaria e descolou um emprego num banco, comprou uma moto e virou o herói da casa. Tem um jeitinho de veado, jeitinho de quem anda queimando a rosca, mas minha mãe faz que não vê. Ah, mas que ele tá, ele tá. Pra mim, parece que todo mundo tá cagando e andando.

Eu sempre gostei de fazer pipa e empinar. Rodar pião. Fazer balão também. Tinha um cara que morava na minha rua. Ele fazia essas coisas e ia vender no parque. A criançada lá enchia o saco do pai e da mãe e eles compravam. Quando eu era criança eu também gostava. Eu ficava o dia inteiro de pé no chão lá na rua, empinando pipa. Tô nessa até hoje. Faço umas pipas maneiras. Também uns cata-ventos incrementados. Tem gente que gosta de coisa mais simples. Aí, eu vendo mais é essas coisas de fazer bolha de sabão. É só pegar um arame, um gargalo de garrafa e fazer a argola bem redondinha. Aí 'cê bota um dedo de sabão e dois de água num desses potes de plástico e vende o anel e o potinho junto. Eu só trabalho de manhã na semana. Quando é fim de semana o parque fica cheio. Aí, eu trabalho até a noite. O movimento é sempre forte. Menos quando chove ou faz frio. Quando tem quermesse na igreja que a minha mãe conhece o padre, eu vou vender algodão doce. É assim que eu me viro. Dá pra fazer pro ônibus e pra comida. De vez em quando eu tenho que comprar chinela nova. Roupa a gente ganha usada.

Perto de casa morava um chegado meu lá da torcida. Um dia eu cruzei com ele. Ele disse que me expulsaram. Também queimaram o meu filme com as outras organizadas. Mas eu até que nem fiquei triste. Parece que a porrada que eu levei me deixou assim meio desligadão. Agora eu não fico nervoso de jeito nenhum. Não consigo. Só achei estranho. Eu briguei tanto por causa deles, me fodi bonito e ainda me chutaram pra fora. Nem foram me visitar no hospital. Joguei a carteirinha no lixo. Era o meu orgulho. Ela e o que sobrou da camisa que eles tiveram que jogar fora lá no hospital. Mas eu joguei ela fora que nem um pedaço de papel higiênico. Do jeito que eu estava agora, nem deu vontade de ir lá e mandar eles enfiar aquilo tudo no rabo. Deixa eles lá. Nunca mais vi eles. Só ouvi falar que mataram o Zóio e o Piolho numas quebradas por aí. Dois balaços na cabeça pra cada um. Não sei quem me falou que o Pé foi parar em cana. Parece que andou güentando toca-fita. Tá lá na Estadual faz um tempo. Nunca mais botei o pé numa arquibancada. Nunca mais quis saber de futebol. Só fico sabendo quem ganhou ou quem perdeu quando eu vejo gente discutindo no bar que eu como o meu prato feito e tomo minha caninha todo dia. Hoje o meu time é a minha barriga.

Semana passada estávamos passeando no parque eu, Mariana e Beatriz, aproveitando minha folga. Enquanto ela se divertia num dos balanços, apoiei-me numa árvore e aproveitei a sombra para observar as pessoas — outro hábito que hoje cultivo. Chamou-me a atenção o contingente mais ou menos numeroso de desempregados e aposentados que trabalham como vendedores ambulantes por todo o parque. Olhei para mim mesmo e constatei que chegaram a um ponto a que eu jamais imaginaria chegar. Talvez já tivessem visto a própria dignidade escapar-lhes de uma maneira que me é impensável. Eu, relativamente bem-nascido e criado, preferiria a morte a viver daquele modo. Porém, se todos têm origem pobre ou remediada, aquela vida não deve ser de todo insatisfatória. Talvez, sobreviver seja o que lhes importa. Uns caminham adernados com caixas de isopor carregadas de picolés aguados e latas de refrigerante e copinhos de água mineral a tiracolo. Outros caminham vergados sob sacos cheios de bolas coloridas e brinquedos feitos à mão. Os mais jovens vendiam pipas e cata-ventos. Todos vestidos com camisas e calças puídas, bonés encardidos e chinelos gastos. Todos naquele quadro que em preto e branco muito bem serviria para uma foto de Sebastião Salgado. Inofensivos, e derrotados aos olhos do mundo. Aparentemente sem amarguras, apenas melancólicos, ocupavam o único espaço que o mundo lhes oferece: a margem. O que mais me fez doer o coração foi observar um senhor já entrado na meia-idade, cuja obesidade lhe dificultava o andar, passar com um tabuleiro carregado de cocadas brancas e pretas apoiado na cabeça sofrida. Chamei-o. Meti a mão no bolso e comprei cinco cocadas, mesmo sem saber se conseguiria comê-las todas mais tarde. Ele as colocou num saquinho de papel pardo e limitou-se a pronunciar um 'obrigado' encabulado. Fez o troco e se foi.

E foi então que, creio que de olhos arregalados, percebi dentre eles um rosto conhecido: o de Urias. Meu Deus, como havia mudado. Brotou-me um nó na garganta. Aquele indivíduo agora com a cabeça raspada nem sequer chegava ser um esboço gasto, nem sequer uma paródia daquele Urias que havia visto pela última vez sete anos antes enquanto atacava com os colegas de torcida o esportivo azul a caminho do estádio. Diferente daquele Urias que eu havia conhecido na adolescência, tão cheio de energia e entusiasmo. Seu andar denunciava uma coluna vertebral torta, fora de esquadro, certamente em consequência dos ferimentos graves que havia sofrido.

Na semana passada eu estava no parque. Era sábado. Eu estava fazendo umas bolhas de sabão pra chamar a atenção da meninada. Veio uma menina magrinha, cara de choro, cabelo cacheado, loirinha, uns dois anos. Ficou olhando pras bolhas e chamou a mãe. Era uma moça magra, bonita. Ela comprou um soprador pra menina e me deu uma nota grande. Eu falei que não tinha trocado. Ela mexeu a cabeça de um jeito gozado. Virou um pouco a cara. Teve que ir pedir pro marido uma nota mais miúda.

Ele se havia tornado um deles. Vendia pipas, cata-ventos e esses brinquedinhos com que se fazem bolhas de sabão, que, aliás, atraíram a atenção de Mariana. Ela largou o balanço e correu em direção a Urias, apontando para as bolhas de sabão que ele fazia movimentando o braço para lá e para cá. Gesticulou para Beatriz que, com óbvio instinto materno, foi atender-lhe a vontade. Sacou uma nota do bolso da camisa e pagou a Urias pelo brinquedo. Pelo gesto que o vi fazer, não tinha troco. Ela pediu que esperasse um pouco, apontando para mim.

Quando notei que iria olhar para mim, desviei o olhar. Não sei por que o fiz, mas senti-me menos desconfortável do que me sentiria se tivesse que olhá-lo nos olhos e ir falar com ele, não tendo o que falar. Pus no rosto uma expressão contemplativa e deixei os olhos se perderem no céu.

O marido dela estava de pé, encostado numa árvore. Estava segurando um saquinho de papel. Distraído. Aí, eu reconheci ele. Aquele cabelo loiro, fortão. Já estava meio barrigudo, pouco cabelo em cima da testa. Era o Tristão. Já tinha perdido o jeito de goleiro. Estava meio caidão. A mulher falou com ele e ele tirou a mão do bolso.

Beatriz reclamou discretamente do hálito de álcool de Urias, pediu-me um trocado para o brinquedo de Mariana. Sem dizer palavra, dei-lhe o dinheiro e prossegui na minha observação vazia do céu da cidade grande.

Eu achei que ele ia olhar pra mim. Eu disfarcei e olhei pro lado. Fiz que não vi ele. Fiz que estava procurando alguma coisa na sacola.

Talvez pudesse ter-me aproximado dele. Quem sabe, levá-lo para casa, oferecer-lhe um prato de comida, um banho, roupas limpas, algum dinheiro.

A mulher me deu o dinheiro, fiz o troco, mostrei pra menina como fazia bolha.

Porém ao voltar a observá-lo agora fazendo o troco, esticando o braço para entregá-lo a Beatriz, e mostrando a Mariana como deveria fazer as bolhas de sabão, percebi nele algo que o diferenciava dos demais. Era a expressão em seu rosto. Não era aquele olhar arisco que havia tido na juventude, tampouco denotava aquela melancolia que parecia ser comum a seus pares. Parecia sereno, tranquilo mesmo. Ou será que era somente indiferença?

Saí dali rapidinho. Fiquei com vergonha. Eu não queria que ele me via daquele jeito. Eu não queria saber de conversa com ele.

Mariana veio trazida pela mão por Beatriz, sorridente, soprando bolhas de sabão, uma atrás da outra. Como eu já tivesse visto o suficiente, sugeri que fôssemos tomar sorvete, junto ao chafariz, a uns cinco minutos de caminhada dali. Mariana parecia ter herdado da mãe a loucura pelo sorvete. Fomos os três, sem olhar para trás.

Mas eu fiquei curioso. Dei um tempo. Aí, eu olhei pra trás. Ele parecia bem de vida. Casado, pai de família. Do jeito que a minha mãe queria de mim. Só que estava mancando numa perna. Tava ficando gordo.

Instantes depois, sem mais conseguir conter minha curiosidade, olhei para trás. Experimentei uma melancolia inédita ao ver Urias agora caminhando na direção oposta à nossa. Iam ele e suas pipas, seus sopradores de bolhas e seus cata-ventos, sua silhueta manquitola sem esperanças.

Eu voltei pro trabalho. Cuidar da minha vida. Aproveitar que tinha bastante gente no parque aquele dia. Era dia de faturar.

E pode ter sido a última vez que o vi. Pode ser que não.

Bom, vocês já devem ter-se cansado, se é que chegaram até aqui. É mais que hora de encerrar este relato, ainda que seja impossível conter a tristeza. Parece ser a mesma que sempre se sente quando acaba uma digna partida de futebol, ou quando o time do coração bate seu rival mais tradicional de modo espetacular; permanece aquele gosto de quero-mais, quer-se a goleada — pois é o que sinto. Para aqueles que pouco apreciaram esta história, chegando até aqui por curiosidade ou para fazer jus ao dinheiro gasto, a sensação será de alivio, a mesma de quando se acaba uma partida em que o time do coração vence por um magro 1 a 0 ou consegue o gol de empate a poucos minutos do final, segurando em seguida o resultado na retranca, lançando mão — ou melhor, pé — dos chutões lateral afora.

Seja como for, no êxtase ou na agonia, amamos esse esporte tão simples em suas regras, tão universal em seu apelo. Aparentemente, o que há de tão especial com esses onze sujeitos de cada lado; cada metade ora buscando o gol, ora evitando-o? É tudo simples, muito simples. Tudo tão simples que ganha vida e história próprias até mesmo nos pés descalços de uma pelada na praia ou na terra batida dos campos de várzea.

Pode ser tão simples quanto complexo. É tudo uma questão de apegar-se à diversão, à alegria, ao espírito desarmado da infância, ou aos números, à ciência, às estratégias, à toda a seriedade adulta — possível num bem armado 4-4-2, num moderno 3-5-2, num conservador 4-5-1, embora um 4-6-0 soe um tanto herético e um 4-3-3, obsoletamente arrojado. A tônica é jogar bem compactado, ocupando os espaços, apoiado no preparo físico. Mas não é tudo. Para vencer, há que se marcar ora por pressão, ora por zona, ora homem-a-homem. Para a derrota do inimigo, há que se combater, matar a jogada, roubar a bola, contra-atacar. Rumo ao fim, há os meios, há o *overlapping*, o ponto-futuro, o jogar sem a bola.

Pois o futebol hoje é coisa séria neste mundo em que o marketing é tudo e em que tudo é marketing. O dramático pode hoje compará-lo a uma máquina de moer gente. O pragmático nele vê uma lucrativa atividade humana a mais no cotidiano. O calculista nele identifica um mesquinho trampolim político de tantos faustos provincianos. O argentário esfrega as mãos ante o tabuleiro mercadológico em que vinte e dois totens de publicidade correm organizada, estratégica e sofregamente, anunciando este ou aquele produto. O realista conclui que o futebol se tornou uma indústria, descaracterizando-se, não lhe restando outra alternativa de sobrevivência que não aceitá-lo como se encontra. O romântico limita-se a suspirar, saudoso. E aí está.

Entretanto, muito pouco, ou até mesmo nada disso, importa. O que é fato é que o brasileiro ama o futebol de uma forma que Charles Miller talvez jamais tenha imaginado ao retornar ao Brasil com sua bola debaixo do braço. Certamente hoje aturdiria Miller e seus colegas de lazer dominical observar que, um século depois, aquele seu correr lúdico, prosaico, descompromissado atrás de uma bola teria o poder de causar tanta sensação, mudando para o melhor ou para o pior tantas existências, inflamando, magnetizando, extasiando tanta gente, envolvendo tanto dinheiro, movimentando tantos interesses. Talvez, ao afastar-se do futebol anos depois, desgostoso com os rumos que o esporte já tomava, ele já tivesse antevisto suas transformações nos dias de hoje.

Mas não é só. Há muitas outras coisas que decerto deixariam Miller boquiaberto, uma vez que tampouco imaginava que o esporte que trazia das Ilhas Britânicas acabaria por espelhar, segundo Eduardo Galeano, não só a nossa identidade cultural, mas todas ao redor do mundo. Nem mesmo suspeitava que aquele folguedo seria classificado, ainda segundo Galeano, como uma *misa pagana*. Ou que chegaria a ter um filósofo definitivo, Nelson Rodrigues. Miller talvez sequer suspeitasse que aquelas quatro linhas viriam emular, mesmo que via-satélite, um Coliseu. Uma arena de grama não só com 22 gladiadores, mas também com uma legião de sem-pães ao redor. Os primeiros na busca não só da sobrevivência, mas também, e principalmente, do aplauso, do polegar levantado, enfim, a glória, a fama. Os últimos, ávidos por experimentar um poder a que não têm acesso na vida real, quando não por um escape às suas mazelas. Se especularmos ainda mais para os confins do passado, também podemos ver no futebol um Olimpo, ainda que na Grécia antiga não chegassem ao requinte de cultuar seus semideuses ao mesmo tempo em que esperavam o mínimo deslize ou fraqueza para lhes atirarem a primeira pedra. Nessas alturas, poucos são os que resistem bem sentados; alguns deliciam o grande público, rolando estrepitosamente encosta abaixo, rumo à goela da desgraça. Já para a grande maioria reserva-se a tragédia silenciosa do esquecimento.

Quanto a mim, à parte desse caleidoscópio, tenho lá minhas especulações. Penso que no gramado a luta pela bola e pelo gol pode ser em sua essência um simulacro da vida. Pode ser que entre a bola e a rede haja mais mundos do que entre o chute e a trajetória, do que entre a gana e o intento. Pode haver em cada jogo uma história do homem, da gênese ao apocalipse, um cosmos contido numa frieza de quatro linhas, um éon de noventa minutos. Pode haver dramas à beira do shakespeareano, tragédias que evocam gregos antigos. Pode haver no futebol uma filosofia da qual, segundo Albert Camus, goleiro em sua juventude argelina, o homem bebe. Pode haver, sobretudo, a matéria do homem, a essência de seu viver. Pode haver no futebol, mais do que em qualquer outro esporte, o senso competitivo que o anima desde quando era mero espermatozóide rumo ao óvulo.

Ao mesmo tempo, dentro daquelas quatro linhas quando a bola vai de pé em pé, talvez haja poesias declamadas em tom cientificista, bem como ciências azeitando, movendo as engrenagens desses poemas, desses balés, dessas óperas, dessas sinfonias de domingo à tarde. Talvez nele haja o rigor entre o salomônico e o heródico com que se abatem magiares, com que se derrubam carrosséis, com que se erigem *maracanazos* e sarriás. Pode haver a reinvenção do gozo em cada gol. E a renovação do sonho, da arte, da vida, da sobrevivência em cada vitória. E do purgatório, em cada empate. E da morte em cada derrota. É possível que se veja no futebol o homem e seus exageros em sua busca pelo tudo que se encontra contido nessa esfera darwinista. Pode ser que todos nós que amamos o futebol sejamos ao mesmo tempo *voyeurs* e devotos; quiçá, independentemente do berço que tivemos, sempre as criaturas das arquibancadas que se rouquejam em gozo e ira, refratários à razão quando rola a bola. Mas, no íntimo, minha única certeza é a de que todos não passamos de meras crianças fascinadas, enredadas nessa boleirama.

8 APÊNDICE

Abaixo, a classificação dos quatro finalistas do campeonato ao final dos dois turnos:

	PG	J	V	E	D	GP	GC	SG
Flechas	36	26	14	8	4	45	27	18
Ascensão	36	26	14	8	4	54	37	17
Fraternidade	32	26	11	10	5	46	31	15
Acadêmico	31	26	11	9	6	42	34	8

PG - pontos ganhos; J - jogos; V - vitórias; E - empates;
D - derrotas; GP - gols pró; GC - gols contra; SG - saldo de gols.

A seguir, as campanhas de Flechas e Ascensão no primeiro e no segundo turno. A letra *c* significa *jogo em casa*, e a letra *f* significa jogo *fora de casa*. Logo abaixo, a tabela do quadrangular final.

Flechas

1º turno				*2º turno*		
31/01/90	3 – 1	São Tomé *(f)*		18/03/90	1 – 2	São Tomé *(c)*
03/02/90	1 – 0	Progressista *(c)*		21/03/90	3 - 1	Progressista *(f)*
07/02/90	2 – 1	31 de Março *(c)*		25/03/90	2 - 1	31 de Março *(f)*
11/02/90	2 – 0	Liberal *(c)*		28/03/90	2 - 2	Liberal *(f)*
14/02/90	2 – 2	Ascensão *(c)*		31/03/90	3 - 3	Ascensão *(f)*
18/02/90	1 – 1	Acadêmico *(f)*		05/04/90	1 - 1	Acadêmico *(c)*
22/02/90	0 – 1	Arcádia *(f)*		08/04/90	0 - 1	Arcádia *(c)*
25/02/90	1 – 0	Navegantes *(f)*		12/04/90	3 - 1	Navegantes *(c)*
28/02/90	2 – 1	Pastoril *(c)*		19/04/90	2 - 2	Pastoril *(f)*
03/03/90	4 – 1	28 de Maio *(c)*		22/04/90	0 - 1	28 de Maio *(f)*
08/03/90	2 - 2	Clube Esperança *(f)*		25/04/90	2 - 0	Clube Esperança *(c)*
11/03/90	2 – 1	Fraternidade *(c)*		29/04/90	1 - 1	Fraternidade *(f)*
15/03/90	2 - 0	Popular *(c)*		02/05/90	1 – 0	Popular *(f)*

Gols a favor: 22
Gols contra: 12

Gols a favor: 23
Gols contra: 15

Total de gols a favor: 45
Total de gols contra: 27
Média de gols por jogo: 1,73
Saldo de gols: 18

Artilheiros: Fubá - 12 gols; Silva - 9; Felipinho - 6; Egon - 5; Silvestre - 4; Eugênio - 3; Bueno, Plácido Cândido, Benigno, Américo e Amâncio - 1.

Ascensão

	1º turno			*2º turno*	
31/01/90	3 - 2	Pastoril *(c)*	18/03/90	3 - 1	Pastoril *(f)*
03/02/90	3 - 3	Acadêmico *(f)*	21/03/90	2 – 0	Acadêmico *(c)*
08/02/90	4 - 3	São Tomé *(c)*	24/03/90	0 – 0	São Tomé *(f)*
11/02/90	1 - 1	Progressista *(c)*	28/03/90	0 – 1	Progressista *(f)*
14/02/90	2 - 2	Flechas *(f)*	31/03/90	3 – 3	Flechas *(c)*
17/02/90	1 - 1	31 de Março *(c)*	04/04/90	3 – 1	31 de Março *(f)*
21/02/90	2 - 0	Navegantes *(f)*	08/04/90	6 – 3	Navegantes *(c)*
25/02/90	3 - 2	Liberal *(f)*	11/04/90	3 – 1	Liberal *(c)*
01/03/90	2 - 0	Popular *(c)*	19/04/90	1 - 1	Popular *(f)*
04/03/90	0 - 1	Fraternidade *(f)*	21/04/90	4 - 3	Fraternidade *(c)*
07/03/90	0 - 1	Arcádia *(c)*	26/04/90	1 - 0	Arcádia *(f)*
10/03/90	3 - 2	28 de Maio *(c)*	29/04/90	0 – 2	28 de Maio *(f)*
14/03/90	2 - 1	Clube Esperança *(c)*	02/05/90	2 - 2	Clube Esperança *(f)*

Gols a favor: 26
Gols contra: 19

Gols a favor: 28
Gols contra: 18

Total de gols a favor: 54
Total de gols contra: 37
Média de gols por jogo: 2,07
Saldo de Gols: 17

Artilheiros: Caramuru - 14 gols; Jurubeba - 11; Clemente - 9; Carmo - 6; Sañudo e Tiziu - 4; Graúna - 3; Fukuda, Moura e Coelho - 1.

Quadrangular Final

05/05/90	Ascensão	4 - 2	Fraternidade
06/05/90	Acadêmico	0 – 1	Flechas
09/05/90	Flechas	1 – 0	Fraternidade
10/05/90	Acadêmico	1 – 6	Ascensão
12/05/90	Fraternidade	1 – 1	Acadêmico
13/05/90	Flechas		Ascensão

Artilheiros: Caramuru – 3 gols; Jurubeba, Clemente, Sañudo, Fubá e Patrício (Fraternidade) – 2 gols; Carmo, Russo (Fraternidade), Pinhão e Zuzinha (Acadêmico) – 1 gol